Für meine Familie

Tabea Koenig

Amore in Italiano

Roman

Eine deutsch-italienische Familiengeschichte

atb aufbau taschenbuch

MIX
Papier | Fördert
gute Waldnutzung
FSC® C083411

ISBN 978-3-7466-4132-4

Aufbau Taschenbuch ist eine Marke
der Aufbau Verlage GmbH & Co. KG

1. Auflage 2025

www.aufbau-verlage.de
10969 Berlin, Prinzenstraße 85

Bei Fragen zur Sicherheit unserer Produkte wenden Sie sich bitte an
produktsicherheit@aufbau-verlage.de.
Umschlaggestaltung U1berlin, Patrizia Di Stefano
unter Verwendung von Motiven von © Bridgeman / Granger,
Archivio GBB, Archivio GBB und Midjourney AI
Satz LVD GmbH, Berlin
Druck und Binden CPI books GmbH, Leck, Germany

Printed in Germany

Prolog

Venedig, 1955

Es war ihr letzter Abend in Italien. Die Koffer waren gepackt und standen bereit. Das frisch gestärkte Hemd hing an der Schranktür. Sie wollten einen anständigen Eindruck erwecken, wenn sie morgen in die Fremde zogen.

Obwohl es erst früher Abend war, lag das Hotelzimmer im Dunkeln. Es roch nach alten venezianischen Möbeln, nach angestauter Hitze und nach Mottenkugeln, welche die schweren Vorhänge vor dem Zerfall schützten. Durch das offene Fenster konnte man hören, wie das Meerwasser gegen die Kanäle schwappte. Aus den nahen Restaurants klirrte das Geschirr.

Alberto glaubte, alles in sich aufsaugen zu müssen. Jede Erinnerung wollte er so tief wie möglich in sich aufnehmen. Einen ganzen Sommer lang waren er und seine Frau Christina durch Italien gereist, hatten ihre Heimat erkundet, wie es sonst nur die Touristen taten. Auf einer Vespa 98 waren sie von Palermo bis nach Mailand gefahren. Sie hatten die alte Stadt von Pompeji besucht, waren auf den Vesuv gestiegen, hatten an so ziemlich jedem Strand gebadet, in Florenz Michelangelos David betrachtet und in Rom vor dem Palazzo Poli eine Münze in den Trevi-Brunnen geworfen. Nur sie beide, ein junges Ehepaar, das kaum Geld hatte, dafür die ganze Welt im Herzen trug. Und nun sollte alles vorbei sein?

Alberto wagte es kaum, seine Frau anzusehen. Zu sehr fürchtete er, in ihrem Ausdruck das zu erkennen, was er fühlte. Angst. Unsicherheit. Abschiedsschmerz.

»Was ist?«, fragte Christina mit sanfter Stimme, während sie ihre Ohrringe ansteckte. Auch sie hatte sich für den letzten Abend besonders hübsch zurechtgemacht. Sie trug ein kariertes Tellerkleid, das sich so schön aufbauschte, wenn sie zusammen tanzten. Das gelockte sizilianische Haar, welches auf der Vespa immer wild geflattert hatte, lag in einem lockeren Knoten im Nacken.

Christinas Lächeln versprach Aufgeschlossenheit, doch der dunkle Glanz in ihren Augen hatte sie verraten. Auch sie fürchtete sich.

Alberto griff nach ihrer Hand und suchte ihren Blick. Seine Stirn war in tiefe Falten gelegt. Wenn er an Deutschland dachte, zog sich sein Magen zusammen. Was wollten sie schon in einem Land, wo es zwar Arbeit gab, das Wetter jedoch kälter, das Gemüse wässriger und die Pasta alles andere als *al dente* war?

»*Cara*, tun wir wirklich das Richtige?«

Ihr Seufzen klang schwach, doch ihr Griff war fest. Ihre grazilen Waden spannten sich an, als sie sich auf die Zehenspitzen stellte und seine Hand küsste. »Wenn ich ehrlich sein soll, ich weiß es nicht. Aber wir müssen es versuchen. Wir haben beide eine gute Ausbildung. Wir haben es verdient, glücklich zu sein. Und meine Schwester freut sich schon sehr auf uns.«

Auch Alberto seufzte. Einzig der Gedanke, dass seine Schwägerin Emilia sie erwartete, vermochte ihn ein wenig aufzuheitern. Mit ihr hatten sie eine Vertraute, eine sichere Konstante in dieser unbeständigen Zeit.

»Aber ich verspreche dir etwas, *tesoro*«, fuhr Christina fort. »Ich werde immer dafür sorgen, dass du ein schönes Zuhause hast.«

»Wenn das wahr ist, so will ich nie verzagen«, flüsterte er. »Wir haben es am eigenen Leib erfahren – hier haben wir keine Zukunft.«

»Und an dieser müssen wir festhalten, *tesoro*. Sie ist das Wichtigste«, erwiderte Christina mit sonderbarem Nachdruck in der Stimme. »Denn da ist eine Sache, die du wissen musst.« Sie führte Albertos Hand an ihren Bauch.

Zuerst verstand er nicht, doch als er das Leuchten in ihren Augen sah, fühlte er plötzlich eine Wärme, als würde ihn die ganze Welt umarmen. »*Dio mio!* Ist das wahr? Du erwartest ein Kind?«

Als sie nickte, standen beiden Tränen in den Augen, und sie umarmten sich fest. Zwei lange Jahre hatten sie auf dieses Wunder gehofft. Und nun war es eingetroffen, als sie nicht mehr damit gerechnet hatten.

»Seit wann weißt du es?«, fragte er, als sie die Umarmung lösten.

»Seit heute Morgen. Ich war doch beim Arzt, weil mir schwindelig war. Ich wollte es dir beim Abendessen erzählen, aber nun schien es mir besser. Ist das nicht wunderbar? Verstehst du? Jetzt wird alles gut.«

Jetzt wird alles gut.

Ein wohliger Schauer erfasste Alberto. Die Worte lösten etwas tief in ihm aus. Seine Brust weitete sich, füllte sich mit Wärme und … Liebe. Aber nicht, wie er sie bisher empfunden hatte. Es war eine neue, innigere Liebe, von der er bislang nichts geahnt hatte.

Plötzlich hegte er keine Zweifel mehr. Er wusste, dass sie das Richtige taten. All die Anstrengungen, die ihnen bevorstanden, die Entbehrungen und der Sprung ins Ungewisse würden sich lohnen. Denn eines wollte auch er seiner Frau versprechen: Die nächste Generation sollte es besser haben.

Teil 1

1. Kapitel

Freiburg im Breisgau, 1999

Wenn Lucia eine Begabung an sich bemerkenswert fand, dann, wie mühelos sie lächeln und ihre Mitmenschen täuschen konnte. Wie sie in einer Millisekunde all den Kummer aus ihrem Gesicht bügelte, sich um den Haushalt kümmerte, die ganze Familie organisierte und zur Arbeit ging, als wäre es eine Selbstverständlichkeit. Dabei wusste sie seit Wochen nicht, woher sie die Kraft nahm, um überhaupt aus dem Bett zu kommen. Das Bett, das sich noch immer so ungewohnt groß anfühlte, seit sie allein darin schlief.

Sie stand in der Küche in ihrer Freiburger Viereinhalbzimmerwohnung und blickte um sich. Auf den schmutzigen Küchenboden, auf ihren wunderschönen, aber vollgestopften Esstisch, auf den Geschirrberg im Waschbecken, von dem eine bedrohliche Präsenz ausging. Und auf die Küchenuhr, die noch nicht einmal sechs Uhr anzeigte.

Früher hatte sie es geliebt, als Erste aufzuwachen, wenn alles schlief und wenn die Ruhe ihr allein gehörte. Dann fühlte sie sich produktiv, kochte Kaffee, bereitete das Frühstück für ihren Mann und die Kinder vor und setzte sich anschließend mit einem Buch und ihrem Terminkalender auf den Balkon.

Aber seit Till gegangen war, fürchtete sie sich vor der Stille. Sobald sie allein war, nahm das Gedankenkarussell seinen Lauf. Dann spürte sie, wie ein kleiner Dämon auf ihrer Brust hockte, ihr die Luft zuschnürte und ihr ohne Erbarmen die Probleme vor Augen führte. Der immer wieder durchlebte Schmerz, die Enge in ihrem eigenen Zuhause, die Geldsorgen und dieses eine Bild, das sie nicht aus dem Kopf bekam. Wie Till mit gepackten Koffern die Wohnung verlassen hatte. Wie er sie, die Frau, mit der er die letzten zwanzig Jahre seines Lebens verbracht hatte, nicht einmal angesehen hatte, weil er so außer sich gewesen war.

»Das ist wirklich dein Ernst, du schmeißt mich raus? Dann glaub aber bloß nicht, dass du weiterhin die Füße hochlegen kannst, weil ich dir Unterhalt zahle. Viel Spaß in der richtigen Welt.«

Nicht nur, dass seine Worte sie unglaublich verletzt hatten, es war auch diese unsägliche Wut, weil es nicht stimmte. Die Arbeit, der Haushalt, die Betreuung der Kinder und nun auch die ihres Vaters und ihres Bruders – Lucia tat vieles, doch ganz bestimmt legte sie nicht bloß die Füße hoch. Und dieser Konflikt, diese hässliche Trennung von einem geliebten Menschen, der sie nicht verstehen wollte, raubte ihr das letzte Fünkchen Kraft.

So ging das seit Wochen. Lucia schlief schlecht, wälzte sich in ihrem Bett, stand früh auf und war trotzdem viel zu erschöpft, um den Tag zu meistern.

Heute war die Nacht wieder besonders schlimm gewesen, denn sie hatte einen Entschluss gefasst, den sie ihrer Familie erst noch beibringen musste. Doch wie? Obwohl sie schon die ganze Zeit darüber grübelte, fehlte ihr eine Antwort.

Seufzend drehte sie sich zum Waschbecken und nahm das schmutzige Geschirr in Angriff.

Als sie mit dem Abwasch fertig war, schlurfte erst die eine, dann die andere Tochter in die Küche. Da standen sie vor ihr, Lucias ganzer Stolz. Blasse Haut, krummer Rücken, sprießende Akne.

Während Sandra, die Ältere, beim Anblick des Müslis das Gesicht verzog, schaufelte Vanessa geräuschvoll das Essen in sich rein und steckte dabei ihre Nase in *Sofies Welt*, das Buch, das sie zurzeit überall las. Wie immer trug sie ein viel zu großes Bandshirt, das ihr bis zu den Oberschenkeln reichte, sowie eine Choker-Kette aus Kunststoff. Eine einzelne wasserstoffblonde Strähne zierte ihr schulterlanges kastanienbraunes Haar.

Sandra hingegen hatte blondes Haar und kam in Flip-Flops, Shorts und einem engen Shirt daher, aus dem ihr hormongeladener Busen quoll. Die Augenbrauen hatte sie zu hauchdünnen, hochgeschwungenen Linien gezupft, die ihr einen konstanten Ausdruck der Überraschung ins Gesicht brannten. Um den Hals trug sie eine überlange Halskette aus Plastikschnullern. Da hatte Lucia ihrer Tochter vor fünfzehn Jahren mit Zeter und Mordio den Schnuller abgewöhnt, nur damit sie sich jetzt wieder freiwillig wie ein Baby schmückte.

»Guten Morgen, ihr Lieben, habt ihr gut geschlafen?«, fragte Lucia ihre Mädchen.

Sandra verzog das Gesicht. »Das hätte ich, wenn Vanessa nicht die halbe Nacht gelesen und stattdessen das Licht ausgemacht hätte.«

»Ist ja auch mein Zimmer. Dafür stinkst du alles mit deinem Parfüm voll«, wehrte sich die Jüngere.

Seufzend sah Lucia zu Vanessa. »Schätzchen, darüber haben wir doch gesprochen. Jetzt, da ihr euch ein Zimmer teilt, müsst ihr Rücksicht aufeinander nehmen.«

Vanessa sagte nichts mehr dazu und wechselte das Thema. »Fährst du heute in die Stadt?«, fragte sie ihre Mutter, da sie eine Mitfahrgelegenheit witterte.

»Ja, aber erst später. Ich habe euch ein paar Mark für den Bus beiseitegelegt. Was erwartet dich in der Schule?«

»Eine Prüfung in Erdkunde und eine in Mathe. Die letzten für dieses Schuljahr. Danach gehen wir mit der Klasse ins Freibad. Gott, bin ich froh«, antwortete Vanessa und ächzte.

»Und du, Sandra?«

»Och, keine Ahnung. Im Betrieb ist kaum was los. Sommerloch.«

»Und in der Berufsschule?«, hakte Lucia nach. »Hast du für das Fach gelernt, bei dem es nicht so gut lief?«

»Mach ich noch.«

»Sandra! Es ist wichtig. Herr Hasenböhler war beim letzten Gespräch ziemlich deutlich. Du musst dich anstrengen, wenn du die Lehrstelle behalten willst.«

»Das ist mir auch klar«, antwortete ihre Älteste mit kaum vorhandener Überzeugung. »Da fällt mir ein, kannst du mir den letzten Eintrag unterschreiben? Ich habe doch diese Absenz, als ich so Kopfschmerzen hatte.«

»Reden wir von jenen Kopfschmerzen, als du bis am späten Abend mit Saskia unterwegs gewesen bist?«

»Na ja, ob ich zu Hause oder bei ihr Migräne habe, spielt doch keine Rolle.«

Lucia stemmte die Hände in die Taille. »So funktioniert das nicht, Sandra. Wenn du krank bist, dann bist du krank und nicht fit genug, um mit deiner besten Freundin bummeln zu gehen. Ich denke nicht, dass ich das unterschreiben soll.«

»Aber Mama!«, rief Sandra aus. »Wenn du das nicht machst, fliege ich von der Schule!«

»Was ohnehin nur eine Frage der Zeit ist«, stichelte ihre kleine Schwester, während sie eine Seite in ihrem Buch umblätterte.

Lucia stieß ein Knurren aus. Es überraschte sie nicht, dass die Kinder ihre Grenzen neu austesteten, jetzt, wo kein Vater mehr im Haus war. Aber mit welcher Hartnäckigkeit sie es versuchten, und wie viel Energie es Lucia kosten würde, konsequent zu bleiben, damit hatte sie nicht gerechnet. »Das ist das letzte Mal, dass ich dir das durchgehen lasse. Im nächsten Lehrjahr weht ein anderer Wind, junge Dame.«

Wenig später öffnete sich die Küchentür erneut.

»*Buongiorno, ragazze*«, erklang die gutturale Stimme von Alberto. Auch im Alter zeugte sein Auftreten von Autorität und einer gewissen Unantastbarkeit. Obwohl er ein einfacher Mann der Arbeiterklasse gewesen war, gab es an seiner Kleidung nichts auszusetzen. Sein Rasierwasserduft war unverkennbar und breitete sich in der Küche aus.

»Morgen, Nonno«, erwiderten die Mädchen.

»Ist der Kaffee fertig?«

»Soeben frisch aufgebrüht.« Lucia stand auf und nahm die Espressokanne vom Herd, die Alberto sogleich entgegennahm.

»Ah, herrlich, dieses Aroma. Wie Till den wässrigen Getreidekaffe diesem hier vorziehen konnte, werde ich nie verstehen. *Dov'è il giornale?*«

Sofort spürte Lucia die Blicke ihrer Töchter auf sich. Als fragten sie sich: Wie reagiert Mama wohl heute, wenn Nonno ihren Ehemann erwähnte? Würde sie wieder in Tränen ausbrechen wie die letzten Male?

Aber nicht heute, dachte Lucia und warf ihrem Vater die Zeitung hin. Eine kritische Augenbraue wanderte in die Höhe, doch Alberto sagte nichts. Er brummte und goss sich den Kaffee ein. Nach einem Schluck verzog er den Mund. »Nicht übel, aber deine Mutter hat ihn besser zubereitet.«

Lucia ignorierte die Bemerkung und stellte ihm seine Medikamente in einem Becherchen auf den Tisch, was ihr Vater geflissentlich übersah.

Vanessa verdrehte die Augen und legte ihr Buch ab. »Mensch, ein Morgenmuffel ist schon anstrengend genug, aber zwei sind ja nicht auszuhalten. Reißt euch mal zusammen, Mama und Nonno.«

Lucia wich dem Blick ihres Vaters aus. Alberto starrte

ohnehin bloß auf die Küchenuhr. »Gianni ist spät dran. Der Transport holt ihn in fünfzehn Minuten ab.«

Als wäre dies das Stichwort, erklang plötzlich ein Poltern im Hausflur. Kurze Zeit später stürzte Gianni herein.

»Hey, hier kommt Gianni!«, sang oder besser gesagt schrie er ganz in Manier der Toten Hosen, während ebendiese aus dem Kassettenrekorder in seinem Zimmer trällerten.

Bei dem fröhlichen Auftritt ihres Bruders musste selbst Lucia lachen. Überschwänglich umarmte er seine Nichten und setzte sich zur Familie an den Tisch. Dann griff er sich die Cornflakes und schüttete eine großzügige Portion in die Schüssel.

»Soll ich dir beim Eingießen helfen?«, fragte Lucia, als ihr Bruder zur Milch griff, doch Gianni verneinte. Mit angehaltenem Atem sah sie ihm zu, den Putzlappen griffbereit. Gianni bewältigte die Aufgabe jedoch ohne Zwischenfälle.

Alberto sah seine Tochter fragend an. »Isst du gar nichts?«

»Aber, Nonno, Mama macht um diese Jahreszeit immer ihre Saftkur, damit sie für den Urlaub in Form ist«, belehrte Sandra ihn.

Ein Schatten huschte über Lucias Gesicht. Während Alberto sich mit der Antwort abfand, konnte sie den Blick ihres Bruders deutlich spüren. »Du musst lächeln, Lulu. Nicht traurig sein.«

Vanessa blickte erstaunt auf. »Wieso traurig, Mama? Bedrückt dich was?«

Sie wollte verneinen, verpasste aber den richtigen Moment dazu. Eigentlich fand sie Giannis Feingefühl bemerkenswert. Dass einer, der mit vierzig Jahren noch immer nicht seine Schuhe binden konnte, mit einem Blick sofort wusste, wenn etwas nicht stimmte.

»Mama?« Auch Sandra sah sie fragend an.

»Um es kurz zu machen, da ist tatsächlich eine Sache, die ich mit euch bereden muss.« Sie blickte in die Runde und atmete tief durch. »Ich weiß, wir wollten nach Italien ans Meer fahren, aber leider müssen wir das dieses Jahr auslassen. Ich habe es vorwärts und rückwärts überprüft, das Geld ist zu knapp. Wir können uns den Urlaub nicht leisten.«

»Was?«, riefen die Mädchen wie aus einem Mund, und auch Alberto blickte seine Tochter unverwandt an. »Das kann nicht dein Ernst sein.«

Lucia rieb sich die Stirn, als habe sie Kopfschmerzen. Auch sie hatte sich sehr auf den Urlaub in Italien gefreut, und sie konnte es kaum erwarten, sich wieder im Meer treiben zu lassen und den Sand zwischen den Zehen zu spüren. Sogar einen neuen Badeanzug hatte sie bestellt, obwohl sie ihre Figur nicht mochte. Aber das Übergrößen-Model hatte darin so glücklich ausgesehen, und sie wollte für sich doch auch mal etwas Gutes tun.

Was sie jedoch am meisten traf, war Giannis Reaktion. Er sagte kein Wort, in seinen Gesichtszügen jedoch ging eine dramatische Wandlung vor. Die Schultern sackten ein, der Kopf hing schief, und der Blick verlor sich im Nichts. Er wirkte plötzlich klein und fragil, wie damals,

als er auf der Neonatologie an so vielen Schläuchen angeschlossen war, dass man das Baby kaum erkannte. Lucia wusste nicht, wann sie ihn zuletzt so verletzt erlebt hatte.

»Aber ich habe extra von der Arbeit freigenommen.«

Lucia blieb nichts anderes übrig, als mit den Schultern zu zucken. »Das haben wir alle. Nur macht das Leben einem manchmal einen Strich durch die Rechnung.«

»Ich … muss auf den Bus«, sagte er bloß und streifte sich die Arbeitstasche über.

Tatsächlich stand draußen schon der Transport bereit, der Gianni zur betreuten Werkstatt fahren würde.

»Mach's gut, bis später«, sagte Vanessa, die beim Vorbeigehen die Hand auf den Unterarm ihres Onkels legte. Sie wartete, bis Gianni geknickt die Küche verließ und die Musik in seinem Zimmer verstummte, dann schenkte sie ihrer Mutter einen zornerfüllten Blick. »Damit brichst du ihm das Herz. Er hat sich so auf den Urlaub mit uns gefreut.«

»Da ist leider nichts zu machen«, sagte Lucia. »Wir haben das Geld nicht. Aber ich bin mir sicher, dass wieder bessere Zeiten kommen.«

Sandra bemerkte schnell, dass in Sachen Italienurlaub nichts zu machen war, und änderte ihre Taktik: »Wenn wir nicht nach Italien fahren, kann ich dann mit Gaby und Saskia nach Mallorca?«

Eine Frage, über die Lucia nicht einmal ernsthaft nachzudenken gedachte. »Ganz bestimmt nicht! Dafür bist du noch zu jung.«

Sandra stöhnte frustriert auf. »Ich bin genauso alt wie die beiden. Und die sind laut ihren Eltern alt genug.«

»Mag sein, dass die das anders sehen. Und in ein paar Jahren ist es auch völlig in Ordnung, wenn du volljährig bist und eigene Pläne hast. Aber noch bestimme ich die Regeln. Wir können uns trotzdem einen schönen Sommer machen und diesen zusammen verbringen.«

»Und wo soll das bitte sein?«, fragte Vanessa, während ihre Schwester schmollte.

»Nun, wir können jeweils am Wochenende zum Campingplatz fahren.«

»Boa, nee!«, stöhnte Vanessa. In diesen zwei Wörtern schwangen sämtliche Emotionen der Abscheu mit.

Auch Sandra maulte: »Das ist nicht gerecht. Seit meiner Ausbildung habe ich kaum Freizeit. Da will ich die nicht auch noch auf dem Campingplatz verschwenden. Dort ist es so öde. Und heiße Jungs gibt es auch nicht. Nur alte Männer mit Grillzangen und Bierbäuchen.« Ihr standen Tränen in den Augen.

Lucia konnte den Frust ihrer ältesten Tochter verstehen, aber ihr waren nun einmal die Hände gebunden. »Arbeit, kaum Urlaub – so ist das Leben, meine Liebe! Wenigstens hast du Freizeit. Schau dir Nonnos Generation an, er wäre dankbar gewesen, hätte er in deinem Alter den Tag so frei gestalten können.«

Aus Albertos Augen blitzte eine Warnung. »Zieh mich da nicht rein.«

Vater und Tochter tauschten einen emotionsgeladenen Blick aus. Lucia war es so leid, ständig gegen ihre Familie anzukämpfen. Es kostete sie unsäglich viel Energie und machte sie träge und freudlos.

»Wisst ihr was? Ich habe euer Geschwätz satt. Der Italienurlaub fällt ins Wasser. Damit ist die Diskussion beendet.«

»Ich hasse dich!«, schrie Sandra. Wutentbrannt stand sie auf und stürmte davon. Nach wenigen Sekunden kehrte sie zurück, öffnete den Kühlschrank und packte die Tupperware mit dem Mittagessen ein. Voller Wucht knallte sie die Kühlschranktür wieder zu.

Lucia konnte hören, wie die Getränkeflaschen aus dem Seitenfach stürzten und auf der Ablage herumrollten. Behutsam öffnete sie den Kühlschrank, um alles zu richten. Ihre Hände zitterten dabei. Obwohl sie wusste, dass sie den Schimpftiraden eines aufgebrachten Teenagers nicht zu viel Bedeutung beimessen sollte, hatten die Worte sie getroffen.

Da trug auch Albertos Bemerkung nicht zur Mäßigung bei. »Ganz schön frech, die Kleine. *L'hai lasciata parlare con te in quel modo?*« Er zog eine Grimasse.

»*Smettila, Papà!* Schluck lieber deine Pillen, statt mich zu belehren.« Sie hasste es, wenn ihr Vater sie im Beisein der Kinder kritisierte, selbst wenn er es in einer Sprache tat, die sie nicht verstanden. Die Mädchen waren schließlich nicht dumm und konnten sich denken, dass er schimpfte.

Eine unangenehme Stille entstand, die erst endete, als Vanessa mit einem verhaltenen Gesichtsausdruck aufstand und den Stuhl an den Tisch rückte. »Also … ich sollte dann mal gehen. Wie immer sehr nett und entspannt hier.« Dabei nickte sie ironisch und suchte das Weite.

»Das lief ja wieder einmal bestens«, raunte Lucia, während sie gegen die Küchenzeile lehnte und sich mit der Hand über das Gesicht fuhr. Sie wusste, dass das Thema Italienurlaub nicht vom Tisch war. Ihr Vater hatte das letzte Wort noch nicht gesprochen. Jetzt, da die Kinder weg waren, würde er so richtig Fahrt aufnehmen.

»Was wird aus dem Wunsch deiner Mutter? Er wechselte ins Italienische. »*Avevamo dei piani!*«

»Manche Dinge kann man nicht vorausplanen«, erwiderte Lucia ebenfalls in ihrer Muttersprache.

»Natürlich konntest du das! Warum musstest du dich auch ausgerechnet jetzt von Till trennen? Du wusstest schon lange, dass er dich ins Unglück stürzt.«

»Sei still!«, schrie sie und erschrak über ihre eigene schrille Stimme.

Alberto warf die Zeitung hin und stand auf. »Ach, zum Teufel mit dir! Ich lass mich doch nicht von meiner Tochter so zur Sau machen.« Kopfschüttelnd schlurfte er davon. »Wenn nur deine Mutter hier wäre«, brummte er, während er hinausging.

Lucia spürte, dass sie den Tränen nahe war. Im schwarzen Fenster der Mikrowelle erkannte sie die Umrisse ihres Spiegelbilds. Eine vierzigjährige, alleinerziehende Frau, die gerade heulen konnte, weil sie ihre *Mamma* so schrecklich vermisste. Christina wäre eine derartige Eskalation nie passiert, dafür verstand sie es zu gut, mit Liebe, Geduld und viel Verzicht für Harmonie zu sorgen.

Diesen Charakterzug hatte sie allerdings nicht an ihre Tochter weitergegeben. Nur das dunkellockige Haar hatte Lucia von ihrer sizilianischen Mutter geerbt. Die Blässe ihrer Haut und die blauen Augen kamen samt der Dickköpfigkeit von der Seite ihres Vaters, der seine Wurzeln in Friaul hatte.

Ja, wenn ihre Mutter bloß hier wäre, dachte Lucia. Dann wäre das Leben aller wieder leichter und beständiger.

2. Kapitel

Freiburg im Breisgau, 1999

Um neun musste Lucia in der Bibliothek sein, in der sie halbtags arbeitete. Die Ablenkung kam ihr sehr gelegen. Bücher versorgen, den Bestand pflegen, Kundschaft bedienen und hier und dort mal selbst in einem Buch blättern – die Routine gab ihr Sicherheit. Ruhe und Beständigkeit, das war, was sie brauchte. Nur hier hatte sie das Gefühl, frei atmen zu können. Und doch steckte nicht mehr dieselbe Leidenschaft wie früher dahinter.

Bei ihrem ersten Job hatte sie als Lektorin bei einem Sachbuchverlag gearbeitet. Dort hatte sie es geliebt, Autoren zu begleiten, die Manuskripte zu redigieren und jährlich die großen Buchmessen zu besuchen und sich jeden Abend mit anderen interessanten Leuten der Buchbranche zu vernetzen. Man war am Puls der Zeit und ständig auf dem Laufenden.

Nachdem sie aber eine Familie gegründet hatte und nicht mehr flexibel gewesen war, hatte man sie schleichend ausgehebelt. Zuerst bekam sie nicht mehr die interessanten Aufträge, später wollte man nicht auf ihre gewünschte Stundenreduktion eingehen, was sie schließlich zur Kündigung zwang und ihre Karriere für ein ganzes Jahrzehnt auf Eis legte.

Als die Kinder in die Schule kamen, fand Lucia in der Bibliothek genau das, was sie damals gesucht hatte – und war dort irgendwie gestrandet. Sie hatte schon vor Jahren den Punkt erreicht, an dem es für sie keine berufliche Weiterentwicklung gab. Gleichzeitig fühlte sie sich privat zu ausgelastet, um sich noch einmal neu zu orientieren oder mit geistreichen Innovationen zu glänzen.

Am frühen Nachmittag endete Lucias Schicht bereits. Aber die Arbeit war damit keineswegs getan. Ihr blieben knapp fünf Stunden, um einzukaufen, das Auto in die Werkstatt zu bringen, die gebuchte Ferienwohnung in Bibione zu stornieren, Wäsche zu waschen, den Kindern bei den Hausaufgaben zu helfen sowie das Abendbrot und gleichzeitig das Mittagessen für den morgigen Tag vorzukochen. Nicht miteingerechnet, dass all ihre Familienmitglieder Zuwendung brauchten und das Bedürfnis hatten, von ihrem Tag zu erzählen.

Und irgendwo dazwischen hoffte sie auf ein klärendes Gespräch mit ihren Töchtern, auch wenn es wenig Hoffnung darauf gab. Die Mädchen konnten ganz schön nachtragend sein, und ihre Worte am Frühstückstisch schmerzten Lucia noch immer. Manchmal kam es ihr vor, als würde die Pubertät einen Keil zwischen sie und ihre Kinder treiben. Wo waren die süßen kleinen Mädchen mit den Pausbacken und dem ansteckenden Lachen von einst geblieben? Sie gehörten der Vergangenheit an, genau wie ihre Ehe. Bei diesem Gedanken musste Lucia schwer seufzen.

Um sich abzulenken, hatte Lucia nach dem Abendessen im Wohnzimmer eine Doppelfolge der *Golden Girls* geschaut und Wäsche gebügelt. Von ihrer ursprünglichen Sortierordnung war nichts mehr zu erkennen. Täglich hatte der Wäscheberg chaotischere Ausmaße angenommen, weil alle ihre Kleidungsstücke einfach herausrissen. Was übrig blieb, war ein zerknüllter, kümmerlicher Haufen, der verloren auf dem Bügelbrett ruhte und darauf wartete, dass sich jemand seiner erbarmte.

Danach wäre Lucia am liebsten todmüde ins Bett gefallen, aber eine Sache lag ihr auf dem Magen. Von Sandra, Vanessa und ihrem Vater durfte sie erwarten, dass sie mit Frustration umgehen konnten, doch bei Gianni sah das anders aus. Vorsichtig schob sie den bunten Perlenvorhang vor der Tür zu Sandras früherem Zimmer zur Seite, wo ihr Vater und ihr Bruder ihr Quartier aufgeschlagen hatten. Etwa zehn verschiedene Poster der Backstreet Boys hingen an den Wänden und blickten auf sie herab. Eine Lampe in Form einer sich drehenden Discokugel zeichnete kleine Lichtpunkte an die Decke.

Wie Lucia gehofft hatte, schlief Alberto tief und fest. Das konnte sie an seinem regelmäßigen Atmen hören. Gianni hingegen lag wach im Bett und starrte stirnrunzelnd auf Nick Carters blonden Mittelscheitel.

Aus dem Rekorder drang leise Popmusik, die ihm beim Einschlafen half. Ein Vorteil, der das Zusammenleben erleichterte: Sobald ihr Vater nachts seine Hörgeräte ausschaltete, konnte ihn kein Geräusch der Welt mehr stören.

»Lulu?« Fragend blickte Gianni zu seiner Schwester.

»Keine Toten Hosen heute?«, fragte sie.

Obwohl er sich nicht weiter zum abgesagten Urlaub geäußert hatte, merkte sie ihm an, dass er nicht mit der Welt versöhnt war. »Habe Bandsalat gemacht«, sagte er mit trauriger Stimme. Dabei deutete er auf die Kassette auf seinem Nachttisch, für die er zusammen mit Sandra einen Sonntagnachmittag lang am Radio gesessen hatte, um seine Lieblingslieder mitzuschneiden.

»Dann lass uns mal sehen, was wir machen können.« Lucia fischte im Dunkeln einen Bleistift vom Schreibtisch und setzte sich mit der Kassette auf Giannis Bettrand. Vorsichtig führte sie den Stift in eines der Löcher und drehte das Band wieder ein. Es war eine schnelle Sache, mit der sie ihrem kleinen Bruder eine große Freude bereiten konnte. Die Dankbarkeit in seinen Augen erwärmte ihr Herz. Doch im nächsten Augenblick zog es sich wieder zusammen.

»Tut mir leid, dass wir dieses Jahr nicht nach Italien fahren«, sagte sie. »Ich weiß, dass du dich sehr darauf gefreut hast.«

Gianni zuckte mit den Schultern. »Es geht eben nicht, wenn kein Geld da ist. Und ohne Till funktioniert es ja sowieso nicht, weil wir ja zwei Autos brauchen.«

»Ja … da hast du recht.« Lucia verzichtete auf den Hinweis, dass sie ohne ihren Ehemann nur zu fünft waren und durchaus alle in ihrem Opel Platz gehabt hätten, auch wenn es sehr eng geworden wäre. Und den Zug hätte es schließlich auch noch gegeben, aber sie wollte nicht darauf herumreiten.

Es war schon sonderbar. Da war die Person, von der man am wenigsten Reife erwartete, ausgerechnet die mit dem größten Verständnis. Vielleicht sollte sie Gianni mehr als das sehen, was er tatsächlich war: ein erwachsener Mann, der durchaus mitbekam, was um ihn herum geschah.

»Ich glaube, wir sollten dir mal neue Bettwäsche besorgen«, schlug sie vor, denn als Bettbezug diente Vanessas verwaschene Ponylandschaft aus früher Kindheit.

»Wieso? Ist sie kaputt?«

»Nein, ich dachte nur wegen der Ponys. Stören sie dich nicht?«

Entschieden schüttelte Gianni den Kopf. »Ich mag Ponys. Das sind liebe Tiere. Weißt du noch früher, als wir mit *Mamma* und *Papà* zum Ponyreiten gingen? Das war schön.«

Lucia konnte sich nur vage daran erinnern, doch sie wusste, was ihr Bruder damit andeuten wollte. »Du vermisst *Mamma* noch immer sehr, nicht wahr?«

Er nickte. »An manchen Tagen fällt es mir nicht so auf, dass sie nicht da ist. Nur heute ...« Giannis Stimme brach.

»Das verstehe ich. Ich vermisse sie auch sehr.«

»Wirklich? Aber du bist immer so tapfer. Ich habe dich nie um sie weinen sehen.«

»Weißt du«, begann Lucia vorsichtig, »manchmal weint man mit dem Herzen, nicht mit den Augen. Dann kann keiner die Tränen sehen.«

Eine Weile sahen sie einander schweigend an.

Es war ein Blick ohne Worte, und doch verbarg sich

eine ganze Sprache darin. Eine Art Geheimcode, mit dem sich die Geschwister seit Kindertagen verständigten. Dass Gianni lange nicht sprechen konnte, hatte dabei keine Rolle gespielt.

Es schnürte ihr das Herz zusammen, wenn sie an die schwere Kindheit ihres Bruders zurückdachte. Ihr Kinderarzt, Dr. Zanetti, ebenfalls ein immigrierter Italiener, hatte sich stets Späße mit seinen kleinen Patienten erlaubt und alberte mit ihnen herum. Am Ende jeder Untersuchung nahm er eine Bonbonschale vom Regal, und Lucia durfte sich eine Süßigkeit aussuchen. Dann lachte Dr. Zanetti und verwuschelte ihr Haar.

Als er aber Gianni im Krankenhaus zum ersten Mal sah, verschwand sein Lächeln, und sein Ausdruck wurde ernst. Er wollte mit ihren Eltern allein sprechen und schickte Lucia in den Flur zum Spielen.

Mit vier Jahren war Lucia zu klein, um zu verstehen. Auch waren die Erinnerungen zu schwach. Was ihr aber bis heute im Gedächtnis blieb, war diese bedrückte Stimmung in der Zeit danach. Dr. Zanetti, zu dem sie nun viel öfter gingen. Der zwar immer noch viel lachte, aber oft die Stirn runzelte und Giannis Herz und Lunge besonders gründlich abhörte. Die verhaltene Reaktion der Passanten, wenn sie in den Kinderwagen blickten. Der traurige Ausdruck ihrer Eltern, ihr Flüstern, wenn sie glaubten, Lucia würde schlafen. Und wie ihre Mutter sich trotz allem immer wieder aufrappelte, die Schultern zurückzog und mit resoluter Entschlossenheit bekannte: »Unser Sohn wird ein gutes Leben führen.«

Und Lucia, die im Kinderzimmer mit ihrem Bruder Bauklötze stapelte und sich fragte: Wieso sollte er auch nicht?

Vielleicht waren es genau diese Selbstverständlichkeit und die allseitige Fürsorge gewesen, die Gianni zu einem fröhlichen Menschen heranwachsen ließen. Diesen Herbst wurde er vierzig, und als Lucia vor siebzehn Jahren zum ersten Mal Mutter geworden war und ihm die kleine Sandra in den Armen gelegt hatte, hätte Lucia sich keinen liebevolleren und sanfteren Onkel für ihre Kinder wünschen können.

»Lulu?«

»Ja?«

»Darf ich meinen Kopf auf deine Beine legen, und du streichelst mir dann über das Haar? So hat *Mamma* das immer gemacht.«

»Ja, daran mag ich mich noch gut erinnern.« Sie schmunzelte und klopfte mit der flachen Hand auf ihren Oberschenkel. »Dann komm mal reingekuschelt.«

Mit einem seligen Lächeln machte Gianni es sich bequem. Auch Lucia genoss die Nähe ihres Bruders. Menschliche Wärme, etwas, das im Alltag viel zu schnell zu kurz kam. Früher hatte sie es geliebt, mit ihren Töchtern zu kuscheln, als diese noch klein waren. Auch wenn es Lucia viele schlaflose Nächte beschert hatte, so war es auch eine schöne Zeit voller Liebe und Geborgenheit gewesen. Und Till … manchmal konnte sie kaum glauben, wie glücklich sie früher gewesen waren.

Während Lucia immer tiefer in die Abgründe ihrer Ehe

tauchte, spürte sie, dass Gianni wohlig seufzte. »Deine Beine sind so weich und gemütlich.«

Was für ein Kompliment! Lucia musste ein zynisches Auflachen unterdrücken. »Ach, diese Schwabbel-Stelzen.«

Daraufhin sah Gianni sie empört an. »So darfst du deine Beine nicht nennen, sonst werden sie traurig. Ich finde, dass sie perfekt schenklige Kissen sind.«

Diese sonderbare Bezeichnung zauberte selbst ihr ein Lächeln ins Gesicht. Liebevoll strich sie ihrem Bruder über den Scheitel. »Ponys, Rockmusik und perfekt schenklige Kissen also? Mehr brauchst du nicht, um glücklich zu sein?«

Doch da war Gianni bereits eingeschlafen.

3. Kapitel

Freiburg im Breisgau, 1999

Ein paar Tage später konnte sich Lucia kaum zum Termin beim Anwalt überwinden. Ihre Beine fühlten sich schwer wie Blei an. Alles in ihr sträubte sich dagegen, ihr Herz raste, und schon wieder drohten die Tränen zu fließen. Nie hatte sie diesen Schritt gehen wollen, aber sie kam nicht umhin. Das Familienglück hatte sie nun einmal verlassen. Die Ehe, die vor zwanzig Jahren nur wenige Meter weiter am Rathausplatz besiegelt wurde, hatte ein trauriges Ende gefunden. Allein ihren Töchtern zuliebe brauchte sie die Rechtsberatung, um sich über Sorgerecht, Vermögensaufteilung und Unterhaltskosten zu informieren.

Die Kanzlei befand sich – wie alle guten Adressen – inmitten der Altstadt in der Nähe des Münsters. Vor dem Eingang blieb sie abrupt stehen, als sie ein bekanntes Gesicht bemerkte. »Was machst du denn hier? Arbeitest du nicht?«

Die blonde Frau, die vor ihr stand, trug ein pastellblaues Etuikleid mit weißem Blazer und dezentem Goldschmuck und grinste sie an. »Glaubst du, ich lasse dich bei dem Termin allein?«

»Oh, Gott sei Dank!« Eine Last fiel von Lucias Schultern, als sie ihrer besten Freundin in die Arme fiel.

»*Bellezza*, du siehst umwerfend aus!«, bemerkte Sabina überschwänglich.

»Umwerfend? Eher fühle ich mich umgeworfen!«

Sabina war Lucias beste und älteste Freundin, die jeden Samstag in der Disco die Nacht durchfeierte und sich sonntags auf der Kirchenbank neben ihrer Mutter von ihrem Kater und ihrem One-Night-Stand erholte. Da, wo sie war, schien die Sonne. Mit ihrem Charme und ihrem offenen und gleichzeitig chaotischen Wesen fand sie leicht Zugang zu ihren Mitmenschen. Lucia und Sabina kannten einander seit der Kindheit. Sie war die Tochter von Gastarbeitern, die in den Sechzigern nach Deutschland gekommen waren. Zuerst kam nur ihr Vater aus Milano, dann zog die ganze Familie nach. Sabina und ihre Schwester gingen damals schon zur Schule.

Wie es damals so war, wurden Italiener nicht sonderlich offenherzig aufgenommen, und so blieben sie lieber unter sich in ihren Vierteln, wo es keine Sprachbarrieren, dafür viele Familien gab, die sich auf den Spielplätzen oder in Cafés trafen, die selbstverständlich ebenfalls von einem Landsmann geführt wurden.

Als Sabinas Vater Claudio und Alberto Arbeitskollegen in derselben Firma wurden, freundeten die Männer sich schon deswegen an, damit auch die Ehefrauen sich kennenlernen und austauschen konnten und die Kinder ihresgleichen zum Spielen fanden. Eine Freundschaft entstand, die seit Jahrzehnten anhielt. Und im Sommer fuhr man gemeinsam nach Bibione auf den Campingplatz.

Später hatte Lucia ihrer besten Freundin einen Job im Verlag besorgt und in ihr Lektoratsteam geholt. Es war eine aufregende und zugleich witzige Achterbahnfahrt gewesen, wo die Tage und Nächte aus Kaffee, Papierstapeln und Geschäftsreisen bestanden hatten. Als Arbeitskolleginnen hatten sich ihre Wege nach der Geburt der Kinder getrennt, doch die enge Freundschaft war geblieben.

Als Lucia die Umarmung löste, wischte sie sich rasch über das Gesicht.

»Nun aber weg mit den Tränen«, heiterte Sabina sie auf. »Bringen wir den Termin hinter uns, und danach trinken wir einen Kaffee.«

Einen Kaffee konnte Lucia nach der Beratung auch dringend gebrauchen. Erschlagen von der Informationsflut ging sie mit Sabina an den historischen Gebäuden beim Münsterplatz entlang. Bei ihrem Lieblingscafé setzten sie sich auf die Terrasse, wo Lucia sich über die Broschüren beugte, die der Anwalt ihr mitgegeben hatte.

Ungläubig schüttelte sie den Kopf. »Ein ganzes Trennungsjahr, ehe ich mich scheiden lassen kann!«

»Aber hast du nicht gehört, dass du Recht auf Trennungsunterhalt hast? Du darfst es einfordern. Till muss dir das Geld geben.«

»Schön und gut, aber du kennst ihn. Der macht nichts, bis er dazu gezwungen wird. Und bis das der Fall ist, habe ich ein Riesenproblem. Wie soll ich meine Rechnungen zahlen? Wir müssen an allen Ecken sparen. Ich glaube, der gestrichene Urlaub war erst der Anfang.«

»Ach ja, wie ging es da weiter? Schmollt dein Vater immer noch?«

»Mein Vater? Sie alle! Sie sind so wütend auf mich, weil wir nicht nach Italien fahren können.«

Sabina atmete tief durch und machte ein Gesicht, als gefiele es ihr selbst nicht, gegen ihre beste Freundin zu argumentieren. »Ich kann es ein Stück weit verstehen, Liebes. Man kann auch preiswerten Urlaub machen.«

»Ja, aber es frisst trotzdem ein Loch in die Familienkasse. Ich werde schon irgendwie dafür sorgen, dass wir einen schönen Sommer hier verbringen können. Kommendes Wochenende gehen wir in den Schwarzwald. Nur die Mädels und ich.«

Als Antwort verzog Sabina das Gesicht. »Das ist doch nicht das Gleiche!«

»Was will ich denn machen? Ich habe keine Kraft mehr, um mich zu streiten. Ich funktioniere nur noch und stehe völlig neben mir. Vielleicht sollte ich mal einen Termin bei einer Psychiaterin vereinbaren.«

»Ach, Liebes, du brauchst keine Therapie, sondern Urlaub. Und zwar richtigen.«

»Und wie soll ich den bitte schön genießen, wenn mein Mann sämtliche Zahlungen verweigert?« Seufzend lehnte Lucia sich in ihren Sitz zurück, frustriert darüber, wie sich das Gespräch im Kreis drehte. »Dass Till mir damit eins auswischen will, damit käme ich klar. Aber was er den Mädchen damit antut …«

»Ist einfach unfassbar!«, stimmte Sabina ein. »Als ob man bei einer Trennung von seinen Pflichten als Vater befreit wäre. Apropos Vater, kann deiner nicht aushelfen? Wenn er jetzt bei euch wohnt, müsste er doch zumindest das Geld übrighaben, das er früher für die Miete zahlte?«

Lucia lachte bitter auf. »Die saßen seit den Fünfzigern in ihrem Plattenbau. Die Miete war ein Witz. Und außerdem war meine Mutter unterversichert. Sie mussten einen Kredit aufnehmen, um all ihre Behandlungen zu bezahlen. Und den zahlt mein Vater noch immer ab.«

»Fakt ist, du brauchst Geld. Ich könnte es dir leihen.«

Lucia wollte nicht undankbar sein. »Das ist unglaublich lieb von dir, aber das kann ich nicht annehmen. Und vielleicht bin ich in den nächsten Monaten wirklich dazu gezwungen, auf dein Angebot zurückzukommen. Aber dann nur für wichtige Dinge und nicht, um in den Urlaub zu fahren.«

Sabina nickte, als habe sie sich diese Antwort bereits denken können. »Magst du dich noch an Elke erinnern?«, fragte sie plötzlich.

»Elke aus dem Verlag?«

Sabina nickte.

»Na klar erinnere ich mich an sie. Was ist mit ihr?«

»Die wird im September pensioniert.«

Erstaunt sah Lucia auf.

Elke betreute seinerzeit im Sachbuchprogramm die geschichtlichen und gesellschaftlichen Themen. Sobald die Absätze ihrer Schuhe im energischen Takt durch die Verlagsräume hallten, brachte man sich vorsorglich lieber in Sicherheit. Immer beschäftigt, immer kurz angebunden, immer im Tonfall ein Hauch zu scharf, aber zuverlässig wie eine Schweizer Uhr. Ihr Rotstift war so gefürchtet wie geachtet. So mancher Autor war unter ihrem prüfenden Auge zusammengebrochen, doch wer den Durchbruch schaffte, hatte ihn ihrem Gespür zu verdanken. Auch Lucia hatte ihre Zeit gebraucht, um mit ihr warm zu werden, sie hatte jedoch auch viel von ihr lernen können und sie für ihre Zielstrebigkeit bewundert.

»Unglaublich, dass sie schon pensioniert wird. Wie die Zeit vergeht …«

»Auf jeden Fall wird ihre Stelle frei«, fuhr Sabina fort. »Und da habe ich möglicherweise deinen Namen als Nachfolgerin fallen gelassen.«

Lucia riss die Augen auf. »Du hast was? Aber ich habe schon einen Job.«

»Sei mal ehrlich, da verstaubst du doch wie die meisten Bücher in euren Archiven. Wie oft hast du dich schon bei mir darüber beklagt, dass du unterfordert bist?«

»Ein paar Mal«, gab Lucia zu. »Wobei mir ein wenig berufliche Unterforderung ganz recht ist, solange das Familienleben so anstrengend ist. Außerdem war es nicht gerade schön, wie die mich da hinausbugsiert haben.«

»Ist lange her. Die sind doch alle nicht mehr da. Und die Zeiten haben sich geändert!« Sabina winkte ab.

Lucia nickte nachdenklich und schüttelte sogleich wieder den Kopf. »Ich wäre trotzdem komplett aus der Übung.«

»Ist wie Fahrrad fahren. Da bist du schnell wieder drin«, gab sich ihre Freundin unbeeindruckt. »Das Team teilt sich wöchentlich die Eingänge auf, prüft und akquiriert Autoren und arbeitet sich durchs Manuskript. Alles elektronisch inzwischen. Du hättest einen brandneuen iMac. Du weißt schon, die Dinger, die hinten wie ein Ei ausgebuchtet sind. Kannst dir sogar die Farbe aussuchen.«

Den Köder mit der neusten Technik schluckte Lucia nicht. Doch sie spürte ein Kribbeln. »Was gehört zum Aufgabenbereich?«

»Das Übliche halt. Da wären noch Treffen mit Verlagsvertretern, und du müsstest deine Titel bei Stiftungen und Sachbuchpreisen einreichen … Ach ja, und du würdest den Verlag bei den großen Messen sowie an den Erstlesungen der Autoren repräsentieren. Du wärst also immer ein wenig unterwegs, ab und an auch für ein paar Wochen in Hamburg, wo wir mittlerweile unseren Zweitsitz haben.«

Aus dem Kribbeln wurden sofort Bauchschmerzen. »Das geht nicht. Ich habe zwei Kinder.«

»Die jetzt wie alt sind? Die müssen doch nicht mehr rund um die Uhr betreut werden. Nimmt Sandra nicht sogar schon die Pille?«

»Nur gegen die Akne und ihre Periodenkrämpfe!«, insistierte Lucia, auch wenn sie manchmal selbst daran zweifelte. »Und dann wären da noch mein Vater und mein Bruder, bei denen ich keinen Schimmer habe, wie die zurechtkommen würden.«

Sabina stieß ein Seufzen aus. »Aber es muss doch eine Lösung geben. Du brauchst den Job, und du hast die Arbeit immer gern gemacht. Du kannst dich doch nicht dein Leben lang aufopfern. Wann kommt deine Zeit wieder?«

Lucia ließ die Schultern hängen. Sabinas Frage war berechtigt. Wann kam ihre Zeit wieder? Darauf wusste sie keine Antwort.

Lucia hatte keine Lust mehr, von ihren Problemen zu sprechen, und hoffte, dass Sabina sie mit einigen aufregenden Neuigkeiten aus dem Singleuniversum füttern würde. »Und was gibt es bei dir Neues?«

Sabina nahm einen großen Schluck Kaffee, dann sog sie die Luft ein und verdrehte die Augen. »Meine Mutter treibt mich in den Wahnsinn. Ständig will sie mich mit einem der Söhne ihrer Freundinnen aus dem kirchlichen Frauenverein verkuppeln, weil sie es nicht erträgt, dass ich noch immer nicht verheiratet bin. ›In deinem Alter hatte ich zwei erwachsene Kinder. Deine Schwester ist drei Jahre jünger und seit fünfzehn Jahren mit einem Turiner verheiratet. Ein guter Mann, der sich für keine Arbeit zu scheu ist. Und was treibst du die ganze Zeit?‹«, äffte sie ihre Mutter auf Italienisch nach. »Also tue ich ihr den Gefallen und gehe ab und an mit einem Kerl aus. Allein schon, damit ich meine Ruhe vor ihr habe. Der letzte Typ war zu Beginn sogar ganz schnuckelig. Guter Job, gutes Aussehen, geile Karre … Aber wohnt noch immer bei seiner *Mamma*. Was soll ich sagen … *è bello ma non balla*.«

Lucia lachte laut auf und merkte gar nicht, wie sehr ihr Sabinas Humor gefehlt hatte. Zum ersten Mal dachte sie heute nicht an all ihre Probleme und Streitereien. Ausgelassen gab sie ihren Senf auf Italienisch dazu. So war das immer bei ihnen. Zuerst sprachen sie Deutsch, wechselten irgendwann unbemerkt ins Italienische, nur um manche Wörter oder Teilsätze doch wieder auf Deutsch zu sagen, weil ihnen das richtige Wort nicht einfiel.

»Also ich könnte noch einen Kaffee gebrauchen«, sagte Sabina, als sie ihre Tasse ausgetrunken hatte. »Du auch? Ich lade dich ein!«

»Danke, ich habe noch.«

Sabina bestellte einen Cappuccino, den Lucia mit einem Stirnrunzeln beäugte. »Hast du mal auf die Uhr geschaut?«

»Ist doch egal. Weißt du, das liebe ich an Deutschland«, meinte Sabina locker. Sie lehnte sich zurück und leckte sich mit der Zunge den Milchschaum von der Lippe. »Du kannst am Nachmittag einen Cappuccino bestellen, und niemand guckt dich blöde an. Na ja, bis auf du.«

Wieder lachte Lucia und winkte den Kellner zu sich. »Bitte bringen Sie mir auch einen.«

»Bist du etwa mit der Tram gekommen?«, fragte Sabina erstaunt, als die beiden das Café verließen und Lucia sich auf in Richtung Straßenbahn am Schwabentorplatz machte.

»Ja, mein Auto ist bis Freitag in der Werkstatt. Ist für mich das erste Mal, dass ich mich selbst darum kümmere. Und natürlich hab ich's schleifen lassen.« Sie presste die Lippen zusammen und schob die Gedanken an Till schnell beiseite. Ihm wäre das bestimmt nicht passiert.

»Sag das doch gleich! Komm, ich fahre dich.« Im Parkhaus angekommen, musste Sabina erst das Ticket zahlen. »Hier, halt mal.« Während sie auf der Suche nach ihrer Brieftasche ihre Handtasche ausräumte, drückte sie Lucia sämtlichen Inhalt in die Hand. Auch ihren Autoschlüssel, an dem ein herzförmiger Schlüsselanhänger mit schwimmenden Glitzerteilchen und einem Foto hing.

Beim Anblick des Fotos musste Lucia lächeln. Nicht viele Frauen in ihren Vierzigern trugen ein Porträt ihres Vaters bei sich.

Als Sabina bemerkte, dass Lucia das Foto betrachtete, huschte ein bittersüßer Schatten über ihr Gesicht. »Hab das Foto erst kürzlich auf dem Dachboden entdeckt und fand es ganz passend für den Schlüssel. Er war sein Leben lang für mich da und hat mich beschützt. Nun passt er als Schutzengel auf mich auf, wann immer ich ins Auto steige. Findest du das blöd?«

»Überhaupt nicht«, versicherte Lucia. Dabei spürte sie ein Ziehen in der Brust. Als Claudio bei einem schweren Arbeitsunfall ums Leben kam, war dies für Lucia die erste bewusste Auseinandersetzung mit dem Tod gewesen. Die erst zwölfjährige Sabina und ihre jüngere Schwester waren damals oft nach der Schule zu ihnen gekommen und zum Mittagessen geblieben, mitunter nochmals am Nachmittag bis spätabends, damit ihre Mutter im Krankenhaus zusätzliche Schichten übernehmen konnte. Nur so kam die Familie über die Runden.

Und obwohl Claudio schon lange nicht mehr da war, war er immer noch ein wichtiger Teil in Sabinas Leben, als wäre der Tod kein Hindernis, um jemanden zu lieben.

Wann immer sie von ihm sprach, tat sie es auf solch liebevolle Weise, dass einem das Herz aufging.

Manchmal hätte Lucia lieber einen Vater wie Claudio gehabt, der zwar nicht mehr lebte und den sie dafür vermissen konnte, statt sich mit einem Vater wie Alberto herumzuschlagen, dem sie es einfach nie recht machen konnte. Als sie sich bewusst wurde, was sie sich soeben herbeigesehnt hatte, erschrak sie.

4. Kapitel

Freiburg im Breisgau, 1999

Alberto Carole war für gewöhnlich kein Mann, der sich aus der Ruhe bringen ließ. Schon gar nicht, wenn es früher Morgen war, er am Frühstückstisch in der aufgeschlagenen Zeitung blätterte und der frisch aufgebrühte *caffè* einen unwiderstehlichen Duft verströmte.

Seit er aber bei seiner Tochter wohnte, gehörte diese Behaglichkeit der Vergangenheit an. Neu waren Stress und Scherereien. Lucias Gesicht war gerötet, die gelockte Mähne stand ihr wirr vom Kopf ab.

»Sandra! Vanessa! Wo zum Teufel steckt ihr? Seit einer halben Stunde warte ich wie ein Depp auf euch«, rief sie erzürnt.

Kurz darauf watschelten die Mädels in aller Gemütlichkeit vorbei.

»Entschuldigung, wenn ich meine Tage bekomme«, maulte Sandra sie an. »Wäre es dir lieber, dass ich dir die Autositze versaue?«

Klirrend fiel Albertos Kaffeelöffel auf den Frühstücksteller. In seinem ganzen Leben hatte er nie – nie! – eine Frau so schamlos über … nun ja Frauenangelegenheiten reden hören. Es verschlug ihm schier die Sprache.

»Nonno, du kennst meine Schwester aber schlecht,

wenn dich das schockiert«, neckte Vanessa ihn, während sie sich hinsetzte und in aller Ruhe in ihrer Milchschokolade rührte. »Wir steuern geradewegs auf ein neues Jahrtausend zu. Da gehört es dazu, dass natürliche Dinge wie Menstruation nicht mehr tabuisiert werden.«

Gianni sah seine Nichte interessiert an. »Menstruation – ist das wie Masturbation, aber für Frauen?«

Abermals verschlug es Alberto die Sprache, während Vanessa und Sandra losprusteten. »Das ist überhaupt nicht das Gleiche«, erklärte Vanessa eifrig. »Menstruation ist, wenn ...«

»Neues Jahrtausend schön und gut, aber bevor wir uns darauf zubewegen, bewegt ihr euch erst einmal ins Auto«, schaltete sich Lucia ein, die Hände in die Taille gestemmt. Dann betrachtete sie ihre knapp bekleidete Tochter. »Sandra, hast du möglicherweise noch eine Aufmachung, die etwas weniger nach Hamburger Reeperbahn schreit?«

»Wenn du Wäsche gewaschen hast?«

»Nein.«

»Dann habe ich nichts anderes«, erwiderte Sandra, während sie ihre gefälschte Fendi-Handtasche unter den Arm klemmte und Hüften schwingend die Wohnung verließ. Vanessa knallte ihre leere Tasse auf den Tisch und stand ebenfalls auf. Dabei fiel ihr Rucksack um, den Gianni ihr hilfsbereit aufhob.

»Uff, der ist aber schwer. Was hast du alles eingepackt?«

»Nur ein paar Bücher.«

»Die nicht im Auto gelesen werden. Sonst wird dir wieder schlecht«, mahnte Lucia sie, während sie den neuen Badeanzug einpackte.

An der Wohnungstür klingelte es, und Vanessa, die am Fenster stand, blickte auf die Straße, wo Sandra sich mit einer Frau unterhielt. »Nadja? Was macht denn unsere alte Babysitterin hier?«

Lucia schlug einen beiläufigen Ton an. »Sie kommt für Nonno und Gianni.«

»*Scusa? Cos'hai fatto?*«

Lucia ignorierte ihren Vater und setzte ihr liebenswürdigstes Lächeln auf.

Kurz darauf stand die wasserstoffblonde Kinderbetreuerin in der Wohnung und begrüßte die Familie euphorisch. »Huhu, meine Lieben! Wie schön, euch zu sehen. Ach, wie lang ist's her! Gerade habe ich unten Sandra angetroffen. Mein lieber Schwan, die hat sich aber gemacht! Und Vanessa, zeig dich mal!«

Während Nadja ihre Bewunderung in allen Tonlagen einer Sopransängerin kundtat, näherte sich Lucia ihr mit dem noch immer eingebrannten Dauerlächeln.

»Schön, dass du kommen konntest. Das Geld liegt auf dem Tresen, im Kühlschrank gibt es frisches Obst und alles für belegte Brötchen. Lass meinen Vater bloß nicht in die Küche. Er brät das Fleisch viel zu scharf an, das ist nicht gut für sein Herz. Und seine Tabletten kannst du ihm so verabreichen, wie ich sie vorbereitet habe. Nachmittags darf er nicht zu lange in der Sonne sein. Ach ja, Gianni soll ein, zwei Stunden mit Wasserfarben malen. Der Therapeut meint, das sei gut für seine Nerven.«

Alberto schenkte der jungen Frau ein gequältes Lächeln, das sich sofort in einen grimmigen Ausdruck verwandelte, als er seine Tochter ansah. »Lucia, *carissima*, kann ich dich einen Moment unter vier Augen sprechen?« Schon hatte er sie am Arm gepackt und ins Wohnzimmer gezogen.

»Du organisierst uns eine Babysitterin? Sag mal, bist du völlig übergeschnappt?«

»Das ist nur zu eurem Besten. Wir kommen erst spät am Abend zurück, und ich will einfach, dass ihr anständig versorgt seid.«

Alberto konnte es nicht fassen, mit welcher Selbstverständlichkeit Lucia das sagte. »Statt mich und deinen Bruder so zu erniedrigen, hätten wir gemeinsam einen Ausflug machen können. Oder noch besser: Wir könnten in Italien sein …«

»Genug davon, über den Urlaub diskutiere ich nicht mehr«, unterbrach Lucia ihn mit strengem Gesichtsausdruck. »Und was den heutigen Ausflug betrifft: Mir ist es wichtig, dass die Mädels und ich auch ab und an Zeit zu dritt verbringen. Wir harren hier schon genug wie Sardinen in der Büchse aus.«

Alberto kniff die Augen zusammen. »Denkst du denn nie an deine Mutter? Ist dir bewusst, wie schlimm es ist, sie in einer Urne im Wohnzimmer zu lagern? Ich musste Pater Peroni bestechen, damit er die Klappe hält. Eine Feuerbestattung als Katholikin! Ein Körper gehört in die Erde und nicht ins Feuer. Ich habe dieser absurden Geschichte nur deswegen zugestimmt, weil es der sehnlichste Wunsch deiner Mutter war, dass ich sie nach ihrem Tod nach Hause bringe.«

Entnervt stieß Lucia ein Schnauben aus. »Das hier ist unser Zuhause, *Papà*. Seit Jahrzehnten. Du musst auch mal loslassen. *Mamma* ist seit einem dreiviertel Jahr tot.«

»Das musst du mir nicht sagen!« In seinen Augen spiegelte sich unsagbarer Schmerz. »Ich weiß es selbst. Ich weiß es auf den Monat, auf den Tag und die Uhrzeit genau, seit wann sie nicht mehr bei uns ist!«

»*Papà*, ich verstehe ja, dass du trauerst ...«

»Gar nichts verstehst du!«, unterbrach er sie barsch. »Deine Mutter war die Liebe meines Lebens, das Gegenstück meiner Seele. So etwas kannst du nicht nachvollziehen, weil du das nie hattest. Das mit dir und Till ist damit nicht zu vergleichen. Bei euch war doch seit Jahren klar, dass euere Ehe nicht hält.«

Verletzt wich Lucia zurück. »Weißt du was? Dann geh doch allein nach Italien. Ich habe dein Gestänker so satt. Ob du dieses Jahr oder erst nächstes *Mammas* Asche verstreust, macht keinen Unterschied. *Mamma* rennt uns nicht davon.«

Alberto erwiderte nichts. Er hätte sonst etwas gesagt, das er später bereuen würde.

Am späten Vormittag gesellte sich Alberto übellaunig zu Gianni auf den Balkon. Sein Sohn hatte das morgendliche Theater zwar nur am Rande mitbekommen, war danach aber sehr aufgebracht gewesen und hatte für die Babysitterin nur Beleidigungen übrig. Doch das Malen war ein bewährtes Mittel, um ihn aufzuheitern. Gianni war kein großer Künstler – seine Aquarelle unterschieden sich kaum von Kinderzeichnungen. Andererseits hatte Alberto in so manchem Museum Werke gesehen, bei denen er über die Daseinsberechtigung nur rätseln konnte. Außerdem half die Tätigkeit, Giannis Feinmotorik und seine Konzentration zu trainieren.

Gerade fuhr er mit einem Schwamm über eine herzförmige Kartonschablone.

»Na, *figlio*? Bist du wieder fleißig?«

Gianni arbeitete langsam und ausgesprochen akkurat, weswegen er nicht sofort auf die Frage reagierte. »Riecht gut«, sagte er.

»Was riecht gut? Die Farbe?«

Als Antwort grinste sein Sohn ihn spitzbübisch an.

»Aber, aber, Gianni«, tat Alberto in gespielter Entrüstung.

Sein Sohn legte nur den Zeigefinger an die Lippen und lächelte weiter, ehe er sich wieder seinem Kunstwerk widmete.

Alberto, auf einen Schlag nachdenklich geworden, sah ihm eine Weile zu. Ein bisschen Scherzen, ein bisschen nach dem Befinden fragen – das war die Art, wie er mit Gianni kommunizieren konnte. Manchmal wünschte er sich nichts sehnlicher, als ein tiefgründiges Gespräch mit ihm zu führen. Aber das war ein Ding der Unmöglichkeit. Sein Sohn würde immer auf Unterstützung angewiesen sein. Und Alberto graute vor dem Tag, an dem er nicht mehr dazu in der Lage war, Gianni diese Hilfe zu geben.

Auch Lucias Worte ließen ihn nicht mehr los. Diese gehetzte und herablassende Art, wie sie mit ihm gesprochen hatte, war ihm zuwider. Er wusste ja, wie seine Tochter sein konnte, aber seit er bei ihr lebte, wurde ihm erst das Ausmaß ihrer herrischen Seite bewusst. Wann hatte das angefangen? Als sie als Zwanzigjährige von zu Hause ausgezogen war? Als die Kinder kamen? Oder erst, als sie ihre Mutter verloren hatte?

Früher, da war sie ein aufgewecktes, neugieriges und vorlautes Mädchen gewesen. Eine *principessa* mit dunkellockigem Haar und leuchtenden Augen, die viel lachte, Witze machte und ihren kleinen Bruder bedingungslos liebte. Heute könnte sie mit ihrer Pünktlichkeit und dem Pflichtgefühl einer Märtyrerin glatt als Deutsche durchgehen. Wie sie: »Ich krieg fünf Weckle!« beim Bäcker rief. Oder die Art, wie sie den Mund aufriss, wenn ihr was nicht passte. Nur wenn Till sie schikaniert hatte, war sie still geblieben. Dann schrumpfte sie zu einem unterwürfigen Häufchen zusammen, einem Vögelchen gleich, das aus dem Nest gefallen war.

Nein, Alberto vermisste diesen *stronzo* überhaupt nicht. Er war sogar froh, dass er weg war, auch wenn seine Tochter deswegen Liebeskummer hatte. Sie würde schon irgendwann damit klarkommen. Schließlich erwartete sie ja dasselbe auch von ihm, wie sie vorhin in aller Deutlichkeit klargestellt hatte.

Christina war das Gegenteil von Lucia gewesen. Sanft, geduldig und voller Wärme. Stets umspielte ein liebevolles Lächeln ihre Lippen. Ein Lächeln der Zuversicht, das an das Gute auf dieser Welt glaubte. Selbst dann noch, als sie im Sterben lag und es sich immer deutlicher abzeichnete, dass das Recht auf ein glückliches Ende nicht für jedermann galt.

Bei der Erinnerung, wie Alberto an ihrem Krankenbett gewacht hatte, wurde ihm ganz anders zumute. Christinas Hand loszulassen war das Schwierigste gewesen, was er jemals hatte tun müssen.

Seufzend blickte Alberto zu seiner leeren Rechten. Früher hatte Christina immer rechts von ihm gesessen. Sie hätten sich angelächelt, er hätte ihr aus einem interessanten Zeitungsartikel vorgelesen, und wenn sie zusammen den Abwasch gemacht hätten, hätte der alte Schallplattenspieler im Hintergrund italienische Schlager gespielt. Vor allem die eine Platte von Domenico Modugno, die beim Refrain von »*Nel blu dipinto di blu*« immer an derselben Stelle ruckelte, was Christina dann nachahmte und Alberto jedes Mal zum Lachen brachte. Es kam ihm vor, als läge das ein Leben lang zurück.

Und nun saß er da, an diesem viel zu heißen Julinachmittag. Die Babysitterin lag eingeölt im Gemeinschaftsgarten, wo sie allmählich die Farbe und Konsistenz eines gekochten Hummers annahm, während Alberto und Gianni auf dem überdachten Balkon zwar Schatten hatten, dafür dem Hitzestau ausgeliefert waren. Wie ihm dieser Balkon seiner Tochter zuwider war. Der grüne Filzteppich, der sich anscheinend nach Rasen anfühlen sollte, die Plastikstühle mit den blumengemusterten Sitzpolstern, das Katzennetz, obwohl es seit fünf Jahren keine

Katze mehr gab, die Sonnenmarkise, die den ganzen Balkon in ein erdrückendes Rot tauchte.

Der Sommer aber sollte nicht rot sein, sondern blau. Ein dunkles, kraftvolles Blau, in dem sich das Meer an der Küste spiegelte. Oder ein zartes Violett, wie der Abendhimmel über den Sanddünen in seiner Heimat in Venetien. Statt der Stille während der strengen deutschen Mittagsruhe müssten hoch oben in den Pinienbäumen die Zikaden zirpen. Es wäre eine trockene Hitze, mit Meersalz in der Luft, keine schwüle, die einen erschlug und von den Betonblöcken knallte.

»Das ist doch alles Mist«, raunte Alberto mit einem Kopfschütteln. »Wir könnten längst zu Hause in Italien sein.«

Gianni blickte von seiner Zeichnung auf. »Unser Zuhause ist doch hier, oder?«

»Für dich und Lucia mag das sein. Aber *Mamma* und ich haben Deutschland nie als Heimat gesehen. Man wollte uns als Arbeiter, nicht als Mensch. Es war nicht gern gesehen, wenn wir uns unter die Leute mischten, in so manchem Lokal blieb den Italienern der Zutritt verwehrt. Man kann noch so viele Orte bereisen, Sprachen lernen oder andere Staatsbürgerschaften annehmen. Zuhause ist der Ort, an dem du aufgewachsen und willkommen bist und wo dir das Leben leichtfällt, selbst wenn es schwierig ist. Einen solchen Ort vergisst man nie.«

Ein sanftes Lächeln umspielte Albertos Lippen, wie es nur eine schöne Erinnerung hervorbringen konnte. »Weißt du, deine *Mamma* und ich, wir sind durch das ganze Land gereist, bevor wir hierherkamen. Nur wir beide, auf einer Vespa – das war ein Abenteuer! Daran muss ich in letzter Zeit öfter denken. All die malerischen Küstenorte, die Museen. Wir waren in Kalabrien, Pompeji, Rom, in der Toskana, Venedig …«

Gianni hörte fasziniert zu. »Wie Touristen?«

»*Sì*, wie Touristen«, bestätigte Alberto mit einem Nicken. »Nur, dass es damals nicht viele von ihnen gab. Der Krieg war eben erst vorbei, die Leute waren arm, die Geschäfte und die Politik korrupt, die Gebäude in einem schlechten Zustand.«

»Haben wir darum eure Heimat nie besucht und immer Urlaub am Strand gemacht?«, fragte Gianni.

Alberto nickte. »Es war für uns zu schmerzhaft. Wir haben Freunde verloren. Wir hatten aber fest vor, eines Tages, wenn die Wunden verheilt sind, zurückzukehren und uns alles noch einmal anzusehen. Aber du weißt ja, wie das Leben sein kann. Manchmal ergibt es sich einfach nicht. Man hat plötzlich andere Pläne, andere Prioritäten … und ehe du dichs versiehst, ist es zu spät.«

Alberto wandte den Blick ab und sah direkt ins Wohnzimmer. Dort, auf der monströsen Wohnwand aus massivem Nussbaumholz stand sie: Christinas Urne. Wie verloren sie zwischen den verstaubten Büchern, den VHS-Kassetten und Porzellanfigürchen wirkte. Noch glänzte das polierte Messing, da Alberto den Behälter regelmäßig pflegte, aber was, wenn er einmal nicht mehr da war? Mit Mitte siebzig fühlte Alberto sich eigentlich noch nicht alt. Aber Christinas Krankheit hatte ihn demütig vor dem Leben werden lassen und gut zehn zusätzliche Jahre auf seinen gebeutelten Rücken gepackt.

»*Papà?*«

»Ja?«

»Was hältst du davon, wenn wir beide zusammen nach Italien fahren?«, fragte Gianni. Da Alberto ihn ratlos ansah, fuhr er fort: »Ich würde auch gern mit einer Vespa durchs Land fahren, so wie du und *Mamma.*« Er schloss die Augen und hob die Hände, als umfasste er einen unsichtbaren Lenker. Dann riss er die Augen wieder auf. »Wäre das nicht schön?«

»Aber, Gianni, das geht doch nicht. Ich bin zu alt dafür, und du ...«

»Ich kann das!«, rief Gianni vehement aus. Dabei schlug er sich mit der Faust auf die Brust. »Wir beide können das! Worauf warten wir?«

Nachdenklich streichelte Alberto den spärlichen Flaum seiner Glatze. Ja, worauf warteten sie? *Mamma rennt uns nicht davon*, hörte er Lucia erneut sagen. Und so sehr ihn diese Bemerkung getroffen hatte, stimmte sie doch. Christina konnte nirgendwo mehr hin. Nicht in diesem Jahr und nicht im nächsten, wenn wieder etwas dazwischenkäme, das sie an einer Italienreise hindern würde. Und das würde schneller passieren, als ihnen lieb war.

Sollte er deswegen resignieren und nichts anderes mehr tun, als auf seinen Tod zu warten? Nein, er durfte sich nicht auf die Zeit und Gunst seiner Tochter verlassen und stattdessen nur herumstänkern. Er war schließlich kein seniler Greis, der allein nichts mehr auf die Reihe bekam, auch wenn Lucia ihn das glauben ließ. Und ja, auch er hatte sich dazu verleiten lassen. Seit einem Dreivierteljahr trauerte er um seine Frau und hatte, eingelullt in Lethargie und fremder Fürsorge, die Kontrolle über sein Leben abgegeben. Er hatte sich gehen lassen, sich mit vollem Gewicht auf Lucia gestützt. Aber damit war jetzt Schluss. Er brauchte weder sie noch eine Babysitterin, nur seinen eigenen Willen. Und dieser kehrte gerade mit der Heftigkeit eines Paukenschlags zurück.

»Weißt du was, *figlio*? Das finde ich eine prima Idee!«

Gianni grinste Alberto an, als hätten die beiden einen geheimen Pakt geschlossen. »Dann machen wir das, *Papà*. Wir fahren nach Italien!«

5. Kapitel

Titisee im Schwarzwald, 1999

Lucia lag auf dem Rücken in ihrem Liegestuhl am Seeufer und legte die Promizeitschrift weg, die Sandra am Kiosk gekauft und ihr ausgeliehen hatte. Nach der Lektüre fühlte sie sich eher ratloser als schlauer. Bis auf die blutjunge blonde Popsängerin aus Mississippi, die Sandra rauf und runter hörte, sagte Lucia keiner der Stars etwas. Irgendwie erschreckend, wie schnell man den Überblick über die Promilandschaft verlieren konnte, wenn man für eine gewisse Zeit nicht am Puls der Zeit blieb. Allerdings hatte sie auch nichts verpasst.

Seit sie denken konnte, war der Schwarzwald ihr Ruhepol. Sie genoss die idyllische Gebirgslandschaft, das Rauschen der Tannenbäume und die angenehme Brise, die feine Wellen auf den Titisee zeichnete.

Die Mädchen lagen wenige Meter abseits von ihr, Vanessa mit der Nase hinter einem Buch im Schatten, wo ihre blasse Haut kometenhaft leuchtete, während Sandra sich zusätzlich mit Olivenöl eingeschmiert hatte und sich von der Sonne braten ließ.

Direkt vor Lucia hatte sich eine Familie mit drei Kindern am Wasser versammelt. Mutter, Vater, Teenie-Tochter und zwei wilde Jungs. Beim ersten Auflachen der Kinder verdrehte Vanessa die Augen. »Müssen die ausgerechnet bei uns planschen? Kinder können so nervig sein.«

»Bleib locker. Du warst schließlich auch mal klein und süß. Na ja, jetzt bist du nur noch klein«, zog Lucia sie auf.

»Boa, Mama! Ich weiß echt nicht, warum ich hier bin.«

Lucia sagte nichts mehr und beobachtete mit einem Schmunzeln die Familie. Die Mutter und ihre Tochter brauchten erst etwas Zeit, um sich an das kalte Wasser zu gewöhnen. Auf Zehenspitzen und mit angehaltenem Atem tippelten sie vorwärts und zuckten bei jedem Spritzer zusammen. Der Vater hingegen tauchte direkt mit einem Kopfsprung ins Wasser und tat so, als sei er ein Seeungeheuer, das die jüngeren Geschwister durchs Wasser jagte.

Angesteckt von ihrer guten Laune stand Lucia auf und schenkte ihren Töchtern einen herausfordernden Blick. »Na, wie wär's? Kommt ihr mit ins Wasser? Ich muss doch meinen neuen Badeanzug einweihen.«

»Nee, ich bin gerade so schön trocken.«

»Und ich habe meine Tage.«

Beide Mädchen setzten ihre Walkmans und Sonnenbrillen auf und gaben deutlich zu verstehen, dass sie nicht mehr angesprochen zu werden wünschten.

»Mensch, ihr seid ja richtige Stimmungskanonen«, murmelte Lucia, ehe sie mit den Achseln zuckte und ins Wasser sprang. Trotz der Abkühlung gelang es ihr nicht, das Baden zu genießen. Allein war es einfach nicht das Gleiche. Schon nach wenigen Zügen hatte sie keine Lust mehr. Gelangweilt schwamm sie am Gelände des Campingplatzes entlang.

Das hätte sie besser nicht getan, denn als sie die Höhe der Grillplätze erreichte, unterhielten sich dort nahezu alle Campingkumpels von Till, grillten haufenweise Fleisch und tranken kaltes Bier, während im Radio ein Fußballspiel übertragen wurde.

Diese Typen hatten Lucia gerade noch gefehlt. Rasch wollte sie umkehren und zurückschwimmen, da hatte einer der Freunde sie bereits entdeckt. Mitsamt der Grillzange in der Hand winkte er und kam auf sie zu. Nun hatte sie keine Wahl mehr. Sie schwamm näher ans Ufer, bis sie wieder stehen konnte, blieb aber lieber im sicheren Wasser, da der Badeanzug plötzlich so unangenehm zwickte.

»Grüß dich, Luzia! Dachte schon, dass ihr heute auch hier seid bei dem schönen Wetter. Perfekt zum Schwimmen, nicht?« Breitbeinig stand er mit Socken und Adiletten vor ihr.

»Hallo, Wolf, ja ganz wunderbar«, antwortete Lucia knapp. Wie viele Jahre kannten sie einander nun? Vier? Fünf? Und noch immer schaffte er es nicht, ihren Namen richtig auszusprechen. Lucia mit »Z«, noch deutscher ging es nicht.

»Wo steckt denn dein Mann? Hab ihn schon länger nicht mehr gesehen.«

Da war sie. Die Frage, der Lucia so lange wie möglich hatte ausweichen wollen. »Der ist nicht mitgekommen«, wich sie aus, während sie einem weiteren Kumpel zaghaft zunickte, der ihr ebenfalls von Weitem winkte.

Wolfgang zupfte an seinem Schnurrbart. »Ist er wieder auf Geschäftsreise? Bei dem Wetter? Der Ärmste.«

»Ja … nein.«

Wolfgang sah sie verwundert an. Vielleicht wusste er auch schon von der Trennung und spielte bloß den Ahnungslosen. Dann wäre es ziemlich peinlich, ihn jetzt zu belügen.

Ach, was soll's!, dachte Lucia. »Ehrlich gesagt, weiß ich nicht, wo er steckt. Wir haben uns getrennt.« Ihre eigenen Worte schmeckten bitter.

»Oh, ach so.« Wolfgang hob die Augenbrauen und zuckte ratlos mit den Schultern. Die Fragezeichen standen ihm buchstäblich ins Gesicht geschrieben, aber er hielt sich zurück.

Auch Lucia nickte verhalten und wartete ein paar Höflichkeitssekunden des Schweigens ab, die ihr wie eine Ewigkeit vorkamen. »Ja, also ich sollte mal zurück. Hab den Mädels versprochen, dass ich nur kurz weg bin.«

»Sicher … Na dann, mach's gut, Luzia.«

Sie sah, wie Wolfgang zurück zur Gruppe kehrte und diese tuschelnd die Köpfe zusammensteckten. Großartig, jetzt wussten es alle. Lucia stieß ihre Beine vom Seeboden ab und tauchte mit dem nächsten Schwimmzug den ganzen Kopf unter.

Zurück bei den Mädels war die Stimmung nicht besser. Beide zickten sich an und zogen schon die ersten Blicke der anderen Badegäste auf sich. Irgendwas war mit Sandras Tamagotchi gewesen, das mit seinem Gepiepe Vanessa genervt hatte. Lucia machte sich nicht die Mühe, sich näher damit zu befassen, sondern hüllte sich in ihr Badetuch ein.

Das waren sie also, die wahrscheinlich letzten Urlaubstage als Familie. Alle irgendwie für sich, alle irgendwie schlecht gelaunt. Dabei hätte sie dankbar sein müssen, dass ihre Kinder so gern nach Italien gefahren wären. Wie lange machen Jugendliche das schon mit? Nächstes Jahr hätte Sandra bestimmt schon einen Freund und ging lieber mit ihrer Clique weg. Und Vanessa … der schien alles so gleichgültig zu sein, dass Lucia sich manchmal fragte, ob die Familie ihr überhaupt am Herzen lag.

Jetzt bloß nicht wieder heulen. Das Ausmaß hatte längst den Punkt erreicht, an dem die Kinder keine trostspendenden Worte mehr fanden und es ihnen einfach nur noch lästig war.

Und als wäre das nicht genug, schlurfte schon wieder Wolfgang über die Wiese und kam direkt auf sie zu. »Du, Luzia, jetzt kam beim Platzwart soeben ein Anruf für dich rein. Hab gesagt, dass ich es dir ausrichten werde.«

Lucia bemühte sich um ein Lächeln. »Ach ja? Worum ging's denn?«

»Da war so 'ne junge Frau ganz aufgelöst. Die meinte, dass irgendwas mit deinem Vater und deinem Bruder sei.«

»Frau … äh … Gruber, ich verstehe nicht, wie wir Ihnen weiterhelfen sollen.« Der Polizist am anderen Ende der Leitung klang ermüdet, bemühte sich aber um einen sachlichen Ton.

Perplex blickte Lucia ins Leere. Nachdem sie im Eiltempo zurück nach Freiburg gefahren waren und die Wohnung ohne die Männer vorgefunden hatten, hatte Lucia sofort die Polizei angerufen – nur um vertröstet zu werden. Im Türrahmen standen die Kinder und verfolgten die Szene gebannt.

»Ich habe Ihnen doch gerade gesagt, wo das Problem liegt. Mein Vater ist nach Italien aufgebrochen.«

»Ja, aber er ist ein erwachsener, mündiger Mann, der tun und lassen kann, was er will. Das muss Ihnen zwar nicht gefallen, doch darüber können Sie nicht bestimmen. Außerdem sagten Sie vorhin, dass Sie ihn doch selbst dazu aufgefordert hatten.«

Während der Polizist sprach, steckte Lucia den Zeigefinger in die Spiralen der Telefonschnur und wickelte diese auf. Dabei brachte es sie zur Weißglut, wenn ihre Töchter jeweils dasselbe taten. »Und was ist mit meinem Bruder? Er kann nicht für sich selbst sorgen.«

Der Polizist seufzte. »Aber auch er ist erwachsen und volljährig und ging freiwillig mit. Zumal Ihr Vater sein gesetzlicher Vormund ist.«

Kopfschüttelnd schnaubte Lucia ins Telefon. »Das heißt, Sie können nichts dagegen unternehmen?«

»Ich fürchte, solange nichts passiert ist, sind uns und den Kollegen in Italien die Hände gebunden, Frau Gruber. Machen Sie sich nicht verrückt deswegen. Die meisten Ausreißer kehren nach ein paar Tagen von allein zurück.«

Fassungslos legte Lucia auf.

Ihre Töchter sahen sie fragend an. »Und jetzt?«

»Die machen nichts.«

»Hab ich doch gesagt. Es ist nun mal kein Vergehen, in den Urlaub zu fahren«, meinte Sandra.

Währenddessen saß Nadja untröstlich am Küchentisch. Schluchzend krallte sie sich an einem Taschentuch fest. »Es tut mir so leid! Bis elf war alles bestens. Sie waren auf dem Balkon, Gianni hat gemalt, und ich war im Garten und habe ihnen versprochen, Essen zu machen, sobald sie Hunger haben. Hab mich gewundert, warum sie sich nicht meldeten. Und als ich wieder hochkam, war die Wohnung leer, und da lag nur diese Nachricht.«

Sie deutete auf den Notizzettel, den Lucia bereits an die dutzendmal gelesen hatte.

Sind nach Italien aufgebrochen. Kommen gut zurecht. Braucht euch keine Sorgen zu machen. Baci an die ragazze – Alberto & Gianni

»Ach, hätte ich doch nur Verdacht geschöpft …«

»Schh, schh, alles wird gut.« Vanessa stand hinter ihrer früheren Babysitterin und cremte deren sonnenverbrannten Schultern mit Aloe vera ein. »Das war nicht dein Fehler. Sie hatten heute Morgen Streit mit Mama und auf eine Gelegenheit gewartet, um zu verschwinden. Das hättest du nicht verhindern können. Komm, ich mach dir einen Baldriantee.«

»Ein starker Kaffee wäre mir jetzt lieber.«

»Ich verstehe das nur nicht«, meinte Sandra. »Wo nach

Italien sind sie hin? Die Ferienwohnung ist storniert. Und weshalb steht Nonnas leere Urne im Badezimmer?«

»Und wo ist dafür die Kaffeedose hin?«, fragte Vanessa, die ratlos vor dem Küchenregal hantierte.

Lucia stand wie erstarrt da. Den einzigen Gedanken, den sie zu fassen bekam, war, dass ihr Vater nun völlig übergeschnappt sein musste. Ihr schwindelte so sehr, dass sie auf einen Stuhl sank.

»Dann ist es also wahr. Alles nur, weil ich meinen Vater dazu im Streit aufgefordert habe. Und Nonnas Asche haben sie gleich mit der Kaffeedose mitgenommen.«

»O Gott, ich kann nie mehr einen Kaffee trinken«, schluchzte Nadja hinter ihnen.

Abermals las Lucia den Zettel durch, bis die Zeilen verschwammen. Wie sollten die Männer eine derartige Reise bloß bewerkstelligen? Sie schafften es nicht einmal, gleichfarbige Socken anzuziehen oder etwas zu kochen, ohne dass die Pfanne anbrannte. »Himmel! Wir müssen sie finden und nach Hause bringen, bevor sich einer von ihnen verletzt.«

»Und wie stellst du dir das vor, Mama?«, fragte Vanessa. »Nicht einmal die Polizei sieht Handlungsbedarf. Wir haben keine Anhaltspunkte, wo sie sein könnten. Und Italien ist nicht gerade klein.«

Auch Sandra konnte nur den Kopf schütteln und stemmte die Hand in ihre Taille. »Was haben die sich bloß dabei gedacht? Das schaffen die doch nie ohne Hilfe.«

Endlich ging Lucia ein Licht auf. »Du hast recht. Sie müssen sich zumindest mit jemandem abgesprochen haben.«

»Und wer soll das sein?«

Ratlos kratzte sich Lucia am Kopf. »Vielleicht Zia Emilia. Nonnas Schwester und ihr Mann Onkel Rudi waren nicht nur mit euren Großeltern verschwägert, sondern auch beste Freunde.« Je länger sie darüber nachdachte, desto überzeugter war sie, dass ihre Tante mehr wissen musste. Sofort stand sie auf und griff nach ihrer Tasche. »Ich muss zu ihr. Vielleicht haben wir Glück, und die beiden sind noch dort.«

6. Kapitel

Freiburg im Breisgau, 1999

Zia Emilia war die verwitwete ältere Schwester von Lucias Mutter. Sie wohnte in einem überschaubaren Quartier am Stadtrand in einer dieser typischen Nachkriegssiedlungen, die in den Fünfzigern wie Pilze aus dem Boden geschossen waren. Dementsprechend war alles ein wenig ramponiert und in die Jahre gekommen.

Innen aber fand man Behaglichkeit und kleinbürgerlichen Wohlstand vor. Die Möbel mochten zwar alt sein, und in der Tapete hatte sich der Geruch von Emilias Mentholzigaretten eingefressen, doch alles lag an seinem Platz und war ordentlich.

Wann immer Lucia ihre Tante begrüßte, fühlte sie sich in alte Kindertage zurückversetzt. Der kleine Beistelltisch am Hauseingang zierte noch dieselbe Tischdecke mit den langen Fransen, die sie als Mädchen so gern zu Zöpfen geflochten hatte. Es erstaunte sie, wie viel es zu entdecken gab, ohne dass die Zimmer vollgestopft wirkten. Wenn sie daran dachte, dass ihre Eltern mit ihr als Säugling ihr erstes Jahr hier gewohnt hatten, obwohl ihre Tante und Onkel Rudi damals selbst zwei kleine Kinder hatten, erfasste sie ein schlechtes Gewissen. Lucias Wohnung war doppelt so groß, und trotzdem fühlte sie sich dort eingeengt. Vielleicht lag es weniger am Platz, sondern daran, dass ihre Gedanken schon zu lange eingesperrt gewesen waren.

Zu ihrer Enttäuschung waren ihr Vater und Gianni nicht da.

»Lucia, Schätzchen, was kann ich für dich tun?« Emilia hatte diese herzliche und gleichzeitig distanzierte Art, bei der sie ihre Nichte zwar in die Arme schloss, jedoch nie länger als nötig. Ihr Körper fühlte sich wie ein verknöcherter Panzer an. Sie führte Lucia ins Wohnzimmer und deutete ihr, auf einem der beiden sich gegenüberliegenden Plüschsofas Platz zu nehmen.

Lucia hatte sich fest um einen ruhigen, sachlichen Ton bemüht, doch ihre Stimme zitterte vor Anspannung.

Als sie mit ihrer Erzählung geendet hatte, stand Emilia plötzlich auf. »Herrgott, ich bin eine furchtbare Gastgeberin. Darf ich dir etwas zu trinken anbieten?«

»Ein Kaffee wäre mir lieb«, bejahte Lucia verwirrt. Sie fand es auffällig, wie rasch sich ihre gebrechliche Tante erhob, um in der Küche zu verschwinden. Als wollte sie ihr ausweichen. »Kann ich dir vielleicht helfen?«

»Wo denkst du hin! Einen Kaffee und ein paar Cantuccini vermag ich wohl noch aufzutischen«, erwiderte Zia Emilia unwirsch, als sie mit einem Tablett zurückkehrte.

»Bitte nichts Süßes«, flehte Lucia, doch es war zu spät. Ihre Tante stellte ihr ein Tellerchen mit unwiderstehlichem Mandelgebäck vor die Nase.

»Dein Vater und Gianni also … die sind fort.«

»Ja, das sind die beiden. Weißt du vielleicht mehr darüber?«

Zia Emilia nahm sich Zeit mit der Antwort und kramte aus ihrem Zigarettenetui eine Mentholzigarette, die sie sich gemächlich zwischen die schmalen Lippen steckte und anzündete. »Wäre möglich.«

Angespannt rutschte Lucia bis zur Kante des Sofas. »Ich bitte dich, *zia*. Sag mir, was los ist. Ich mache mir unglaubliche Sorgen um die beiden.«

»Das brauchst du nicht, die kommen zurecht.«

»Das ist nicht wahr«, entgegnete Lucia vehement. »Vor allem Vater nicht. Du siehst ihn nicht so, wie ich es tue.«

»Ich kenne ihn länger als du, *nipote*.«

Der Duft der Cantuccini machte Lucia so nervös, dass sie sich gezwungen sah, zuzugreifen. »Mag sein«, stimmte sie ihrer Tante zu, während sie auf dem Gebäck kaute, »aber Vater ist nicht mehr wie früher. Er ist älter geworden. Seniler ...«

Emilias Augen und ihr scharfer Ton sprachen eine Warnung aus. »Das bedeutet nicht, dass er hilflos und schwach ist.«

Augenblicklich blieb Lucia ein Krümel im Hals stecken. Sie fühlte sich zu Unrecht beschuldigt. »Das habe ich auch nie gesagt.«

Als Antwort hob Emilia eine Augenbraue. »Vielleicht hast du es nicht ausgesprochen, aber dein Verhalten war weitaus redseliger als dein Mund.«

»Er hat sich also bei dir über mich beschwert, und du stehst hinter ihm, schön«, stellte Lucia tonlos fest.

»Und ich kann nicht verstehen, dass du es nicht tust«, versetzte ihre Tante. »Er ist dein Vater. Er hat so viel für dich getan, damit du ein besseres Leben hast. Wäre es da so abwegig, ihn ebenfalls zu unterstützen?«

»Aber das mache ich doch!«, entgegnete Lucia aufgebracht. »Ich kümmere mich um ihn, lasse ihn bei mir wohnen, koche Essen, sortiere seine Medikamente …«

»Das ist ja alles schön und gut, aber das ist reine Altenpflege«, unterbrach Emilia sie. »Wo kümmerst du dich um seine Seele? Um ihn als Mensch? Er hat vor Kurzem die Liebe seines Lebens verloren. Er hat Christina verloren.«

Beim Aussprechen des Namens musste Emilia eine Träne wegblinzeln und sich kurz sammeln. Sie blickte aus dem Fenster und atmete tief durch.

Da wurde Lucia bewusst, dass nicht nur sie eine Mutter verloren hatte, sondern ihre Tante auch eine Schwester. Manchmal war man von einem Verlust so eingenommen, dass man seine Tragweite gar nicht auf Anhieb begriff.

»Als Rüdiger vor vier Jahren starb«, fuhr Emilia wieder gefasster fort, »da riss es mir den Boden unter den Füßen weg. Ich schaffte es nicht einmal, seinen Namen zu nennen, ohne in Tränen auszubrechen. Ohne die Unterstützung meiner Kinder hätte ich diese Zeit nicht überstanden. Ich brauchte ihre Zuwendung, ihre Nähe und ein schönes Begräbnis, um mich zu verabschieden. Hatte dein Vater überhaupt Gelegenheit, seiner Trauer ihren nötigen Raum zu geben? Dass er deine Mutter zurück in ihre Heimat bringen will, ist für ihn ein wichtiger Schritt, um weitermachen zu können. Und wer weiß, wie viel Zeit ihm dazu bleibt.«

»So alt ist er nun auch wieder nicht, um sich darüber Sorgen zu machen«, versuchte Lucia vorsichtig einzuwenden. Sie befand sich noch immer im Verteidigungsmodus, begriff aber allmählich, dass ihre Argumente nicht mit jenen ihrer Tante mithalten konnten.

»Deine Mutter war jünger, als sie starb. Das Leben ist ein Geschenk, das nie – nie! – selbstverständlich ist.« Kopfschüttelnd streifte Emilia die Asche ihrer Zigarette ab. »Wenn ich etwas gelernt habe, dann das. Man kann nicht immer alles aufschieben, sondern muss mehr in der Gegenwart leben. Sonst ist es plötzlich zu spät.«

Das sah auch Lucia ein. Vorhin konnte sie wütend auf ihren Vater sein, weil er einfach aufgebrochen war, jetzt aber verstand sie, dass sie sich dieses Chaos zumindest ein Stück weit auch selbst zuzuschreiben hatte.

Es wäre niemals so weit gekommen, wenn sie den Urlaub nicht ohne Rücksprache mit ihrem Vater abgeblasen hätte. Hätte er ihr beispielsweise angeboten, einen Teil des Urlaubs zu zahlen, hätte die Sache wieder anders ausgesehen. Nur hatte er das nicht getan. Überhaupt schien niemand ihre eigenen Probleme ernst zu nehmen.

»Till ist vor zwei Wochen ausgezogen. Hat *Papà* dir das auch erzählt?«, platzte es aus ihr heraus. »Und als wäre das nicht genug, dreht er mir den Geldhahn zu, bis wir geschieden sind, weil er so wütend ist.«

Augenblicklich veränderten sich Zia Emilias Gesichtszüge. Auf ihrer Stirn zeichnete sich tiefes Bedauern ab.

Für einen Moment vergaß sie, an ihrer Zigarette zu ziehen. Langsam wanderte die Asche die Zigarette hoch. »O Schätzchen, das tut mir unsagbar leid. Magst du … magst du darüber reden?«

Eigentlich wollte Lucia nicht darüber sprechen. Die ganze Angelegenheit demütigte und verletzte sie zutiefst, und ihr war wohler gewesen, als die Trennung ein gutgehütetes Familiengeheimnis gewesen war. Aber es tat auch gut, sich jemandem anzuvertrauen.

»Es geschah Ende letztes Jahr. Till kam plötzlich zu mir und erzählte, dass er vor geraumer Zeit untreu gewesen sei, die Sache aber einmalig und beendet sei.«

Heiße Tränen quollen aus Lucias Augen, als sie sich daran erinnerte. Natürlich bereute Till, was passiert war, und beteuerte seine ewige Liebe. Er hätte nie die Absicht gehegt, sie zu verletzen, sei da schleichend in was hineingeraten. Doch der Schaden war angerichtet und hatte ihre Beziehung vor eine harte Zerreißprobe gestellt. Lucia hatte ihn damals gefragt, wieso er ihr erst jetzt davon erzählte. So richtig konnte er ihr das nicht beantworten. Er meinte, weil er schon so lange mit sich kämpfe und es nicht länger ausgehalten habe.

Lucia hingegen wünschte sich, sie hätte nie davon erfahren. Vor allem nicht zu einem Zeitpunkt, wo sie ihn gebraucht hätte. Letztendlich hatte Till ihr den Ehebruch ja nicht als Zeichen der Wertschätzung gebeichtet, sondern um sein Gewissen zu erleichtern – erneut auf ihre Kosten. Und dieser egoistische Schachzug störte sie mehr als der Betrug selbst.

»Zu einem anderen Zeitpunkt hätte ich es vielleicht besser verkraftet, und wir hätten daran arbeiten können«, erzählte Lucia weiter. »Aber es war unmittelbar, nachdem …«

»Deine Mutter starb«, begriff Zia Emilia. »Was für ein …« Angewidert wandte sie den Blick ab und griff nach dem Aschenbecher, um ihn auf ihren Knien zu platzieren.

Lucia nickte. Früher hatte sie geglaubt, dass eine große Beziehung nur mit einem noch größeren Knall enden konnte. Dass es ein leidenschaftliches Drama voller Schmerz und Tränen brauchte. Aber genauso gut konnte es einfach das Leben sein, das sich in unterschiedliche Richtungen entwickelte, und dann folgte die Trennung im Stillen. Nachdem Lucias Leben derart aus den Fugen geraten war, hätte sie einen Mann an ihrer Seite gebraucht, der für sie da war und auf den sie zählen konnte. Und als sie sich schmerzhaft eingestehen musste, dass sie diesen Partner nicht in ihrem Ehemann fand, hielt sie nichts zurück, diese Beziehung zu beenden. Aber natürlich nicht sofort und nicht aus einem Impuls heraus. Schleichend hatte sie sich aus dieser Ehe zurückgezogen, sich geistig schon vor Monaten von ihrem Mann distanziert, bis aus der Beziehung eine Zweckgemeinschaft geworden und das Unausweichliche geschehen war. Sie hatte mit zwei Teenagern und zwei pflegebedürftigen Familienmitgliedern genug um die Ohren. Sie konnte nicht auch noch Energie an einen Mann verschwenden, der nur an sich dachte und vor dem sie sich ekelte.

»Ich habe es lange und ehrlich versucht, aber es kam einfach zu viel zusammen. Also haben wir uns auf meinen Wunsch hin getrennt.«

»Ach, *carissima*, das hört sich furchtbar an und brauchte bestimmt viel Kraft und Mut.« Emilia schenkte ihr einen entschuldigenden Blick. »Zu meiner Zeit hätte eine Frau das nicht gemacht. Schließlich wäre ihr Ruf nach einer Scheidung ruiniert gewesen, und sie hätte als liederlich gegolten. Doch heutzutage ist das bestimmt leichter, nicht wahr?«

»Glaubst du das wirklich, *zia*?«, fragte Lucia sarkastisch. »Für eine Hausfrau und Mutter mit nahezu leerer Rentenkasse soll es leichter sein? All meine Schufterei und den Beitrag, den ich zu Hause leiste, damit das klassische Ernährermodell funktioniert, ist auf dem Papier doch keinen einzigen Pfennig wert! Eine Trennung zwingt mich dazu, meine berufliche Laufbahn noch einmal komplett zu überdenken, damit ich wiederum eine Pflegerin zahlen kann, die sich um Vater und Gianni kümmert. Arbeit, die ich ebenfalls unentgeltlich leiste. Und außerdem brauchen die Mädchen mich doch. Jetzt, da ihr Vater nichts mehr von ihnen wissen will, was glaubst du, müssen ihre kleinen Seelen durchleiden?«

»Sie leiden weniger, wenn sie eine mental gefestigte Mutter haben, die ihnen als gutes Beispiel vorangeht und ihr Schicksal selbst in die Hand nimmt. Nicht eine, die vor ihren Augen den Großvater heruntermacht und ihn von einer Babysitterin betreuen lässt«, entgegnete ihre Tante.

»*Zia*, bitte lassen wir das Thema gut sein. Ich bin wegen etwas anderem hier. Mir ist bewusst, dass ich Vater und Gianni sehr bevormundet habe. Dennoch brauchen sie mich. Bitte sag mir, wo sie sind, damit ich ihnen helfen kann.«

Eine Weile sah ihre Tante sie schweigend an, dann versenkte sie ihren Zigarettenstummel zielsicher im Aschenbecher und stellte diesen wieder auf den Beistelltisch. »Wir reden hier wirklich von helfen? Nicht davon, sie von ihrem Ziel abzuhalten?«

»Ich will nur sichergehen, dass es ihnen an nichts fehlt.«

»Lucia …«

»Ja, doch! Ich werde nur helfen!«

Emilia sah sie an, als müsste sie ihre kommenden Worte sorgfältig abwägen. »Na gut. Dann will ich dir das Geld geben, damit du ihnen nachreisen kannst.«

Lucia war für einen Moment so erstaunt, dass ihr die Worte fehlten. »Wirklich? Das ist sehr großzügig von dir.«

Sie wollte noch mehr sagen, doch Emilia machte eine energische Handbewegung. »Und noch etwas brauchst du.« Erneut stand ihre Tante auf. Dieses Mal verschwand sie im angrenzenden Schlafzimmer.

Als sie zurückkam, hielt sie ein sauber zusammengeschnürtes Bündel Postkarten in den Händen. Sie schienen älter zu sein, denn es waren keine Farbbilder darauf zu sehen.

»Bevor dein Vater und Gianni heute Mittag aufgebrochen sind, haben sie mich angerufen. Sie haben mir gesagt, was ihnen vorschwebt«, begann Emilia. »Das hier sind die Postkarten, die ich damals von deinen Eltern bekommen habe, als sie vor deiner Geburt ihre letzte große Reise durch Italien gemacht haben. Und genau diese Reise will dein Vater wiederholen und Gianni all die Orte zeigen, die ihm und Christina wichtig waren.«

Lucia wusste nicht, ob die Antwort sie erleichtern oder noch mehr beunruhigen sollte. Ungläubig schüttelte sie den Kopf. Ihrem Vater und Gianni an einen bestimmten Ort zu folgen war das eine. Sie aber quer im ganzen Land zu suchen – wie sollte das funktionieren? Dennoch bedankte sie sich bei ihrer Tante für die Auskunft. »Ich hoffe, du fühlst dich nicht, als hättest du die beiden verraten.«

»Familie ist nicht immer einfach. Manchmal müssen schwierige Entscheidungen getroffen werden«, sagte ihre Tante nur, während sie Lucia die Postkarten hinhielt.

Ehrfürchtig nahm sie das Bündel an sich. Es staubte leicht, als sie über die Kanten blies. Beim Anblick der untersten Karte mit der zierlichen Handschrift ihrer Mutter spürte sie sofort eine Wärme in der Herzgegend. Was für eine wunderschöne Erinnerung sie da in ihren Händen hielt.

»Und die vertraust du mir wirklich an?«

»Versprich mir nur, dass sie den Weg zu mir zurückfinden.«

»Ich werde gut auf sie achtgeben«, versprach Lucia. Behutsam löste sie die Schnur und betrachtete die Karten eingehender. Dann runzelte sie die Stirn. »Aber haben sie dir auch gesagt, in welcher Reihenfolge sie die Reise machen? Damals haben sie in der Mitte von Italien begonnen, weil sie dort lebten. Jetzt aber müssen sie doch von Norden aus kommen. Oder soll ich mich an die Reihenfolge der Poststempel halten?«

Emilia schenkte ihr einen prüfenden Blick. »Was traust du den beiden Männern denn zu?«

Nicht viel, wäre Lucia beinahe herausgerutscht, doch sie konnte sich gerade noch zurücknehmen. »Eine Reise bis in den Süden dauert viel zu lange und würde sie unnötig anstrengen«, sagte sie stattdessen.

Erneut klappte ihre Tante ihr Feuerzeug auf und zündete sich die nächste Zigarette an. »Na, da hast du deine Antwort. Dann würde ich mit der Postkarte aus Milano beginnen und die Aufenthaltsorte den Stiefel entlang abklappern.«

7. Kapitel

Freiburg im Breisgau, 1999

Es war kurz nach acht Uhr abends, als Sabina vorbeikam, um den Hausschlüssel fürs Pflanzengießen und Briefkastenleeren abzuholen. »Sorry, ich weiß, ich bin spät dran. Ich war mit einem Arbeitskollegen was trinken, und ehe ich mich versah …« Sie hielt inne und blickte entgeistert um sich. »*Cosa c'è che non va?*«

Im Wohnzimmer lagen offene, halb gepackte Koffer herum, und auf dem Sofa waren Klamotten ausgebreitet, im Bad hingen Gummihandschuhe und Putzlappen vom Waschbeckenrand, und der Küchentisch war bis auf den letzten Quadratmillimeter mit Lebensmitteln vollgestopft.

»Was ist denn hier los?«

Lucia rauschte an ihr mit einem Wäschekorb vorbei und stopfte Frottierwäsche und wahllos schmutzige Kleider hinein. Ihr entrückter Blick nahm bereits manische Züge an. »Na, das siehst du doch. Wir packen.«

»Packen? Nein, du scheinst eher einen Exorzismus an deiner Wohnung zu vollziehen. Ich kann den Weihrauch schon riechen.«

»Seit wann riecht Putzmittel denn nach Weihrauch?« Lucia verdrehte die Augen, während sie in ihrem Schlafzimmer die Bettwäsche von der Matratze und den Kissen riss. »Das gehört zum Packen nun mal dazu.«

Sabina hatte nur ein Kopfschütteln übrig. »In welchem Universum?«

»Hättest du Lust, nach dem Urlaub in einen Saustall zurückzukehren? Und wenn ich sowieso noch Wäsche waschen muss, weil wir unterwegs nichts zum Anziehen haben, dann kann ich auch gleich die Betten machen.«

»Oder du kaufst dir einfach in Italien ein paar schöne Sachen auf dem *mercato*. Da macht das Shoppen wenigstens Spaß.«

Doch Lucia wollte nichts davon wissen. »Außerdem wäre ich viel schneller, wenn ich Hilfe hätte!«, rief sie extra laut, damit die Kinder sie hören konnten.

»Wir sind ja dabei!«, maulte Sandra. Sie packte gerade die Toilettenartikel für alle ein und fegte sie von der Ablage am Spiegel direkt in eine Tasche.

»Was ist mit dem Duschgel?«, hakte Lucia nach.

»Das brauche ich morgen, bevor wir losfahren.«

»Du kannst morgen nicht duschen. Dann ist dein Handtuch nass und müffelt zwei Wochen vor sich hin. Zudem schafft es die Lüftung nicht, dass bis zur Abreise alles trocken ist, und dann haben wir Schimmel im Bad.«

»Also soll ich morgen früh auf meine Dusche verzichten? Das ist voll eklig, Mama!«

»Wie kann das bitte schön eklig sein, wenn du jetzt duschst und danach sowieso nur schläfst?«

»Aber ich habe heute Morgen schon geduscht!«

»Dann lass es eben sein, aber morgen wird nicht mehr geduscht!«

»Mama!«

Sabina hob achselzuckend die Hände. »Also, wenn's nur darum geht, kann ich das Handtuch auch auf dem Balkon trocknen und tags darauf wieder hereinholen«, schlug sie vor.

Lucia sah ihre Freundin an, als hätte Sabina Verrat an ihr begangen.

Ehe die Diskussion von Neuem entfachen konnte, kreuzte Vanessa auf. Mit Gewittermiene fegte sie den Fußboden.

»Das ist zu ungenau. Du übersiehst ja die Hälfte«, kritisierte Lucia sie.

Ihre Jüngste stapfte mit dem Fuß auf. »Mit dem Staubsauger ginge es ja auch wesentlich leichter.«

»Aber nicht um diese Uhrzeit, sonst beschwert sich die Rinderknecht unter uns wieder. Schlimm genug, dass sie mir vorhin in der Waschküche aufgelauert hat und damit drohte, dies der Verwaltung zu melden.«

»Ach, die blufft doch nur. Und selbst wenn, ist doch egal.«

»Meinst du?«, fragte Lucia ironisch. »Und jetzt Schluss mit dem Gerede, du könntest nämlich längst fertig sein.«

Also fegte Vanessa weiter und dies mit solcher Aggressivität, dass sie den Staub so erst recht aufwirbelte und in der Wohnung verteilte.

Kopfschüttelnd schob Sabina ihre Freundin in die

Küche. »Liebes, du stehst völlig neben dir. Setzt dich doch mal hin und atme durch.«

Währenddessen hantierte Lucia am Kühlschrank herum. »Das werde ich in etwa einer Stunde, versprochen. Möchtest du eine Zucchini?« Sie hielt Sabina das Gemüse hin.

»Was? Nein danke.«

Also wanderte die Zucchini in die Tasche für den Reiseproviant.

»Du nimmst nicht ernsthaft eine Zucchini mit in den Urlaub?«

»Die kann ich unterwegs verwenden. Wir werfen keine Lebensmittel weg.«

»Das ist doch Wahnsinn. Wer reist denn mit einer Zucchini im Handgepäck in den Süden? Dann gib sie eben mir.«

»Aber du wolltest sie doch vorhin nicht.«

»Lucia! Gib mir die verdammte Zucchini!«, brüllte ihre beste Freundin sie an und streckte die Hand nach dem Gemüse aus. »Danke.«

Als es für einen Moment still zwischen den Frauen wurde, merkte Sabina, dass der Ofen lief. Angewidert schnupperte sie durch die Luft. »Machst du etwa eine Tiefkühlpizza?«

»Alles andere wäre zu aufwendig. Und die Mädchen hatten noch kein Abendessen.« Lucia öffnete den Ofen und nahm die Pizza heraus, um sie dann mit einer Haushaltsschere in Achtel zu schneiden.

»Ich kann das nicht mitansehen. Du bist morgen im

Land, wo es die besten Pizzen der Welt gibt, und setzt deinen Kindern diesen Fraß vor? Was haben sie dir angetan, dass du sie so hasst? Nun setz dich gefälligst hin!«

Erschöpft kam Lucia der Aufforderung ihrer besten Freundin nach. Sie warf einen Blick über die ganze Unordnung, hörte im Flur die Töchter streiten und vergrub ermattet ihr Gesicht in den Händen. Der Stress hatte sie so sehr erfasst, dass sie kaum einen klaren Gedanken fassen konnte. Seit Stunden hatte sie keine Pause mehr gemacht, geschweige denn ein Glas Wasser getrunken. Ihr ganzer Körper war verschwitzt, und ihre Füße brannten. Doch es war nicht das Chaos in ihrer Wohnung, welches sie quälte, sondern das Durcheinander in ihrem Kopf.

»Wenn ich Gianni und meinen Vater nicht finde … Wenn ihnen etwas zugestoßen ist … Wenn unsere letzten Worte im Streit fielen …«

»So was darfst du nicht denken. Wenn ihnen etwas passiert wäre, hättest du es erfahren«, beruhigte Sabina sie. Dann öffnete sie ihre Handtasche. »Ich habe dir etwas Kleines für den Urlaub mitgebracht. Ist sogar schon komplett aufgeladen und eingerichtet, weil du es sonst ja doch nicht benutzt. Deine Nummer habe ich hier notiert.« Sie hielt Lucia einen Zettel sowie ein kleines, geöffnetes Päckchen hin.

»Ein Handy?«

»Nicht nur irgendein Handy, sondern ein brandneues Nokia 3210. Damit bist du auch unterwegs erreichbar. Du kannst sogar einen eigenen Klingelton auswählen, Textnachrichten verschicken und Spiele drauf spielen. Der Akku hält etwa zehn Tage.«

Während Sabina weiter die Vorzüge des Nokias anpries, als erhielte sie dafür eine Provision, ließ sie wahlweise die Klingeltöne abspielen. Angelockt von den Melodien stolperten die Kinder in die Küche. Begeistert schnappten sie sich ein Stück Pizza und pirschten um das Gerät.

»Ein Nokia? Wie krass ist das denn?«, rief Sandra aufgeregt, während Vanessa wissen wollte, wie viel es gekostet und bei welchem Anbieter sie den Vertrag abgeschlossen hatte. Die Kinder fragten Sabina noch unzählige Löcher in den Bauch und rissen sich das Mobiltelefon gegenseitig aus den Händen.

Lucia hingegen schüttelte den Kopf. »Ich weiß nicht. Mein ganzes Leben bin ich ohne diesen technischen Firlefanz ausgekommen. Ich wüsste nicht, wieso ich ein Handy brauchen sollte.«

»Also ich nehme es sofort!«, rief Sandra dazwischen.

»Und was ist mit mir? Nur, weil du die Ältere bist, heißt das nicht, dass du alles zuerst bekommst!«

Sabina ignorierte Lucias Töchter. »Vielleicht bist du unterwegs ganz froh, wenn du telefonieren kannst. Und wenn du erst wieder im Verlag arbeitest, ist ein Handy unverzichtbar.«

Vanessa wurde hellhörig. »Du hast einen neuen Job, Mama?«

»Hab ich nicht …«, wich Lucia aus.

Sabina gab sich damit nicht geschlagen. »Aber sie hat

ein Angebot bekommen. Und damit du dich möglichst bald entscheidest, solltest du besser die aktuelle Programmvorschau als Urlaubslektüre mitnehmen.«

Trotz ihres Versprechens an Sabina, zeitnah schlafen zu gehen, dauerte es noch Stunden, bis Lucia alles vorbereitet und aufgeräumt hatte. Völlig aufgekratzt ging sie um zwei Uhr morgens unter die Dusche, ließ sich in ihr Bett fallen, kuschelte sich in ihr Kissen … und hätte vor Frust schreien können.

Sie hatte vergessen, das Bett frisch zu beziehen.

8. Kapitel

Palermo, 1999

Alberto war in seinem Leben erst wenige Male mit dem Flugzeug gereist, die Flüge konnte er alle an einer Hand abzählen. Aber wann immer er in ein Flugzeug stieg, regte er sich über die Passagiere auf, die bei der Landung sofort aufsprangen und ihr Handgepäck aus der Gepäckablage rissen, obwohl die Türen noch immer geschlossen waren. Heute aber gehörte er selbst zu jener unbeliebten Sorte.

»Signore, Sie müssen angeschnallt bleiben!«, tadelte die Stewardess ihn prompt.

»Ja, ja, schon gut«, antwortete Alberto, der sich daraufhin wieder setzte und Gianni einen ungeduldigen Blick schenkte. Seinen Sohn schien es zu amüsieren, den Vater so zu erleben. Zwar sagte er nichts, doch aus seinen Augen blitzte der Schalk.

Als es endlich so weit war und sie die Maschine verlassen durften, konnte Alberto kaum an sich halten. Er blieb oben auf der Treppe stehen, schloss die Augen und spürte die späte sizilianische Abendsonne auf seinem Gesicht. Wie eine Geliebte, die ihn sehnlichst erwartet hatte, umarmte sie ihn. Dann atmete er tief ein und aus.

Endlich waren sie da. Italien. Gutes Essen, Wärme,

Meeresbrise. Zwar noch mit Flughafenlärm und dem Geruch von Kerosin beigemischt, doch wäre es auf dem Gelände nicht so betriebsam, hätte Alberto schwören können, das Meeresrauschen zu hören.

Die Augen wieder geöffnet, bewunderte Alberto den Monte Pecoraro, dessen Felswand im Glorienschein des Abendlichts leuchtete.

Einige Passagiere drängten sich kopfschüttelnd oder mit einem amüsierten Lächeln an Alberto vorbei, aber das kümmerte ihn nicht. Er war angekommen, und die Freude, die er dabei empfand, ließ er sich von keinem nehmen.

Der Lautsprecher am Flughafen von Palermo-Punta Raisi hieß die Ankömmlinge gleich in mehreren Sprachen willkommen und flutete sie mit Informationen. Gianni blickte staunend um sich. Er hatte den zweistündigen Flug am Fensterplatz ausgesprochen gut überstanden und strahlte eine abenteuerlustige Ausgeglichenheit aus, die auf Alberto überging.

Die Reisetasche, welche sie sich teilten und aufgegeben hatten, wurde beim Gepäckband sehnlichst erwartet. Ein Stein fiel Alberto vom Herzen, als sie erschien.

»Ist *Mamma* noch drin?«, wollte Gianni sogleich wissen. Schnell vergewisserten sich die beiden Männer und atmeten erleichtert auf, als die gut versiegelte und in Folie gewickelte Kaffeedose unter Albertos Hemden hervorblitzte. Erwartungsvoll schwang Gianni sich die Reisetasche über die Schulter, und die beiden machten sich auf den Weg.

Als sie ins Freie traten, hielt Alberto seinen Sohn an. »Bevor wir in den Bus steigen, wollte ich dir etwas geben.« Er öffnete eine lederne Beuteltasche, die ihm über der Schulter hing. Eine kleine analoge Kamera kam zum Vorschein.

»Für mich?« Giannis Augen leuchteten. Vorsichtig griff er nach dem Fotoapparat.

Alberto nickte. »Von unserer Reise damals sind nur Erinnerungen und ein paar Postkarten geblieben. Eine richtige Kamera konnten wir uns nicht leisten. Darum habe ich uns diese hier vor dem Abflug gekauft. Vielleicht hast du ja Lust, ein paar Urlaubsfotos zu schießen?«

Gianni strahlte. »O ja!« Er wollte sofort drauflosklicken, als er merkte, dass die Kamera nicht anging. »Ist sie kaputt?«

»Nein, nein. Aber wir müssen sie zuerst richtig einstellen und dazu die Gebrauchsanweisung lesen. Das machen wir später im Hotel. Einverstanden?«

Mit einem Grinsen steckte Gianni die Kamera ein. »Ich werde viele schöne Fotos machen.«

Alberto lächelte zufrieden. »Da bin ich mir sicher. Also, dann nehmen wir jetzt den Bus zum Stadtzentrum, heben Geld ab und nehmen uns ein Zimmer in Palermo. Und morgen mieten wir uns eine Vespa und beginnen unsere Reise.«

»Aber wir sollten doch zuerst Zia Emilia anrufen und ihr Bescheid geben, dass wir gut angekommen sind!«, fiel Gianni ein.

»Stimmt.« Weil Alberto vorhin am Flughafen zwei Cola gekauft hatte, besaß er bereits ein wenig Kleingeld für das Münztelefon. Sie überquerten den Busbahnhof, wo sämtliche Fahrzeuge geschäftig ein- und ausfuhren, ehe sie sich auf der ganzen Insel verteilten. Dort fanden sie eine freie Telefonzelle, in die sie sich zu zweit hineinzwängten. In ihr war es stickig, und es stank nach Schweiß. Die vergilbten Telefonbücher hatten aus unerfindlichen Gründen einen Wasserschaden erlitten und waren aufgequollen.

»Darf ich zuerst mit ihr sprechen?«, fragte Gianni, als die Verbindung aufgebaut war und es tutete.

»*Certo*«, erwiderte Alberto und reichte ihm den Telefonhörer. Er hörte gerade noch Emilias ausdrucksstarkes »*Pronto!*«, ehe Gianni vergnügt auf seine Tante einquasselte.

Obwohl Alberto nicht alles verstand, machte es ihn froh, wie Emilias Stimme ebenfalls einen vergnüglichen Ton anschlug. Ein Anflug von Stolz erfüllte ihn, als er seinen Sohn betrachtete. Sie hatten es tatsächlich geschafft, waren allein nach Italien gelangt – nun ja, mit ein wenig Hilfe von Lucias Bankkarte, derer er sich in Freiburg bemächtigt hatte. Aber das würde sie bestimmt verschmerzen und ihm irgendwann verzeihen.

Alberto tauchte aus seinen Gedanken auf, als Gianni ihm den Hörer reichte. »Sie will mit dir sprechen.«

»*Ciao*, Emilia«, begrüßte er Christinas Schwester.

»Alberto, Schätzchen, hör mir jetzt genau zu.«

Der ernste Tonfall nach Giannis euphorischer Begrüßung überraschte ihn. Am Ende der Leitung konnte er deutlich hören, wie Emilia an ihrer Zigarette zog und den Rauch ausblies. »Es gibt ein Problem. Deine Tochter war hier. Sie weiß Bescheid.«

»Uff, das kam schneller als erwartet.« Alberto fuhr nachdenklich über seine Glatze. Sein Herz beschleunigte sich, als wäre er wieder ein Schuljunge, der bei einem Streich erwischt worden war und nun auf die Konsequenzen wartete. »Was hat sie gesagt?«

»Gesagt nicht viel. Aber sie wird sich morgen früh auf den Weg zu euch machen. Und sie hat die Postkarten.«

»*Merda!*«, stieß Alberto aus. »Ich dachte, sie könne sich einen Urlaub nicht leisten. Das hat uns gerade noch gefehlt. So kennt sie die Reiseroute! Konntest du es ihr nicht aus dem Kopf schlagen?«

»Ich? Deiner Tochter, die deine Sturheit geerbt hat? Bestimmt nicht.«

»Und deswegen führst du sie direkt zu mir? Ich muss zugeben, dass du mich enttäuschst, liebe Schwägerin. Ich habe dir vertraut.«

»Jetzt spiel nicht den Pikierten. Ich habe schon dafür gesorgt, dass sie nicht sofort bei euch aufkreuzt«, erwiderte Emilia unbeeindruckt.

»Ach ja? Und wie?«, fragte Alberto unwirsch.

Erneut zog Emilia an ihrer Zigarette, eine Pause, die Alberto noch wahnsinnig machte. »Sie denkt, dass eure Reise von Norden nach Süden führt und ist deswegen unterwegs in die Lombardei. Das verschafft euch ein wenig Zeit.«

»Das bleibt zu hoffen«, murmelte er noch immer leicht angesäuert.

»Jetzt mach dir um sie mal keine Sorgen. Das wird schon. Und Alberto, bevor ich es vergesse: Willkommen in Italien.«

Teil 2

9. Kapitel

Zwischen Göschenen und Airolo, 1999

Der Motor lief seit einer Viertelstunde im Leerlauf, denn wann immer Lucia das Auto abstellen wollte, setzte sich die Blechlawine für wenige Meter in Bewegung.

»Das ist total schlecht für die Umwelt, Mama. Du musst den Motor ausmachen, besonders im Tunnel«, tadelte Vanessa sie von der hinteren Sitzreihe aus. Kurz darauf stöhnte sie und hielt sich die Hand auf den Magen.

»Und du sollst nicht herummaulen. Ohne dich wären wir erst gar nicht in dieser blöden Situation«, meinte Sandra. »Wenn wir über den Gotthardpass gefahren wären, so, wie wir es geplant hatten, könnten wir längst an der italienischen Grenze sein. Aber du musstest ja im Auto lesen, bis dir wieder übel wurde. Und jetzt stehen wir unter einem Berg in einem scheißlangen Stau.«

Vanessa stöhnte. »Wenigstens ist Lesen eine sinnvolle Beschäftigung – im Gegensatz zu Fingernägeln lackieren und alles mit Aceton vollstinken.« Sie stieß ein Hicksen aus. »Mama, kann ich Wasser haben?«

»Warte lieber ein bisschen, Schatz«, antwortete Lucia stirnrunzelnd. »Wenn du jetzt Flüssiges zu dir nimmst, kommt es dir erst recht hoch.«

»Mir reicht es, ich hab kein Bock, von der angekotzt zu

werden.« Entschieden schnallte Sandra sich ab und kletterte nach vorn auf den Beifahrersitz. Dabei rüttelte sie ungelenk an Lucias Kopfstütze, was diese augenrollend hinnahm.

In dem Augenblick begann Vanessa zu würgen. Rasch öffnete sie die Autotür und lehnte sich mit dem Oberkörper aus dem Fahrzeug. Doch es kam nichts. Stattdessen strömten Abgase und abgestandene Luft ins Auto.

»Uff, jetzt ist mir übler als vorher«, klagte Vanessa, als sie die Tür wieder verriegelte. »Nun stell schon den Motor ab, Mama!«

Lucia atmete tief durch und drehte den Schlüssel herum. Dann lehnte sie sich zurück und schloss kurz die Augen. Einen Moment herrschte bis auf das Brummen der übrigen Motoren Stille. Manchmal sehnte sie sich danach, ihren Gefühlen einfach freien Lauf zu lassen, einem Kleinkind gleich, das einen Tobsuchtsanfall erlitt. Dann erinnerte sie sich daran, dass sie eine vierzigjährige Mutter war und dies zu unterlassen hatte.

Dass sich ihre Töchter mal wieder von ihrer charmantesten Seite zeigten, nagte schon genug an ihrer Stressresistenz. Hinzu kam dieses beengende Gefühl, unter einem zweitausend Meter hohen Berg gefangen zu sein und nicht zu wissen, wann die Fahrt weiterging. Sie konnte nichts anderes tun, als den Moment auszuharren und zu hoffen, dass es keinen gefährlichen Grund für den Stau gab. Wenigstens tröstete sie der Anblick, wie der Lastwagenfahrer hinter ihr tiefenentspannt ein Sandwich aß und in seiner Zeitung blätterte. Als sei dies nichts Besonderes und als machte er diese Erfahrung regelmäßig. Oder war er einfach so naiv wie zuweilen ihr Vater?

Kaum hatte sie sich diese Frage gestellt, begann auch schon wieder das ihr so verhasste Gedankenkarussell. Wo steckten Alberto und Gianni? Ging es ihnen gut? Die beschwichtigenden Worte ihrer Tante fielen ihr wieder ein. Wie sie alles heruntergespielt hatte. Die Notiz ihres Vaters, dass die beiden gut zurechtkämen. Wieso glaubten das alle? Schließlich hatte Lucia am eigenen Leib erfahren müssen, dass dem nicht so war. Plötzlich kreisten ihre Gedanken um den einen Nachmittag, der alles änderte. Schon bei der Erinnerung daran jagte es ihr einen kalten Schauer über den Rücken.

Freiburg im Breisgau, 1998

»*Papà*, bist du da?« Lucia stand in der Wohnung ihrer Eltern und blickte durch den Flur. Sie hatte ihren Ersatzschlüssel benutzt und hielt unter ihrem Arm einen Stapel Unterlagen.

Alberto antwortete nicht sofort. Aus dem angrenzenden Wohnzimmer hörte sie, wie er sich vom Sofa erhob. Kurz darauf schlurfte er zu ihr. Bei seinem Anblick erschrak Lucia. Ihr Vater wirkte um Jahre gealtert. Tiefe, dunkelblaue Augenringe reichten bis zum Jochbein, die Wangen waren eingefallen, sein Blick war leer.

Normalerweise lächelten sie einander an, wenn sie sich begegneten, doch in letzter Zeit fehlte ihnen beiden die

Kraft dazu. Es gab ja auch nichts zu lachen. Auch Lucia fühlte sich miserabel. Ihre Augen brannten seit Tagen, und nun lähmten heftige Migräneschmerzen ihren Verstand.

»Hast du etwa geschlafen?«, fragte sie.

Er winkte ab. »Nur fast.«

»Wo ist Gianni?«

»In der Werkstatt. Er wollte es so. Sagte, die Ablenkung würde ihm guttun.«

Lucia nickte. Das war vielleicht besser so. »Gut, dann können wir in Ruhe alles durchgehen. Hast du die Papiere herausgesucht?«

Alberto antwortete nicht.

»*Papà*?«

»Dazu hatte ich keine Zeit!«

Lucia fühlte sich vor den Kopf gestoßen. Da kümmerte sie sich seit Tagen um alles und nahm ihrem Vater jede Arbeit ab, um ihn zu entlasten, und er schaffte es nicht einmal, ein paar Ordner rauszusuchen.

Obwohl sie ihren Vater am liebsten damit konfrontiert hätte, schwieg sie, um den Frieden zu wahren. »Gut, dann suchen wir die Unterlagen eben gemeinsam raus.«

»Muss das heute sein?«

»Ja, muss es. Morgen arbeite ich wieder. Und es ist besser, wenn wir die Dinge hinter uns bringen, damit wir uns auf die Abdankung konzentrieren können.« Ihre eigenen Worte fühlten sich fremd an. Als würde sie über eine beliebige Person sprechen und nicht über ihre Mutter.

Dabei war Lucia selbst noch völlig neben der Spur. Alles in ihr wehrte sich gegen diesen Besuch. Ihr Verstand hatte noch keine Zeit gehabt, die neue Situation zu begreifen und dieses schmerzliche Gefühl in ihrem Herzen als neuen Zustand zu akzeptieren. Und dann wollte Till heute Abend auch noch etwas Wichtiges mit ihr besprechen. Er sagte, es sei von unaufschiebbarer Dringlichkeit, weil es ihn sonst innerlich zerfressen würde. Was das wohl wieder sein mochte?

Alberto seufzte. »Na gut, meinetwegen.«

Als Lucia vom Flur ins Wohnzimmer trat, zog sich alles in ihr zusammen. Obwohl sie jeden Quadratzentimeter in- und auswendig kannte, fühlte sich alles so leer und fremd an. Auf den ersten Blick hatte sich kaum etwas verändert – natürlich war alles ein wenig unordentlicher als früher, aber so hatte es schon in den Wochen vor Christinas Tod ausgesehen, als sie im Krankenhaus war. Nein, es war etwas anderes, etwas nicht Greifbares. Eine schwere Leere, die den Zauber der Behaglichkeit mit einem Fingerschnippen zerstört hatte und Lucia die Luft zum Atmen raubte.

Das war nicht mehr der sichere Ort ihrer Kindheit. Nicht nur ihre Mutter war nicht mehr da, sondern auch ihr Duft, ihre Stimme, ihr Lachen, kurz: ihre Seele.

Ermattet folgte Lucia ihrem Vater ins Schlafzimmer, wo sich neben dem Bett der Schreibtisch sowie ein Regal mit allen Unterlagen befanden. Lucia war fest entschlossen, Schritt für Schritt alles durchzugehen und noch heute einen Haken unter das Administrative zu setzen.

Auf das, was sie vorfand, war sie jedoch nicht vorbereitet. Christinas Bankunterlagen, Versicherungsdokumente,

Mitgliedschaften und Zeitschriftenabos hatte ihr Vater zwar nicht angerührt, dafür ihren kompletten Schrank ausgeräumt und die Garderobe auf dem Bett und den umliegenden Möbeln verteilt.

Röcke, Kleider, Hosen, Blusen – einfach alles, was ihre Mutter je getragen hatte und wofür es nun keine Verwendung mehr gab. Es schmerzte, die sorgfältig gepflegten Kleidungsstücke, die noch immer nach ihr dufteten, so aussortiert zu sehen. Als kämen sie demnächst in die Mottenkiste.

Alberto stand hinter Lucia. »Ich dachte, vielleicht möchtest du ein paar Dinge davon haben«, sagte er leise.

Es schnürte ihr schier die Kehle zu. »Aber *Papà*, davon passt mir doch nichts. *Mamma* ist … *Mamma* war viel zierlicher als ich.«

»Vielleicht die Mädchen?«

Lucia schüttelte den Kopf. »Das ist doch überhaupt nicht deren Stil. Möglicherweise die eine oder andere Handtasche oder ein paar Gürtel. Aber der Rest …«

»Soll das etwa alles entsorgt werden?!«, fuhr Alberto sie an.

Jetzt tief durchatmen, dachte Lucia. »In Ordnung, ich nehme die Sachen mit nach Hause und zeige sie den Kindern und vielleicht noch Zia Emilia. Einverstanden?« Es kostete sie all ihre Überwindung, um sachlich zu bleiben. Sie wusste bereits jetzt, dass ihr Vorschlag einzig und allein damit diente, ihrem Vater gefällig zu sein. Das meiste würde sie der Wohlfahrt spenden, auch wenn es schmerzte.

Plötzlich spürte sie, wie ihr ohnehin schon fragiler Antrieb für heute dahinschwand. Das Administrative für ihre Mutter zu klären war das eine, doch ihr Leben Stück für Stück in Kisten und Säcke wegzupacken, nein, dazu war sie noch nicht bereit.

Gedankenverloren rückte sie die Parfümflakons zurecht, die auf der Kommode standen. Eines davon mochte sie besonders. Als Basis dienten Bergamotte, Rosenholz und Jasmin. Seit Jahrzehnten war dies der unverkennbare Duft ihrer Mutter. Behutsam nahm Lucia das edle, kreisrunde Fläschchen aus mattem, rosafarbenem Glas in die Hand und spritzte eine kleine Menge in die Luft.

Doch Enttäuschung machte sich in ihr breit. Es roch nur noch nach Parfüm, nicht nach Christina. So würde Lucia also nicht einmal mehr der vertraute Geruch ihrer Mutter bleiben.

Als der Parfümgeruch sich verflüchtigt hatte, roch Lucia plötzlich noch etwas anderes, und sie schreckte hoch.

»Hast du etwas auf dem Herd?«

Zunächst sah Alberto sie ratlos an. »Keine Ahnung. Moment, ich glaube doch. Ja.«

Sofort rannte Lucia aus dem Zimmer und öffnete die Tür zur Küche, wo ihr nicht nur ein penetranter Gestank nach verbranntem Essen, sondern auch starker Rauch und heißer Dampf entgegenschlugen. Von den Wandfliesen rann Kondenswasser, und auf dem brennenden Gasherd stand ein Topf mit Suppe. Die Flüssigkeit war unlängst verdampft und das Gemüse darin rabenschwarz. Rasch drehte sie den Gasherd zu, schlug den Deckel auf den Topf, wobei sie sich leicht die Finger verbrannte, und riss das Küchenfenster auf. Dabei musste sie heftig husten.

»Schnell, *Papà*. Du musst jedes Fenster öffnen, damit es einen Durchzug gibt! Der Gestank hat sich bereits überall ausgebreitet.«

Während Alberto zögerlich ihrer Aufforderung nachkam, versuchte Lucia sich zu beruhigen. Doch vergeblich. Als ihr Vater zurückkam, stellte sie ihn zur Rede. »Ist dir bewusst, in was für einer Katastrophe das um ein Haar hätte enden können? Bist du vorhin etwa eingeschlafen, während du dir Essen gemacht hast?«

»Jetzt mach nicht gleich so ein Drama«, winkte Alberto ab. »Ist ja noch mal gut ausgegangen.«

Lucia glaubte nicht, was sie soeben hörte. Wie konnte er so etwas Gravierendes wie einen knapp vereitelten Brand einfach herunterspielen? Es ging nicht nur um sein Wohlergehen, sondern auch um das ihres Bruders und der Nachbarn. Und dann auch noch Gas. Nicht auszudenken, was hätte passieren können. Ihr ganzer Brustkorb zitterte.

»Gut ausgegangen? Ja, weil ich zufällig vorbeigekommen bin!«, schrie sie.

Doch ihr Vater zuckte bloß mit den Schultern. Und das jagte Lucia mehr Angst ein als die angebrannte Suppe. Auf einen Schlag sah sie sich dazu gezwungen, die Urteilsfähigkeit ihres Vaters komplett infrage zu stellen.

Unauffällig blickte sie um sich. Was ihr vorhin nicht aufgefallen war, erschreckte sie nun umso mehr. Im Spülbecken stapelte sich Geschirr, die Essensreste waren bereits eingetrocknet. Als sie die Kühlschranktür aufriss, machte sie die nächste grausige Entdeckung. Angewidert griff sie sich einen leeren Müllsack und warf alles weg, was verdorben war.

Und mit diesem einen Stein, der nun ins Rollen kam, löste sich eine ganze Lawine. Lucia ging durch die Wohnung und wusste schlichtweg nicht, wo beginnen. Auf dem Couchtisch im Wohnzimmer lag ungeöffnete Post, darunter längst überfällige Rechnungen und Mahnungen. Die Pflanzen im ganzen Haus waren verwelkt, sogar Mamas geliebte Orchideen. Und als Lucia einen Blick ins Badezimmer warf, wünschte sie sich, sie hätte dies besser nicht getan. Wie ein Hund, der einer Spur folgte, nahm sie die ganze Wohnung unter die Lupe und kam auf nur einen logischen Entschluss:

»Pack deine Sachen, *Papà*. Danach holen wir Gianni von der Werkstatt ab. Ihr übernachtet heute bei uns.«

Zwischen Göschenen und Airolo, 1999

»Aaah, da setzt sich was in Bewegung«, bemerkte Sandra. Und tatsächlich, der Stau löste sich langsam auf. »Das wurde aber auch Zeit.« Sie öffnete das Handschuhfach und ging einen Stapel CDs durch. »Na, wie wäre es mit etwas Musik?«, fragte sie, während sie die brandneue *Bravo Hits* in den Händen hielt.

Vanessas Begeisterung hielt sich in Grenzen. »Bitte nicht …«

»Ich hab auch nicht dich, sondern Mama gefragt.«

Lucia schüttelte ihre Erinnerungen ab. Ein Glück, fanden ihre Grübeleien und Sorgen somit ein vorübergehendes Ende. »Ja, gern, lass mal was Gutes laufen.«

Und während ein Synthesizer die ikonische Melodie zu Liquidos »Narcodic« abspielte, nahmen Lucia und ihre Töchter die Fahrt wieder auf und verließen endlich den Gotthardtunnel.

Nach Airolo flachten die nebligen Bergketten zu bewaldeten Hügeln ab, und Lucia entdeckte bald die ersten Palmen und Zypressen.

Und dann, nach einer Fahrt durch das sonnige Tessin, wo sie einen Blick auf den malerischen Lago di Lugano erhaschten, passierten sie in Chiasso endlich die italienische Grenze.

10. Kapitel

Palermo, 1999

Alberto sah seinen Sohn stirnrunzelnd an und bemühte sich um einen liebevollen Ton. »Komm schon, Gianni. Lass es uns noch einmal versuchen.« Er deutete auf die Vespa, die sie mieten wollten.

»Nein!«

»Aber ich dachte, wir seien richtige Abenteurer!«

»Nein!«

»Und Abenteurer geben doch nicht nach dem ersten Fehlschlag auf? Wie hat *Mamma* immer gesagt? ›Kopf hoch, Brust raus‹ …«

»Das hat sie nie gesagt!«

Geräuschvoll klatschte Alberto die Hände auf seine Oberschenkel. Egal, wie er seinen Sohn zu motivieren versuchte – Gianni wollte nichts davon wissen. Er hatte sich auf eine Bank im Laden gesetzt und verweigerte jegliche Kooperation.

»Das darf nicht wahr sein.« Ernsthafte Zweifel kamen in Alberto auf. Sollte die Reise scheitern, bevor sie richtig begonnen hatte?

Zuvor hatten sie eine Probefahrt gewagt, die jedoch völlig misslang. Angefangen damit, dass Gianni sich plötzlich so verkrampfte, dass er es kaum auf den Hintersitz schaffte. Danach klammerte er sich an Alberto und hing derart schief an seinem Rücken, dass dieser wiederum Probleme mit dem Gleichgewicht bekam und Mühe hatte, das Fahrzeug zu lenken. Und als wäre das nicht genug, begann Gianni zu schreien, kaum hatte Alberto auf nur wenige Stundenkilometer beschleunigt.

Nun stand Alberto frustriert im Laden, der nach Maschinenöl, Benzin und dem typischen Geruch von neuen Motorrädern roch.

In der Hoffnung, dass Gianni nachgeben würde, sobald etwas Zeit verstrichen war, verwickelte die Frau der Rollervermietung Alberto in ein belangloses Gespräch.

»Was für Reisepläne haben Sie denn?«, fragte sie.

»Eigentlich wollten wir durchs ganze Land fahren und so viel wie möglich sehen.«

Sie blieb freundlich, runzelte allerdings die Stirn. »Das nenne ich mal … ambitioniert.«

»Wissen Sie, meine Frau und ich haben 1955 dieselbe Reise gemacht. Wir fuhren mit dem ersten Vespa-Modell durch Italien. Das war eine … ach, wie hieß sie noch gleich …«

»Eine 98er?«

»Ja, ganz genau!«, erinnerte Alberto sich. »Sie war blaugrau und hatte einen niedrigen Sitz. Und gestunken hat sie! Aber für einen Sommer lang war sie unsere ganze Welt. Und wenn Christina, also meine Frau, dann das Haar offen hatte, und es so schön im Wind flatterte …« Um seine Worte zu untermauern, fuhr er sich über den Flaum auf seiner Glatze. Als er merkte, dass er nicht als beste Vorlage für eine Veranschaulichung diente, hielt er inne und lächelte verlegen. »Wollen Sie ein Foto sehen?«

Ehe die junge Frau antworten konnte, hatte Alberto seine Brieftasche gezückt und hielt ihr ein altes Foto unter die Nase.

»In der Tat, eine sehr schöne Frau.«

»Das war sie. Ein Schmuckstück – nein! Eine Perle war sie, meine Christina.«

»Sie sind ja ein richtiger Romantiker!« Kleine Krähenfüßchen erschienen um ihre Augen, als die Frau aufrichtig lachte. Ein ansteckendes Lachen, das Alberto sogleich aufheiterte, obwohl Gianni im Hintergrund noch immer mit düsterer Miene vor sich hin starrte. »Sind Sie später wieder Vespa gefahren?«, wollte sie wissen.

»Wo denken Sie hin!« Alberto winkte ab und steckte seine Brieftasche wieder ein. »Wissen Sie, ich hätte mich ja auch gar nicht mehr getraut, wenn Gianni nicht gewesen wäre.«

»Ach was?«

Alberto spähte zu seinem Sohn, der mit verschränkten Armen auf der Bank saß. Wohlwissend, dass er ihn hören konnte, fuhr Alberto fort: »Ja, ja, so kann er sein, unser lieber Gianni. Voller Tatendrang sagte er: ›Lass uns mit einer Vespa durch Italien fahren!‹«

Die junge Frau nickte anerkennend. »Was für ein mutiger Vorschlag von Ihrem Sohn!«

Auf der Bank war es erstaunlich ruhig geworden.

Alberto wähnte sich auf der richtigen Spur. »Sagen Sie mal, was für Helme haben Sie?« Die waren in Italien zwar nicht Pflicht – Alberto und Christina hatten nie welche angehabt –, aber nach der unsicheren Probefahrt war es ihm lieber, er und Gianni würden welche tragen.

»Die kann ich Ihnen gern zeigen«, sagte die junge Frau mit einem dienstbeflissenen Lächeln. Die beiden gingen vom Tresen weg und traten an ein Regal, das von oben bis unten mit Helmen bestückt war. »An was haben Sie gedacht?«

»Für mich hätte ich gern diesen Braunen da, und für Gianni … mal sehen … Haben Sie was mit Blümchen?«

»Keine Blümchen!«, brüllte es von hinten.

»Vielleicht der mit den gelben Punkten?«

»Keine Punkte!«

Alberto deutete absichtlich auf ein paar andere Farben und Muster, von denen er ahnte, dass sie Gianni nicht gefallen würden. Schließlich drehte er sich zu ihm um und schlug die Hände über dem Kopf zusammen.

»Himmel, am besten kommst du her und zeigst selbst, was du willst.«

Widerwillig rutschte Gianni von der Bank und schlurfte zu ihnen. Erst als er einen azurblauen Helm mit zwei weißen Streifen entdeckte, hellten sich seine Gesichtszüge auf. Mit beiden Händen griff er danach. »Das sind meine Lieblingsfarben!«

Die Frau von der Rollervermietung schien eine Idee zu haben. »Dein Vater sagte, er sei damals auf einer 98er gefahren?«

»Kann sein«, antwortete Gianni achselzuckend.

»Dann musst du dir dieses Modell mal anschauen. Es

passt hervorragend zu deinem Helm.« Mit einer einladenden Geste lockte sie Gianni zu den Fahrzeugen. »Das ist eine ET.«

»Oh, die ist schön!«, staunte er.

»Nicht wahr? Sie ist zum fünfzigsten Jubiläum der Marke Vespa auf den Markt gekommen. Die ist nagelneu, leicht in der Handhabung, und das Gute an ihr ist, dass man hinten einen Gepäckträger montieren kann. So könnten du und dein Vater die Reisetasche verstauen.«

Alberto begriff: Dadurch hätte sein Sohn eine zusätzliche Stütze am Rücken. Seine Lippen formten ein stummes »*grazie*«, ehe er seine Stimme erhob. »Hast du gehört, Gianni? Da müssen wir doch zuschlagen!«

Eine Weile herrschte Stille. Gianni hielt den Helm fest und ließ seinen Blick zwischen Alberto, der jungen Frau und der Vespa schweifen. Schließlich gab er sich einen Ruck.

»Also gut. Versuchen wir es.«

Beim zweiten Versuch klappte es schon deutlich besser. Gianni saß entspannter auf dem Hintersitz und erschrak sich nicht mehr bei jeder Bodenwelle. Und nach der dritten Runde waren sie so sicher auf dem Fahrzeug, dass Gianni gar nicht mehr absteigen wollte. Entschlossen fuhren sie los.

In Palermo konnte Alberto sich nicht sattsehen. Die Rufe der Händler, das Feilschen und Plaudern der Käufer, die farbenfrohen Zelte, die ganzen Gerüche … Er sah Frauen jeglichen Alters, die ihre Körbe unter dem Arm hielten und sich in Grüppchen unterhielten. Arbeiter, die sich beim Piadina-Stand ihr Mittagessen holten und im Schatten der Bäume ein Schläfchen machten. Kinder, die im nahen Brunnen badeten, Straßenkünstler, die Touristen ansprachen, um sie für ein Porträt oder eine Karikatur zu gewinnen. Wie ein trockener Schwamm sog Alberto alles in sich auf.

Es war kurz vor Mittag und brütend heiß. Zuvor hatten Vater und Sohn die Cattedrale di Palermo besichtigt, nun genossen sie das Treiben auf dem *mercato* und bestaunten die umliegenden Häuser im sizilianischen Barock, ehe die Siesta die ganze Stadt bis zum frühen Abend in einen Märchenschlaf versetzen würde.

Es gab zwei Bereiche auf dem Markt. Auf der einen Seite verkauften Händler die unverderbliche Ware wie handbestickte Tischdecken, Seife, Strandtücher, Kleider, Schuhe und Handtaschen, auf der anderen alles Verzehrbare. Sizilianische Käsespezialitäten, Schwert- und Thunfisch, die in eisgekühlten Fässern lagerten, Stände mit Gewürzen, Couscous und Oliven.

Gianni betrachtete begeistert die Auslagen der *fruttivendolo*. Meterlange Zucchini, pfundschwere Ochsenherztomaten, Zitronen, an denen noch das Grün hing, Mispeln, Mirabellen … Alberto bekam richtig Lust aufs Essen.

»Schade, dass die Orangen nicht Saison haben«, sagte er, als er hinter seinen Sohn getreten war. »Wenn du mal eine von hier probiert hast, willst du in Deutschland nie mehr Orangen essen. Ihr Fleisch ist hell, fast rosa. Durch den fruchtbaren Boden an den Hängen des Ätnas gedeihen sie besonders gut.«

Gianni roch an einer Honigmelone, dann verdrehte er schwärmerisch die Augen. »Die müssen wir kaufen, *Papà*. Für später.«

Aber sich hier zu verständigen war gar nicht so einfach. Die Einheimischen sprachen *sicilianu*, eine Mischung aus Italienisch, Normannisch, Griechisch, Arabisch und Kastilisch – alles Einflüsse der Länder, die Sizilien einst besiedelt hatten.

Gianni kämpfte sich mit dem Händler ab, der ihn auf Biegen und Brechen nicht verstehen wollte. Es war einer dieser Momente, wo man als Elternteil hin- und hergerissen war, ob man eingreifen und seinem Kind helfen oder zusehen und es seine Erfahrung machen lassen sollte. Alberto entschied sich für Letzteres.

»Spricht hier denn niemand normales Italienisch?«, rief Gianni am Rande der Verzweiflung.

Der Händler lachte und amüsierte sich herzlich. Er zog Gianni noch eine Weile auf, bis er mit einem charmanten Lächeln den Verkauf abwickelte.

»Ein richtiges Kauderwelsch!«, sagte Gianni amüsiert, nachdem er die Herausforderung gemeistert hatte und die Melone endlich bezahlen durfte.

Sie verließen den *mercato* und stiegen auf die Vespa, die sie einige Meter abseits geparkt hatten. Alberto war froh, dass Gianni über seinen Schatten gesprungen war und sich nach dem holprigen Start souverän auf dem Motorroller schlug. Manchmal neigte er dazu, seinen Sohn zu überfordern, weil er in einem Anflug von Euphorie vergaß, dass es seine Gründe hatte, warum Gianni mehr Zuwendung brauchte. Die Reise mochte zwar aufregend sein, die vielen Sinneseindrücke konnten ihn aber auch überlasten.

Inzwischen war Alberto wieder zuversichtlich. Spätestens auf den Landstraßen würde auch Gianni dieses gewisse Gefühl von Freiheit erfahren und die Fahrt genießen, wenn er auf dem Roller saß und seine Kleider im Wind flatterten.

Während Alberto mit seinem Sohn durch die schmalen Gassen der Innenstadt fuhr, befürchtete er zunächst, die Adresse nicht zu finden. Er war nur einmal hier gewesen, und das lag ein halbes Jahrhundert zurück. Doch sie hatten Glück, denn nachdem sie sich durch ein Labyrinth aus Einbahnstraßen geschlängelt hatten, fanden sie das Haus.

Es lag in einer der Nebenstraßen in der Altstadt, wo es nach dem Küchendampf der Restaurants roch und sich die Wäscheleinen zwischen den Häusern spannten. Die Markisen der Geschäfte reichten nahezu bis zur gegenüberliegenden Häuserreihe, und die Balkone waren so winzig, dass man außer ein paar Pflanzenkübeln höchstens noch einen Stuhl hinstellen konnte.

Lose Pflastersteine, hängende Stromkabel, Putz, der von den Wänden bröckelte, und alte Plakatreste gehörten ebenso zum Charme der Altstadt wie die Heiligenbilder in jeder Nische, die Blumenkästen, die Türvorhänge aus flauschiger Chenille oder das Radio, das aus jedem offenen Fenster trällerte.

»Das ist es?«, fragte Gianni, als sie von der Vespa stiegen und die Fassade hochblickten.

»Ja, hier hat *Mamma* gewohnt. Im Erdgeschoss hatte dein Großvater sein Schuhmachergeschäft, darüber hatte die Familie ihre Wohnung.«

Interessiert folgte Gianni seinem Blick. Plötzlich deutete er mit dem Zeigefinger auf eine Stelle. »Es hat einen Riss.«

»Ja, wie viele Häuser hier.«

»Aber dieser hier ist anders. Sieh nur dort beim Fenster, *Papà*. Da ist eine Stelle, die heller wirkt. Als habe man die Mauer repariert.«

»Deine Adleraugen möchte ich haben«, antwortete Alberto zurückhaltend, ehe er den Blick senkte. Er hatte gehofft, seinem Sohn würde die Stelle nicht auffallen. »Da hat eine Bombe eingeschlagen«, erklärte er. »Gott sei Dank tagsüber, als alle außer Haus waren. *Mammas* Familie hatte riesiges Glück, dass ihnen nichts passiert ist.«

Gianni riss die Augen auf. »Eine Bombe? War das im Krieg?«

Alberto nickte betroffen. »Ein Angriff von vielen. Das war, als die Alliierten die Stadt befreit haben.«

»Befreit …«, wiederholte Gianni, die Stirn in tiefe Falten gelegt. »Befreit sollte etwas Gutes sein. Aber eine Bombe klingt nicht gut.«

Alberto seufzte. »Weißt du, Gianni, Krieg ist nicht gerecht. Er bestraft selten die, die dafür verantwortlich sind. Es war gut, dass die Amerikaner gekommen sind, auch wenn sie zuerst alles dem Erdboden gleichmachen mussten. Wären sie es nicht gewesen, hätten es andere getan. Aber um all die zivilen Opfer tut es mir leid. Sie waren die größten Verlierer des Kriegs.«

»Waren sie denn nett zu *Mamma*, die Amerikaner?«, fragte Gianni.

»Ja, sie haben sich anständig benommen, das hat sie immer betont. Sie schenkten den Kindern *caramelle.*« Er schmunzelte, als ihm eine alte Geschichte wieder einfiel, die Christina ihm einmal gestanden hatte. »Außerdem sollen sie in ihren Uniformen richtig schick ausgesehen haben. Vor allem ihre Hintern.«

»*Papà*!«

Beschwichtigend hob Alberto die Hände. »Hey, das waren nicht meine Worte, sondern die deiner Mutter.«

»Also ich hätte auch gegen die Faschisten gekämpft«, sagte Gianni entschieden. »So wie du, *Papà*!«

Alberto lächelte zwar, aber es war gespielt. »*Certo*. Gewiss hättest du das.« Er brachte es nicht übers Herz, seinem Sohn zu sagen, dass er keine Chance gehabt hätte und dass Alberto Gott dankte, dass Gianni dieses Leben erspart geblieben war. »Und du wärst ein hervorragender Kämpfer gewesen.«

Eine Weile schwiegen sie beide, ehe Gianni die Reisetasche von der Schulter nahm und sie öffnete.

»Was hast du vor?«, fragte Alberto.

»Wir wollten doch ihre Asche verstreuen«, antwortete Gianni, während er in der Tasche wühlte. »Wo sollen wir dafür hingehen?«

»*Aspetti!* Warte!« Etwas hielt Alberto davon ab. Er konnte es nicht in Worte fassen, aber es fühlte sich nicht richtig an. Nachdenklich blickte er zum Haus mit dem Riss in der Wand.

»Ich kann nicht«, hörte er sie plötzlich wieder sagen. Und obwohl dieser Satz so viele Jahre zurücklag, hallte er so deutlich nach, als hätte Christina ihn gerade eben ausgesprochen. Damals, als sie schon einmal hier gewesen waren.

Palermo, 1955

»Ich kann nicht«, sagte Christina. Sie hatte den Türgriff beinahe schon berührt, als sie die Hand wieder zurückzog und sich zu Alberto umdrehte. Tränen standen ihr in den Augen. Ihr Anblick erfüllte ihn mit Schmerz. Sie sah so fragil und verletzt aus, dass in ihm sofort das Bedürfnis aufkam, sie in seine Arme zu nehmen und zu beschützen.

Doch Christina war zu aufgelöst. Sie machte eine ausladende Bewegung Richtung Nachbarschaft und schüttelte den Kopf. »Alle anderen haben es geschafft. Sie sind den ganzen Krieg über hiergeblieben oder danach gleich wieder zurückgekehrt. Sie haben sich ihr Leben wieder aufgebaut. Nur ich nicht. Ich habe mein Zuhause verraten und es nicht einmal gewagt, mich umzudrehen. Ständig musste ich dabei an Lots Frau denken. Und ich glaube, wenn ich es getan hätte, wenn ich tatsächlich zurückgeblickt hätte, wäre auch ich zu einer Salzsäule erstarrt.«

Nun suchte Christina doch in seinen Armen Schutz. Alberto gab ihr alle Zeit, die sie brauchte. Dabei atmete er den Duft ihres Haaröls ein und spürte, wie sie ihr Gesicht nah an seinem Herzen, an die Kuhle auf seiner Brust schmiegte. Eine Berührung, bei der auch in ihm Ruhe einkehrte.

»Damals fühlte ich mich so verloren. Es war die dunkelste Stunde meines Lebens. Ich konnte mir nicht vorstellen, dass jemals wieder bessere Zeiten kommen würden.«

»Aber sie sind gekommen, *cara*«, erwiderte Alberto sanft, während er sie näher an sich drückte und ihren Scheitel küsste. »Du bist jetzt in Sicherheit, dir kann nichts mehr geschehen. Denn alles ist in Bewegung. Nichts bleibt für immer. Wenn wir in einem Sturm gefangen sind, wollen wir uns besinnen, dass sich der Wind eines Tages legen und die Sonne zurückkehren wird. Und wenn wir frohe Zeiten erleben, wollen wir diese fest in uns verankern, um davon zehren zu können, wenn diese eines Tages vorbei sind. Sieh nur, auch dein Zuhause hat sich verändert. Im Erdgeschoss ist nun ein Blumengeschäft.«

Herrlich duftende Schnittblumen und Arrangements in bunten Töpfen zierten den Eingang und die Schaufenster. Prompt kam die Ladenbesitzerin aus dem Haus. Sie war um die vierzig, hatte einen dünnen, dunklen Flaum über der Oberlippe und trug einen knöchellangen Rock mit einer weiß-rosa gestreiften Schürze. Neugierig blickte sie das Paar an.

»Kann ich Ihnen behilflich sein?«

Alberto überließ das Reden seiner Frau. Wenn sie das Haus nicht betreten wollte, würde er sie nicht dazu drängen.

»Wir sehen uns nur etwas um«, wich Christina aus, während sie unsicher an ihren Fingernägeln spielte. Dann schien sie es sich anders zu überlegen. »Wissen Sie, ich habe hier früher gewohnt.«

»Tatsächlich?« Die Verkäuferin bedachte sie mit einem betroffenen Blick und nickte wissend. »Nun, wenn das so ist, dann wäre es mir eine Ehre, wenn Sie heute Abend meine Gäste sind. Das Geschäft schließt ohnehin gleich. Wie wäre es mit einem Espresso und Amaretti?«

Christina sah Alberto fragend an. Er lächelte und schenkte ihr ein zustimmendes Nicken. »Ja, sehr gern«, antwortete sie.

Und so betraten sie das Haus.

Palermo, 1999

Alberto tauchte aus seinen Erinnerungen auf. »Wir haben damals auf unserer Reise einen schönen Abend hier verbracht, der *Mamma* zu Tränen rührte. Doch es waren gute Tränen, die sie vergießen musste, um mit der Vergangenheit abzuschließen.«

Er hielt inne, und sein Blick verlor sich in der Ferne. Ja, Christina hatte mit Palermo abgeschlossen. Nach ihrer überstürzten Flucht war sie hierher zurückgekommen, um von der Heimat Abschied zu nehmen. Ohne Eile und ohne Furcht, als hätten sie einen heimsuchenden Geist von seiner Last befreit und ihn ziehen lassen. Und genau das war der Punkt. Es war der falsche Ort für Christinas letzte Ruhe. »Ich habe deiner Mutter versprochen, sie nach Hause zu bringen. Aber ehrlich gesagt weiß ich nicht, wo dieses Zuhause ist.«

Gianni nickte. »Wir werden es finden, ihr Zuhause.« Ohne Widerworte verstaute er die Kaffeedose in der Tasche.

Ja, das fühlte sich gleich besser an. Alberto spürte, wie eine Schwere von ihm fiel, und neuer Tatendrang in ihm aufkeimte.

»Komm, Gianni, lass uns weiterfahren. Bis nach Cefalù ist es noch ein Weilchen. Dort hat uns die Dame von der Tourismusauskunft eine wunderschöne Pension direkt am Strand gebucht.«

Das ließ sich Gianni nicht zweimal sagen. Er kletterte hinter Alberto auf die Vespa und zog den Helm an. Dann fuhren sie los.

11. Kapitel

Mailand, 1999

Lucia hämmerte auf die Hupe. »Schon mal was von Vorfahrt gehört, du Idiot?«

Hinter ihr stieß Sandra ein Zischen aus, weil sie zu hart abgebremst hatte. »Das konnte man ja schon von Weitem sehen, dass der nicht bremsen wird.«

»Reiz du mich nicht auch noch!«, herrschte Lucia ihre Tochter an, während sie versuchte, in den mehrspurigen Kreisverkehr einzufahren. Natürlich wurde sie auch hier von allen Seiten bedrängt, oder ein anderer Lenker schnitt ihr die Kurve ab. »Die Leute hier können einfach nicht Autofahren.«

»Eigentlich können sie es sogar hervorragend. Sonst hätte es längst einen Unfall gegeben«, meinte Vanessa vom Beifahrersitz aus. »Vielleicht ein wenig Musik zur Ablenkung?«

»Nein!«

Dass dieser Morgen nicht Lucias Sternstunde war, war ihr durchaus bewusst. Sie hatte miserabel geschlafen. Weil sie am Abreisetag prompt verschlafen und der Stau sie mehrere Stunden aufgehalten hatte, war es schon spät gewesen, als sie in Mailand angekommen waren.

Alle drei waren so müde gewesen, dass sie nur noch in

einer Unterkunft übernachten und sich am nächsten Morgen neu orientieren wollten. Im Stadtzentrum konnten sie das vergessen. Nach dem dritten Hotel, das sie abwies, fuhren sie in einen Vorort hinaus, wo sich Mailand mit seiner Industrie, der Luftverschmutzung, den heruntergekommenen Betonblöcken und den vergilbten Klimaanlagen an jedem Fenster von seiner weniger charmanten Seite zeigte. Auch die Leute wirkten gehetzt und unfreundlich. *La dolce vita? Non qui!*

Schließlich fanden sie ein freies Hinterhofzimmer ohne Preisangabe, bei dem der Hotelier sie mit bestem Wissen und Gewissen abgezockt hatte. Doch sie waren so erschöpft und mit den Nerven am Ende gewesen, dass sie geblieben waren. Ein großer Fehler! Direkt über dem Fenster stand der Müllcontainer des Hotels, Frühstück gab es keines, Kaffee im Pappbecher, und als Sandra endlich aus dem verschimmelten Bad kam, war kein warmes Wasser mehr für die anderen beiden da.

»Mama!« Plötzlich schoss Vanessas Hand zum Lenkrad, und Lucia machte eine Vollbremsung. Reifen quietschten, jemand hupte. Das alles ging so schnell, dass Lucia nicht wusste, wie ihr geschah. Beinahe wäre sie in ein stehendes Auto hineingefahren, ehe sie ins Schleudern geraten war und fast gegen den Pfosten einer Verkehrsinsel gekracht wäre.

»Fass mir nie wieder ins Lenkrad!«, schrie sie ihre jüngste Tochter an, so heftig, dass ihr danach der Hals brannte.

Eine Weile herrschte Stille, Vanessa sah sie fassungslos

an. Die anderen Autofahrer schlängelten sich unbeeindruckt um Lucias Opel herum. Vanessas Brust hob und senkte sich vom Schrecken, den der Schrei ihr eingejagt hatte. Dann kam Bewegung ins Spiel. Sie erwachte aus ihrer Lethargie, schnallte sich ab, riss die Autotür auf und rannte davon.

Aufgelöst eilte Lucia ihr hinterher, ignorierte ein hupendes Auto und die erschrockenen Passanten.

»Vanessa, bitte, ich wollte dich nicht so heftig anschreien! Es tut mir leid!« Auf der anderen Straßenseite holte sie ihre Tochter ein. Doch als Lucia sie an der Schulter berührte, riss sich Vanessa los und funkelte sie an.

»Fass mich nicht an!«, kreischte sie. »Ich weiß ja nicht, was für Probleme du hast, aber dass du so ausrasten musst, wenn ich dir helfen will …« Plötzlich wurde auch Vanessa von ihren Gefühlen mitgerissen. »Ich wollte dir doch nichts Böses«, schluchzte sie.

Unter Tränen nahm Lucia das Gesicht ihrer Tochter in die Hände und küsste ihre Wange. »Oh, mein Baby …«

»Nenn mich nicht Baby!«

Mutter und Tochter umarmten aneinander und ließen den Schrecken ziehen. Als sie sich nach einer Weile beruhigt hatten und sie die Umarmung lösten, sah Lucia aus den Augenwinkeln, dass Sandra ebenfalls aufgebracht zu ihnen stiefelte. Ihr Gesicht war rot, und die dicken Kajallinien unter ihren Augen waren bis zu den Wangenknochen verschmiert.

»Und würdet ihr mich bitte nie wieder mit eingestecktem Zündschlüssel hinten allein im Auto lassen? In einem

Land, dessen Sprache ich nicht spreche? Jemand hätte mich entführen können!«

Vanessa schien sich bereits so weit gefasst zu haben, dass sie matt lächelte. »Ach, wer dich entführt, gibt dich spätestens nach einer Stunde freiwillig zurück.«

»Ein schönes Paar seid ihr!«, rief Lucia aus, während sie den einen Arm um Vanessa und den anderen um Sandra legte und sie zu dritt zum Wagen zurückkehrten.

Nach dem emotionalen Intermezzo verlief der restliche Vormittag ohne weitere Zwischenfälle, und die Stimmung hellte sich auf. Bei einem Spaziergang durch die Innenstadt hielt auch das italienische Flair Einzug. Dort war Mailand so, wie man die Stadt aus romantischen Filmen kannte. Die Sehenswürdigkeiten lagen alle in Gehdistanz. Sie nahmen sich Zeit und machten vor dem Dom ein paar Fotos für das Familienalbum. In der Galleria Vittorio Emanuele II, der weltbekannten Einkaufsgalerie aus dem 19. Jahrhundert, presste Sandra bei Louis Vuitton ihre Nase so lange gegen das Schaufensterglas, bis eine Sicherheitskraft sie maßregelte.

Vanessa wiederum wollte zu einem Heavy-Metal-CD-Geschäft, wo sie beinahe ihr ganzes Taschengeld ausgab. Später betraten sie in einer der Seitenstraßen eine kleine, einladende Osteria mit dunklem Kachelboden und karierten Tischtüchern und aßen dort zu Mittag. An der Wand hing das ikonische Schwarz-Weiß-Bild von Pippi Langstrumpf, die mit der Schere die Spaghetti abschnitt, die ihr aus dem Mund hingen.

Weil sie früh dran waren, gab es noch keinen großen Ansturm, und sie wurden rasch bedient.

»Sag mal, Mama, liegt es nur an Nonno und Gianni, dass du so gestresst bist?«, fragte Sandra, nachdem der *cameriere* ihre Pastateller abgeräumt hatte.

Die Frage kam für Lucia völlig überraschend. »Natürlich«, antwortete sie verhalten. »Wieso fragst du?«

Die Schwestern tauschten einen Blick aus, als müssten sie untereinander aushandeln, wer zuerst einen Vorstoß wagte.

Vanessa räusperte sich. »Weil wir nie über Papa sprechen. Wie geht es dir damit?«

Lucia stieß einen tiefen Seufzer aus. Die ganze Zeit hatte sie sich darum bemüht, sich vor ihren Kindern nichts anmerken zu lassen. Sie wollte für sie stark sein, sich nicht mehr so verletzt wie früher zeigen. Aber sie konnte ihnen einfach nichts vormachen. »Nicht gut, um ehrlich zu sein. Ich hatte mir von Herzen gewünscht, dass es anders ausgehen würde. Dass wir uns auf solch unschöne Weise trennen mussten …«

»Ist bestimmt schmerzhaft«, beendete Sandra den Satz.

Lucia nickte. »Sehr sogar. Aber euch zuliebe will ich stark sein.«

»Mama, das bist du doch!« Sandra ergriff ihre Hand. »Du hast dein Bestes gegeben. Wir haben es gesehen. Und es ist in Ordnung, wenn man irgendwann nicht mehr kann. Wichtig ist, dass man dann eine Entscheidung fällt und wieder nach vorne schaut. Und was das Jobangebot von Sabina betrifft …« Sie sah ihre kleine Schwester an, als wollte sie sich noch einmal ihrer Zustimmung vergewissern. »… nimm die Stelle an. Wir glauben, das würde dir guttun und noch dazu viele Probleme aus der Welt schaffen.«

»Vor allem die Geldsorgen«, kam Vanessa auf den Punkt.

»Ich weiß.« Lucia seufzte. »Aber es würde bedeuten, dass ich öfter weg bin als jetzt. Ich bin dann vielleicht Tage unterwegs, und ihr müsstet auch mal für euch selbst kochen oder Wäsche waschen.«

»Damit kommen wir klar«, versicherte Vanessa. »Wir sind keine kleinen Kinder mehr. Und mach dir um Nonno und Gianni keine Sorgen. Die müssen eben lernen, dass es nicht nur nach ihrer Nase geht. Du bist nicht Nonna, die alle von vorn bis hinten bedient. Du bist eine moderne, berufstätige Frau, und darauf sind wir stolz.«

Gerührt sah Lucia ihre Töchter an, aber da sie nicht schon wieder weinen wollte, gab sie sich humorvoll und ließ den Blick zwischen den beiden schweifen. »Ich beklage mich ja oft darüber, dass ihr euch ständig zankt, aber wenn ihr euch miteinander verschwört, ist das noch viel unheimlicher.«

»Also gut, dann reich mir mal die Postkarten aus deiner Tasche«, wechselte Sandra das Thema.

Nachdem sie den Stapel durchgeblättert hatte, schob Sandra eine Karte in die Mitte des Tisches. »Das scheint die aus Mailand zu sein.«

Die Fotografie zeigte eine Kirche aus der frühen Renaissance im Stil der lombardischen Backsteingotik, dann drehte Sandra die Karte um und studierte die Zeilen. »Leider verstehe ich davon kein Wort. Was bedeutet *L'Ultima Cena*?«

»Dass sie sich ›Das Letzte Abendmahl‹ von Leonardo da Vinci angesehen haben«, erklärte Lucia. »Das Wandgemälde befindet sich in der Santa Maria delle Grazie, ganz in der Nähe von hier. Lasst uns dorthin gehen.«

Die Basilika war gut besucht, und sie mussten eine Weile anstehen, ehe sie zu ihren Tickets kamen. Als die Verkäuferin Sandras Shorts und ihr schulterfreies Top bemerkte, warf sie ihr einen leuchtendorangenen Regenponcho zu.

»Ist das deren Ernst?«, ärgerte Sandra sich. »Bringe ich sonst die gottesfürchtigen Männer um den Verstand oder was?«

»Das ist eine Frage des Respekts«, erwiderte Vanessa. »Nun mach schon. Ich würde die Kirche gern noch heute betreten.«

»Uff, und wie der stinkt. Fünfhundert Jahre Inquisition gehen in Ordnung. Aber wenn eine Frau schöne Schultern hat, darf sie die nicht zeigen«, brummte Sandra, ehe sie sich den Poncho mit Gewittermiene überwarf.

Währenddessen suchte Lucia immer wieder die Menschenmenge nach ihrem Vater und Gianni ab. »Entschuldigen Sie, kamen vielleicht ein älterer Mann und dessen Sohn in letzter Zeit vorbei?«, fragte sie einen vorbeigehenden Aufseher. »Beide sind etwa eins siebzig groß und …«

»Signora, wir werden hier täglich von Hunderten, wenn nicht Tausenden Touristen besucht. Da merkt sich keiner ein Gesicht«, erwiderte dieser unwirsch, ehe er eine Gruppe beiseiteschob und einen Mann mit Blitzkamera taxierte. »*No photos! Move!*«

Er zog von dannen, und ehe Lucia nochmals fragen konnte, schob die Menschenmenge sie weiter.

Sie hatte das Bildnis schon hundertfach auf Plakaten, Postkarten oder in Filmen gesehen, doch als sie vor der originalen Wandmalerei stand, fühlte sie sich schier überwältigt. Obwohl die Farben allmählich verblassten, schienen die Figuren zu leuchten. Besonders vom vielen Blau der Gewänder ging eine eigene Kraft aus.

Blau. Die Bedeutung von Glauben und Zuversicht, dachte Lucia bei sich. Sie war nie der religiöse Typ gewesen – diesen Part hatte sie lieber ihrer Mutter überlassen –, und trotzdem spürte sie eine tiefe Ehrfurcht, als sie auf Gottes Sohn und dessen Jünger blickte. Wie Lucia den Worten einer Reiseführerin in der Nähe entnahm, hielt das Gemälde jenen Moment fest, in dem Jesus verkündete, dass ihn einer seiner Anhänger verraten würde. Und obwohl dies ein Wendepunkt der Geschichte darstellte und nach diesem nichts mehr so sein würde wie zuvor, schien der Erlöser seinen Frieden gefunden zu haben, während um ihn herum große Aufregung und Empörung herrschten.

»Unglaublich, wenn man bedenkt, dass Nonno und Nonna damals einfach in die Basilika hineinspaziert sind und sich das Gemälde in Ruhe angeschaut haben. Es gab keine Eintrittspreise, keine Kontrollen, keine Fotoapparate. Nur sie beide unter da Vincis Meisterwerk«, flüsterte Vanessa voller Ehrfurcht und mit leicht verklärtem Blick.

Auch Lucia bekam von der Vorstellung eine Gänsehaut. Ihr war, als hätte sie eine Zeitkapsel betreten. Sie blendete all die anderen Besucher aus und konnte das junge Ehepaar mit dem hübschen Kleid und dem weißen Hemd deutlich vor sich sehen, wie sie völlig in diesen Moment versanken und eine Erinnerung für die Ewigkeit schufen.

Das Leben sei kostbar, hatte Zia Emilia gesagt. Man wusste nie, wann es vorbei war. Früher hatte Lucia geglaubt, mit der Heirat und den Kindern ihre Lebensziele erreicht zu haben. Aber Dinge änderten sich, und dann musste man das ganze Leben neu ausrichten. Es war an der Zeit, sich neue Ziele zu setzen und ihren Töchtern als gutes Beispiel voranzugehen. Denn anders als die Figuren auf da Vincis Meisterwerk würde sie niemals aus eigener Kraft heraus leuchten, wenn sie nicht an sich arbeitete.

Nachdenklich tauchte sie aus ihrer inneren Welt auf. Eine Touristengruppe begann hinter ihnen zu drängeln. Etwas in ihr sagte Lucia, dass es Zeit war, weiterzugehen.

»Kommt, Mädels! Onkel Gianni und Nonno sind nicht in Mailand, das kann ich spüren. Lasst uns zum nächsten Ort fahren.«

Sandra, die in ihrem übergroßen Poncho aussah, als würde sie sich gegen eine Jahrhundertflut wappnen, sah sie fragend an. »Und wie heißt dieser Ort?«

»Venedig«, antwortete Lucia, ohne sich ein weiteres Mal nach dem Gemälde umzudrehen.

12. Kapitel

Messina, 1999

Am Hafen von Messina herrschte reges Treiben, eine Mischung aus Urlaubsflair und Alltagsbetrieb. Auf der einen Seite flanierten Touristen am Kai entlang, aßen *gelati* und machten Fotos, auf der anderen schleppten Hafenarbeiter in schweißgetränkter Arbeitskleidung Kisten, verfrachteten Waren und rollten Taue auf. Am Himmel zogen Möwen kreischend ihre Bahnen oder suchten zwischen den Fast-Food-Buden und den Mülleimern nach heruntergefallenen Pommes frites.

Alberto und Gianni standen mit der Vespa ganz vorne am Hafenbecken und warteten zusammen mit anderen Reisenden auf den Einlass zur Fähre.

»Wann können wir endlich an Bord?«, wollte Gianni wissen.

»Das dauert noch ein Weilchen. Gemäß Zeitplan in einer Viertelstunde.«

»Aber das Schiff ist doch längst da!«

»Meist müssen erst Güter ausgeladen oder der Tank muss neu befüllt werden«, erklärte Alberto. »Oder die Kapitäne haben Schichtwechsel.«

»Ach, Mann …«

Eine Geruchswolke aus Fisch, Meerwasser, Eisen und

Abgasen zog zu ihnen hinüber. Gerüche, die Alberto an das echte Leben erinnerten und auf nostalgische Weise nachdenklich stimmten.

Nach ihrem Aufenthalt in Palermo hatten Gianni und Alberto einen Tag in Cefalù verbracht, um sich zu erholen und im Meer zu baden, ehe sie heute sportliche hundertfünfzig Kilometer entlang der Küste Richtung Messina zurückgelegt hatten. Eine aufregende Fahrt mit prächtigem Meerespanorama, die aber ordentlich an Alberto gezehrt und ihn durchgerüttelt hatte. Zudem hatte er ziemlich viel Sonne abbekommen, was seine Haut nicht mehr gewohnt war und ihm im Fahrtwind zunächst nicht aufgefallen war. Alberto genoss daher die leichte Meeresbrise und den langen Schatten, den das Schiff auf sie beide und die Vespa warf.

Kurz zuvor hatte Alberto von einer Telefonzelle aus mit seiner Schwägerin telefoniert. Emilia berichtete ihm, dass Lucia ebenfalls mit ihr in Kontakt stehe und sie die letzten zwei Tage erfolglos in Milano verbracht habe.

»Ein bisschen habe ich schon ein schlechtes Gewissen, Alberto«, hatte Emilia zugegeben. »Soll ich ihr denn wirklich nicht sagen, dass sie am falschen Ende des Landes nach euch sucht?«

»Es war Lucias Entscheidung, uns hinterherzureisen, obwohl das nicht nötig gewesen wäre. Mein Mitleid hält sich in Grenzen.«

»Schon gut … Es ist nur so, ich würde mir wünschen, dass Lucia die Reise mehr genießen könnte.«

Seine Schwägerin hatte am Telefon natürlich nicht gesehen, wie Alberto die Stirn in Falten gelegt hatte. Woher kam diese plötzliche Empathie seiner Tochter gegenüber?

Ehe er weiter über das Telefonat grübeln konnte, sah er, wie die Absperrlatte hochging. Kurz darauf setzte sich die Autokolonne in Bewegung. Hinter Alberto rutschte Gianni auf seinem Sitz herum. »Na endlich!«

Nachdem sie an Bord gegangen waren, ertönte das Schiffshorn. Ein Ruck ging durch die ganze Fähre, als die Turbinen zu rotieren begannen.

Die Überfahrt dauerte nur eine Dreiviertelstunde. Alberto und Gianni stellten den Roller ab und vertraten sich am Heck die Beine.

Es war zu laut und zu windig, um sich zu unterhalten, und so lehnten sich beide schweigend über die Reling und beobachteten, wie Messina immer kleiner wurde. Alberto fühlte sich müde und freute sich schon auf das Bett in ihrer Unterkunft in Reggio Calabria, der ehemaligen Hauptstadt Kalabriens.

Plötzlich wurde ihm bewusst, dass er wohl zum letzten Mal in seinem Leben in Sizilien gewesen war. Ein seltsames Gefühl von Sentimentalität beschlich ihn. Fast genauso wie vor mehr als vierzig Jahren …

Messina, 1955

Christina trat aus der Umkleidekabine und beäugte sich im Spiegel.

»Und, wie findest du sie?«

Sie trug eine hochtaillierte Stoffhose mit schwarz-braunem Hahnentrittmuster und breitem Bund, die ihr bis zur Hälfte der Waden reichte. Ihr weißes Hemd, das sie vorhin noch zu ihrem Rock getragen hatte, sowie die flachen Lederhalbschuhe passten einwandfrei dazu. Als hätte sie ihre Garderobe Tage vorher schon sorgfältig zusammengestellt.

»Denkst du, ich kann das wirklich so anziehen?«

»Definitiv. Und nicht nur das, *cara*. Die Hose steht dir so ausgezeichnet, dass ich es kaum erwarten kann, sie dir wieder auszuziehen.«

»Alberto! Schh!« Erschrocken blickte Christina sich um, ehe sie kicherte. »Wenn die Verkäuferin das gehört hätte«, raunte sie mit geröteten Wangen. »Hast du nicht ihren kritischen Blick vorhin bemerkt? Es scheint nicht viele Frauen zu geben, die bei ihr Hosen kaufen.«

»Wenn sie zu konservativ für zeitgemäße Kleidung ist, sollte sie keine im Sortiment haben«, entgegnete Alberto nicht gerade leise.

Wieder warf Christina ihm einen empörten und gleichzeitig amüsierten Blick zu. »Da magst du recht haben. Und das geht in Ordnung? Neue Kleidung hatten wir nicht in unser bescheidenes Budget eingeplant.«

»*Cara*, uns stehen auf der Vespa über eintausend Kilometer bevor. Wenn du merkst, dass dir der Damensitz im Kleid zu unbequem ist, dann ist das ein gut überlegter Kauf. Und außerdem habe ich ja auch was davon, wenn sich deine wohlgeformten Schenkel um meine Hüfte schmiegen.«

»*Tesoro*! Jetzt ist aber wirklich genug!«

Alberto hob entschuldigend die Hände. »Ich meine ja nur.«

Christina hatte die Hose direkt anbehalten, als sie weiter zum Hafen fuhren. Um ihr Haar vor dem Wind zu schützen, hatte sie ihr Seidenhalstuch zu einem eleganten Kopftuch gewickelt. Zusammen mit ihrer Katzenaugen-Sonnenbrille hätte sie glatt als Filmstar durchgehen können.

Alberto spürte einen Anflug von Stolz mit einem Hauch von Schadenfreude, als ihm die neidischen Blicke der anderen Frauen auffielen, insbesondere, wenn sie sich über die verdrehten Hälse ihrer Ehemänner ärgerten.

Da es sich um eine Autofähre handelte, konnten sie direkt mit der Vespa auf die Ladefläche fahren. Dort stellte Alberto den Motor ab und setzte den Ständer auf. Sie blieben eine Weile sitzen und beobachteten das Treiben. »Warst du zufrieden mit unserem Aufenthalt hier?«, fragte er seine Liebste.

»Ich dachte, es würde schwer werden, die Vergangenheit wieder aufleben zu lassen. Aber mit dir an meiner Seite ist alles leichter.«

Alberto lächelte. »Dann wird es mir hoffentlich genauso ergehen.« Denn auch sein altes Zuhause stand auf ihrer Reiseliste. Beim Gedanken daran wurde ihm mulmig. Aber wenn er die Wiederbegegnung nur halb so gut meistern würde wie seine Frau, durfte er zuversichtlich sein.

Auf der nahen Anlage am Hafen thronte in sechzig Meter Höhe eine vergoldete Marienstatue. Sie hob die

Hand zum Segensgruß, und es war Alberto, als gelte dieser Segen einzig ihnen.

»Ich glaube, das wird ein wunderschöner Sommer, *cara*«, flüsterte er.

Lachend schlang Christina von hinten die Arme um ihn und schmiegte ihren Kopf zwischen seine Schulterblätter. »Das wird er.«

Ein Windzug blies ihnen um die Ohren. In ihm schwang eine Zuversicht mit, die Alberto mutig nach vorne blicken ließ.

Direkt in die Zukunft.

13. Kapitel

Venedig, 1999

Ein paar Tage später winkte Lucia mit einem charmanten Lächeln den *cameriere* am Piazza San Marco zu sich. Dienstbeflissen wandte er sich zu ihr: »Darf es noch etwas sein? *Caffè, espresso, dolci?*«

»*No, va bene, grazie. Il conto per favore.*«

Der Kellner nickte und versprach, mit der Rechnung zu kommen.

Zufrieden wandte sich Lucia ihren Töchtern zu. »Seht ihr, wer die Landessprache spricht, wird nicht wie ein Tourist abgefertigt.«

Als der *cameriere* zurückkehrte, stieß Vanessa beim Anblick der Rechnung einen Pfiff aus. »Dafür wie einer abgezockt.«

Sandra deutete auf ihre Koffer, die die drei um sich geschart hatten. »Wahrscheinlich haben die uns verraten.«

Auch Lucia musste bei der Summe schlucken. Widerwillig griff sie zu ihrer Brieftasche. Wenigstens würden die kommenden Tage nicht so kostspielig ausfallen, wenn sie öfter selber kochten und auf Campingplätzen übernachteten.

»Betrachten wir es als Abschluss für einen schönen Aufenthalt«, gab sie sich versöhnlich. Und das war es auch gewesen. Obwohl von ihrem Vater und ihrem Bruder jede Spur fehlte, war es Lucia gelungen, ein wenig zu entspannen und die Zeit mit ihren Töchtern zu genießen. Beide waren hingerissen von den Sehenswürdigkeiten, den vielen kleinen Geschäften und den malerischen Kanälen. Und wenn man von dem Sturzflug einer Möwe absah, die Sandra ein *panino* aus der Hand geschnappt hatte, gab es auch keine unliebsamen Zwischenfälle.

Gleichzeitig war Lucia froh, dass sie die ganzen Menschen bald hinter sich lassen konnten, die in Massen die historische Lagune strömten. Manchmal fragte sie sich, von wem die größere Gefahr ausging: dem ansteigenden Meeresspiegel oder der Flut der täglichen Besucher.

Während sie das Café verließen, blickte Lucia staunend um sich. Obwohl sie die Piazza San Marco in den letzten Tagen mehrmals überquert hatte, erfasste sie jedes Mal eine ergreifende Ehrfurcht. Sobald sie die engen und dunklen Gassen hinter sich ließen und sich vor ihnen der strahlende Platz mit all seinem Glanz und der geschichtsträchtigen Fassade erstreckte, kam es Lucia vor, als würde sie eine andere Welt betreten. Tagsüber mochte der San Marco vollgestopft, laut und überladen sein, in den Abendstunden aber, wenn die Piazza sich leerte und die Sonne westlich der Mauern verschwand – wenn der Himmel dieselben Violetttöne annahm wie das Meer und auf dem speckigen Pflaster die Laternenlichter reflektierten, zeigte sich die Piazza von ihrer edlen Seite. Dann gab es kein Gedränge und kein Geschrei mehr, die Händler waren weg, die Tauben zogen sich auf die Dächer des Dogenpalastes zurück, und immer mehr Einheimische ließen sich blicken. Wer jetzt unterwegs war, kannte keine Eile. Man kleidete sich bewusster und verzichtete auf Modesünden, flanierte, traf sich mit Freunden oder ging mit seinen Liebsten essen.

Als sie weitergingen, ließ Lucia ihren Blick weiterschweifen, Richtung Hafenbecken, dem Bacino di San Marco. Ein wohliges Prickeln erfasste sie, als ein Pianist zusammen mit einem Geigenspieler im benachbarten Restaurant ein Podest betrat und das Duett die ersten Takte eines romantischen Tangos spielten. An der Anlegestelle schwankten leere Gondeln im sanften Wellengang. Ein *gondoliere* kam dazu und bereitete seine Gondel für eine Rundfahrt vor.

Und plötzlich sah sie ihre Eltern deutlich vor sich. Auch sie waren hier gewesen. Lucia hatte keinen Beweis dafür, und doch hegte sie keine Zweifel daran.

Venedig, 1955

An ihrem letzten Abend in Italien stand Alberto mit dem Rücken zum Meer auf der Ponte della Paglia. Während er zur Seufzerbrücke blickte, zog er an seiner Zigarette und achtete darauf, den Rauch nicht in Christinas Richtung zu blasen. Sie stand neben ihm, so nahe, dass ihr Haar seine Wange kitzelte. Ein Lächeln umspielte seine Lippen, als er zu ihr spähte. Obwohl er Christina schon immer gern angesehen hatte – seit heute Abend schwang noch etwas anderes in seiner Bewunderung mit.

Sie sah zu ihm und erwiderte sein Lächeln, teilte mit ihm ihr süßes Geheimnis, von dem außer ihnen niemand wusste. Behutsam legte er die Hand um ihre Taille und lenkte sein Bewusstsein tiefer ihren Bauch hinab. Da, wo ein kleines Wesen in ihr schlummerte, für das er schon jetzt nichts als Liebe empfand. Egal, was ihnen alles bevorstand, dieses Kind würde er mit seinem Leben beschützen.

Ein Tourist mit beigefarbener Chinohose und Strohhut unterbrach die innige Verbindung, als er sich vor sie drängte, um ein Foto zu schießen. Alberto wollte bereits eine ruppige Bemerkung fallen lassen und den Kerl zurückdrängen, da war dieser schon weitergezogen.

»Hat er sich die Brücke überhaupt angesehen?«, raunte er.

»Vielleicht macht er das ja zu Hause, wenn er sich die verwackelten Bilder anschaut«, antwortete Christina hämisch, dann zuckte sie mit den Achseln und blickte wieder zur Seufzerbrücke. »Glaubst du, dass die Gefangenen von hier aus wirklich zum letzten Mal aufs Meer geblickt haben? Ist das nicht unglaublich traurig?«

»Auch für uns wird es für lange Zeit das letzte Mal sein«, antwortete Alberto bekümmert. »Vielleicht sogar für immer.« Beim Gedanken wurde ihm schwer ums Herz.

»Ach, darüber will ich nicht nachdenken.« Mit einer klaren Handbewegung wischte Christina die Melancholie beiseite. »Lass uns lieber etwas Unterhaltsames tun. Moment, was machst du da?«

»Deinen Rat beherzigen.« Alberto nahm seine Brieftasche hervor und spähte ins Notenfach. »Lass uns eine Gondelfahrt unternehmen.«

»Wie, jetzt?« Ratlos blickte Christina hinunter zum Kanal und den Gondeln. Eine Traube *gondolieri* hatte sich dort versammelt. Sie trugen ihre bekannte Tracht – schwarze Hosen, weißes Hemd mit gestreifter Weste und einen Strohhut mit rotem Band. Scherzend und lachend warben sie auf Englisch für Bootsfahrten, mit oder ohne Gesang.

»Wir haben ein wenig Geld übrig. Na, wie wär's?« Er wollte einen Schritt auf den Steg zugehen, als Christina ihn zurückhielt. »Alberto nicht, das ist mir unangenehm und zu teuer! Wir sind einfache, kleine Leute aus dem Süden. So etwas machen nur reiche Touristen.«

Aus einer Gondel stieg soeben eine Familie, als der Besitzer Alberto als potenziellen Kunden entdeckte.

»*Americano?* Rock 'n' Roll!« Dabei schwang der *gondoliere* die Ellenbogen und ging in die Knie wie beim Twist. Christina machte ein Gesicht, als würde sie gleich im Erdboden versinken.

»Wo denkst du hin!«, erwiderte Alberto in gespielter Empörung.

Auch der *gondoliere* wechselte in seine Landessprache. »Sagt doch gleich, dass ihr Italiener seid!«

Alberto grinste und deutete mit dem Daumen zu seiner Frau. »Nun ja, sie ist Sizilianerin, also …«

Christina gab die Entrüstete und schlug nach ihm.

»Vorsicht, Freund!« Der *gondoliere* lachte. »Sizilianische Frauen sind gefährlich!«

»Das musst du mir nicht sagen! Aber sag mal, der Preis …«

»Fast geschenkt!« Der *gondoliere* machte eine energische Handbewegung.

»Nun, ja, nicht wirklich.« Alberto hielt einen Geldschein in die Höhe. »Kommen wir damit bis zur Rialtobrücke?«

»Dafür?« Der *gondoliere* lachte auf. »Für den Preis kannst du selbst rudern!«

Die beiden scherzten und verhandelten noch ein wenig weiter, ehe der Mann eine Verbeugung andeutete und Christina beim Einsteigen die Hand hinhielt. Dann setzte Alberto sich neben sie und legte den Arm um ihre Schultern.

Während sie durch die Lagune fuhren, musste seine Frau seufzen. Sie brauchte nichts zu sagen, damit Alberto verstand. Diese Bootsfahrt war ihr letzter Ausflug. Danach war ihre Reise vorbei. Schon Morgen würde ihr Leben ein anderes sein.

»Bald ist das alles hier nur noch eine Erinnerung«, flüsterte Christina. »Das Meer, die Brücken, dieser Abend …«

»Mag sein«, erwiderte Alberto sanft, während er ihr eine Haarsträhne aus der Wange strich. »Aber wir werden neue Erinnerungen schaffen.«

Venedig, 1999

Lucia blinzelte, als sie aus ihrem Tagtraum erwachte. Der *gondoliere* war verschwunden. Obwohl sie ihre Familie in Venedig nicht gefunden hatte, fühlte sie sich ihr in diesem Augenblick besonders nahe.

Eine Stunde später verließen sie mit dem Vaporetto Venedig. Ein letztes Mal überblickte Lucia die Piazza und dachte dabei an ihre Eltern und wie ihre Schicksale miteinander verbunden waren. Sowohl für sie damals als auch für Lucia heute stellte die Italienreise ein Innehalten vor einer großen Veränderung dar. Für ihre Eltern, weil sie einen Neuanfang in einem fremden Land wagten, für Lucia, weil sie sich bald scheiden lassen und ihr Leben komplett umkrempeln würde.

Und obwohl dieser Schritt mit einer beängstigenden Unsicherheit einherging, tröstete sie der Gedanke, dass auch ihre Eltern einst mutig den Weg ins Unbekannte eingeschlagen hatten, und das stimmte sie versöhnlich. Sie brauchte keine Angst vor der Zukunft zu haben. Es war in Ordnung, nicht alles im Voraus zu wissen.

Immer kleiner wurde die bunte Lagune, bis Lucia von San Marco nur noch die Spitze des Turms sah. Der Kanal weitete sich, links und rechts wies ihnen ein Naturschutzgebiet den Weg. Diese Weitsicht hatte ihr gefehlt. Sie hatte das Gefühl, wieder einen Überblick über ihr Leben zu haben.

Schließlich erreichten sie Tronchetto, eine künstliche Insel, wo sie ihr Auto während ihres Aufenthalts in der Lagune geparkt hatten.

»Fahren wir weit?«, fragte Vanessa beim Einsteigen.

»Nur etwa zwei Stunden«, antwortete Lucia. Sandra, die hinten saß, hatte ihre Mutter über den Autospiegel beobachtet. »Warum runzelst du die Stirn?«

»Mach ich gar nicht«, wich sie aus. In Wirklichkeit fragte Lucia sich, was sie in Venzone erwarten würde. Dort befand sich ein Teil der Vergangenheit ihres Vaters, über den er nie gesprochen hatte. Doch das wenige, was sie wusste, genügte, um ihr ein unbehagliches Gefühl zu bereiten.

14. Kapitel

Zwischen Reggio Calabria und Tropea, 1999

Alberto wischte sich den Schweiß von der Stirn und unterdrückte einen Fluch, der ihm auf den Lippen lag. Obwohl er vor zwanzig Jahren mit dem Rauchen aufgehört hatte, verspürte er eine immense Lust nach einer Zigarette. Schweißflecken hatten sich unter den Achseln seines gelb karierten Kurzarmhemdes gebildet. Nicht der Hitze wegen, sondern weil er innerlich bebte.

Als er ein Klickgeräusch hörte, drehte er sich um. Gianni hielt die Kamera in der Hand.

»Ernsthaft? Unsere Panne willst du als Urlaubserinnerung festhalten?«

Gianni zuckte mit den Achseln und steckte den Fotoapparat weg. »Ist es ein Loch?«, fragte er und deutete auf den platten Hinterreifen der Vespa.

»Nein, wir haben die Ventilkappe verloren. Dadurch ist die Luft aus dem Reifen entwichen«, bemühte sich Alberto um eine sachliche Erklärung.

Gianni wirkte erleichtert. »Zum Glück ist es nur das«, antwortete er zuversichtlich. »Dann müssen wir den Reifen nur wieder aufpumpen und eine neue Kappe besorgen. Nicht wahr?«

»Das mag sein, *figlio*. Nur sind wir mehrere Kilometer

von unserem Ziel entfernt. Wenn nicht bald jemand kommt und uns mitnimmt, müssen wir die Strecke zu Fuß zurücklegen.«

Blankes Entsetzen zeichnete sich in Giannis Augen ab. »Und die Vespa?«

Alberto sagte es ungern. »Die können wir mit dem Platten nicht bis nach Tropea schieben, sonst geht auch die Felge kaputt. Wir müssen sie hier zurücklassen.«

Gianni sprang auf und riss sich an den Haaren. »Nicht doch! Nein, das geht nicht! Nein, nein, nein«, schrie er. Dann wand er sich und jaulte: »Nicht die schöne Vespa!« Als er begann, heftig auf sich selbst einzuschlagen, machte Alberto einen Satz auf ihn zu und ergriff Giannis Hände. In seinem Sohn steckte eine Menge Kraft, stellte Alberto fest. Zweifelsohne war Gianni stärker als er. Alberto wusste, dass ihm nicht viel Zeit blieb, um Gianni zu beruhigen. »Schh, *figlio*, alles wird gut.« Er sagte es immer wieder, summte die Melodie eines Kinderlieds, bewegte sich wippend mit ihm mit, damit er den Handgriff lockern konnte und Gianni keine Gewalt antat.

Als er spürte, dass Gianni sich allmählich beruhigte und die Kraft in seinen Armen nachließ, löste Alberto den Griff. Seine Hände wanderten zu Giannis Kopf hoch. Sanft umschlossen sie Giannis Ohrmuscheln. Die Daumen massierten die Schläfen. So hatte es Christina immer getan, wenn Gianni einen Gefühlsausbruch erlitt. Er erinnerte sich daran, wie sie die elterlichen Hürden nur als Team hatten meistern können, und plötzlich fühlte er sich seiner Frau sehr nahe.

Gianni war nun ganz ruhig. Seine Brust hob und senkte sich noch stark, aber aus seinen Augen war die Panik verschwunden.

»Weißt du, *figlio*, du kennst das bestimmt aus den Geschichten, wenn es ein Problem gibt, aber man weiß, dass alles ein gutes Ende nehmen wird. So ist es auch jetzt mit der Vespa. Wir werden heil aus der Sache rauskommen und heute Abend bei einem *birra* darüber lachen. Dafür müssen wir einen kühlen Kopf bewahren und zusehen, dass wir zu einer Lösung kommen.«

Endlich konnte Gianni wieder lächeln. Mit dem Unterarm wischte er sich die Tränen aus dem Gesicht. »*Birra* klingt gut. Ich hätte am liebsten schon jetzt eins.«

»Eins nach dem anderen«, erwiderte Alberto mit einem Lachen.

Dann blickte er um sich. Die Straße lag in einer bewaldeten Böschung, was die Orientierung einschränkte. »Magst du einen Moment hier warten und auf die Vespa aufpassen?«, fragte er. »Ich will mal sehen, wie der Weg verläuft.« Er ging einige Schritte vorwärts, ließ den Wald hinter sich und stieg den Hang hinauf.

Sofort schien die Sonne gnadenlos auf ihn herab. Vertrocknetes, stacheliges Gras pikste durch seine Sandalen. Als er oben ankam, umgab ihn eine steppenähnliche Weite aus verbranntem Gras und dornigen Büschen. Hier und da erhob sich eine Agave oder ein Kaktus aus dem Dickicht. Nur ein eingezäunter Olivenhain und die Straße deuteten auf Zivilisation hin. Bis zur nächsten Ortschaft konnten es zwei, aber genauso gut zwanzig

Kilometer sein. Ob es klug war, aufs Geratewohl zu Fuß weiterzugehen? Oder lieber auf eine Mitfahrgelegenheit hoffen?

Ein Blick auf die Uhr stimmte ihn noch missmutiger. Kurz vor vierzehn Uhr. Während der Siesta könnte es Stunden dauern, bis jemand vorbeifuhr. Kein Mensch verließ um diese Zeit bei dieser Hitze freiwillig das Haus. Zumal sie sich auf einer weit abgelegenen Straße befanden. Sosehr sich Alberto vorhin bemüht hatte, seinen Sohn zu beruhigen, empfand er nun selbst, wie die Ohnmacht ihn erfasste.

Während Alberto ein Ziehen in der Herzgegend spürte, lärmten Zikaden, Schrecken und Grillen so sehr, dass er kaum seinen Gedanken folgen konnte. Er würde mit Gianni besprechen, was sie tun sollten, und strauchelte die Böschung wieder hinab. Als er zurück zur Vespa kehrte, hörte er Gianni mit jemandem sprechen. Ein roter Pick-up hatte neben ihm angehalten, das Fenster war heruntergekurbelt. Als Gianni seinen Vater bemerkte, winkte er ihn aufgeregt zu sich.

»Komm schnell, *Papà*! Der freundliche Mann hat angeboten, uns mitzunehmen.«

Der Pick-up-Fahrer hieß Fabrizio und war Klempner von Beruf, er sah in seinem schwarzen Anzug, aber nicht nach einem Handwerker aus. »Ihr Sohn meinte, sie hätten eine Panne und wollten nach Tropea? Ich kenne da eine Werkstatt und kann Sie hinfahren.«

Das ließen sie sich kein zweites Mal sagen.

Während der Pick-up die menschenleere Via Campo Inferiore entlangraste, flimmerte der heiße Asphalt in der Ferne. Zu ihrer Linken erstreckte sich das Meer – hier und da mit Blick auf den Stromboli –, zur Rechten Hügel aus Pinienwäldern. Gianni saß in der Mitte des Dreisitzers. Mit Fabrizios Erlaubnis hatte er das Radio angeschaltet und johlte ausgelassen zu »*Nessuno*« von Mina.

Alberto blickte aus dem runtergekurbelten Fenster und hing seinen Gedanken nach. Obwohl der Zwischenfall mit Gianni und die Panne mir der Vespa ihn körperlich kaum angestrengt hatten, fühlte er sich müde und erschöpft. Früher hatte er nie lange darüber nachgedacht, wenn eine Situation glimpflich ausgegangen war, doch das vorhin stimmte ihn nachdenklich. Hatte er sich zu viel zugemutet und sich und Gianni unnötig in Gefahr gebracht? Würde Lucia am Ende doch recht behalten, und sie beide waren unfähig, für sich selbst zu sorgen? Zum ersten Mal seit seiner Reise vermisste er seine Tochter, obwohl er dies nicht für möglich gehalten hätte. Wann war es bloß so schwierig zwischen ihnen geworden?

Früher war sie ein aufgewecktes Mädchen mit dunklen Zapfenlocken und klugen Augen gewesen, das viel lachte und gern mit den anderen Kindern spielte. Bis Lucia eines Tages von der Schule kam und wissen wollte, weshalb man sie »Spaghettifresser« nannte, obwohl sie Tagliatelle viel lieber möge. Weder Alberto noch Christina hatten gewusst, dass ihre Tochter wegen ihrer Herkunft gehänselt wurde.

Im Nachhinein bereute Alberto es, sich nicht mehr für sie eingesetzt zu haben. Sein Fokus lag damals auf der Arbeit, darin, die Familie zu ernähren und das Einkommen zu sichern. Und Christina musste ihre ganze Aufmerksamkeit Gianni widmen, der als Kleinkind ständig krank war und ärztlicher Hilfe bedurfte.

Sie wären mit ihren mangelnden Deutschkenntnissen auch gar nicht in der Lage gewesen, mit den Lehrpersonen oder den Eltern der anderen Kinder Kontakt aufzunehmen. Was hätten sie auch bewirken sollen? Sie waren Ausländer, Menschen zweiter Klasse, das mussten selbst die Kleinsten früh begreifen. Statt um mehr Akzeptanz zu kämpfen, verkehrte die Familie lieber mit ihren eigenen Landsleuten, die in den Fünfzigern und Sechzigern zuhauf nach Freiburg kamen, und isolierten sich von der Gesellschaft, die sie zwar als Arbeiter händeringend brauchte, als Mensch jedoch alles andere als willkommen hieß. Und Lucia? Etwas in ihr war in diesen Tagen zu Bruch gegangen. Sie hatte ihre magische, kindliche Unbeschwertheit verloren, gewöhnte sich ihren Akzent mit drakonischer Disziplin ab und färbte sich bis zu ihrem Studium die Haare blond. Es war, als hätte sie ihre Herkunft verraten, ihre Wurzeln herausgerissen.

Alberto war so tief in seinen Gedanken versunken, dass er gar nicht merkte, wie Fabrizio das Tempo drosselte und die ersten Vororte an ihnen vorbeizogen. Das Meer verschwand hinter zweistöckigen, quadratischen Häusern aus hellem Stein und bunten Fensterläden – trotzdem konnte Alberto die salzige Luft noch immer riechen. Ein

Gefühl der Zufriedenheit wärmte ihn, wie ein guter Grappa. Er glaubte, eine alte Freundin wiederzutreffen. So viele schöne Erinnerungen lagen in dieser Stadt, und ihm wurde bewusst, wie sehr ihm seine Heimat gefehlt hatte.

Wer sich Tropea vom Hinterland aus näherte, erkannte nicht gleich auf den ersten Blick ihre Besonderheit. Erst als der Pick-up am Ende der Via Libertà vor einer Kreuzung für ein paar Fußgänger anhielt und sich das Meer tief unter ihnen in einer Bucht wieder offenbarte, erkannte man, dass die ganze Stadt auf einem riesigen Felsen thronte.

Da war das Meer, erst türkisblau, dann azurblau, der Strand gespickt mit blauen und gelben Liegen und Sonnenschirmen, die Palmen auf der Straße, von Efeu zugewucherte Torbögen und Balkone mit langen Vorhängen. Vor allem war da wieder Leben. Badegäste, die in Shorts und Flip-Flops zum Strand watschelten – um diese Uhrzeit konnten das nur Touristen sein – oder im Schatten mit Rollkoffern auf den Bus warteten, der einmal in der Stunde kam – wenn überhaupt.

Kalabrier sah man kaum welche. Sie arbeiteten oder ruhten sich aus, ehe der Betrieb am frühen Abend erneut losging.

»Was für eine Aussicht!«, rief Gianni. Und als Fabrizio weiterfuhr, sah er seinen Vater flehend an. »Können wir noch mal da hin?«

»*Certo!* Was für eine Frage!«

Vor allem die Piazza Cannone hatte er sich fest als Zwischenstopp vorgenommen. Vielleicht sogar, um die Kaffeedose … aber nein, so weit wollte er nicht denken.

Schließlich hielten sie vor einer Autowerkstatt an, die den Nachmittag über jedoch geschlossen hatte. Fabrizio half ihnen, die Vespa auszuladen und an das Garagentor zu stellen. So konnten Alberto und Gianni sich zuerst in aller Ruhe eine Unterkunft suchen und später zurückkehren.

Alberto reichte dem Klempner die Hand. »Ich danke Ihnen für Ihre Hilfsbereitschaft. Wenn Sie nicht gewesen wären, würden wir wahrscheinlich jetzt noch am Straßenrand sitzen und Däumchen drehen.«

»Da gibt es nichts zu danken. Ich habe gern geholfen«, entgegnete Fabrizio. »Und die nette Ablenkung konnte ich nach dem traurigen Morgen gut gebrauchen.«

Augenblicklich fiel Albertos Blick wieder auf den schwarzen Anzug. Natürlich, er kam wohl direkt von einer Beerdigung. Wie dumm von Alberto, darauf keine Rücksicht genommen zu haben. Er hatte sogar zugelassen, dass Gianni den ganzen Wagen in eine Schlagerdisco verwandelt hatte. »Ich muss mich für meinen Sohn entschuldigen«, murmelte er.

Doch Fabrizio schüttelte den Kopf und winkte ab. »Er ist ein liebenswerter Mensch. Sie haben großes Glück mit ihm.«

Albertos Brust weitete sich. Wie jeder Vater war er stolz, wenn jemand etwas Gutes über sein Kind zu sagen hatte. »Jedenfalls … Mein herzliches Beileid zu Ihrem Verlust. Standen Sie der Person nahe?«

Fabrizio neigte den Kopf, als müsse er die Antwort abwägen. »Sie war eine gute Freundin meiner Schwester.« Das Timbre seiner Stimme hallte seltsam nach. Er zögerte, als wäre er nicht sicher, wie viel er einem Fremden erzählen sollte. Dann schien er sich einen Ruck zu geben. »Nun, sie war mehr als das.«

»Verstehe.« Alberto nickte. Italien war in dieser Hinsicht doch sehr katholisch, und man ging mit gewissen Abweichungen, was das Liebesleben betraf, nicht offen hausieren.

»Ich fürchte, ich war in der Vergangenheit kein guter Bruder für meine Schwester«, fuhr Fabrizio fort, während er sich den sonnengegerbten Nacken rieb. »Habe sie zu wenig ernst genommen, sie nie richtig verstanden. Wir sind sehr ländlich und traditionell aufgewachsen. Aber Paola hat da nie reingepasst. Wollte raus aus unserer beengenden Welt. Sie studierte in Bologna und kehrte schließlich mit Antonia zurück. Für die Eltern war das schlimm. Es kam zum Bruch, und ich befand mich zwischen den Fronten. Aber vielleicht hätte ich mich mehr zu ihr bekennen sollen. Denn als ich sie heute sah, so niedergeschlagen und verletzt, da wurde mir klar, wie allein sie mit ihrem Schmerz ist.«

»Sie hat die Liebe ihres Lebens verloren. Das ist …« Alberto schüttelte den Kopf. »Das ist nicht in Worte zu fassen, wie einen der Kummer auffrisst. Man steht völlig neben sich, hört irgendwie selbst auf zu leben und muss sich trotzdem wieder aufraffen und zu sich selbst finden. Die Trauer wird dadurch nicht kleiner. Man lernt nur, mit ihr umzugehen.«

Fabrizio sah ihn lange an. »Sie klingen wie jemand, der aus Erfahrung spricht.«

Alberto atmete tief durch, dann nickte er. »Ja, meine Frau starb letztes Jahr.« Inzwischen konnte er über das eigentlich Unaussprechliche reden, ohne dass ihm dabei übel wurde und sich sein ganzes Herz zusammenzog. Dennoch kamen ihm seine eigenen Worte fremd vor, als würden sie ihn nicht betreffen. Er, ein Witwer – es fühlte sich so falsch an. Noch immer fiel es ihm schwer, diesen neuen Aspekt seines Lebens zu akzeptieren.

Fabrizio nickte betroffen und sah ihn aufrichtig an. »Wie haben Sie es überstanden?«

»Gar nicht«, gab Alberto achselzuckend zu. »Sie war das Licht meines Lebens, und ich vermisse sie jeden Tag. Natürlich gibt es auch wieder heitere Momente, aber so wie vorher wird es nie wieder. Wir … nun ja, wir tragen den Verlust immer mit uns mit. An manchen Tagen mehr als an anderen. Aber wir werden belastbarer und wachsen daran. Und dadurch wird der Kummer erträglicher.«

»Sie müssen eine starke Persönlichkeit haben, wenn Sie das alles allein bewerkstelligen.«

Rasch winkte Alberto ab. »Oh, ich habe Unterstützung von meiner Tochter Lucia. Sie passt gut auf uns auf. Nicht wahr, Gianni?«

Sein Sohn lächelte. »Ja, Lulu ist die Beste! Schön, dass du das auch mal sagst, *Papà*!«

Alberto fühlte sich ertappt. Die Worte vorhin waren so spontan und aufrichtig dahergeflogen, dass es ihn selbst erstaunte. So hatte er vorher nie über seine Tochter gedacht. Aber ja, es stimmte. Er hatte ihr vieles zu verdanken, und vielleicht wäre es einmal angebracht, ihr das mitzuteilen.

»Was Ihre Schwester betrifft – Sie können ihr noch immer ein guter Bruder sein«, bestärkte Alberto den Klempner. Er berührte Fabrizio an der Schulter und sah ihn an. »Sie brauchen sich gar keine klugen Worte oder netten Gesten zu überlegen. Seien Sie einfach für sie da. Sowie man sich entfremdet, kann man wieder zusammenfinden.«

An Letzteres wollte er selbst glauben.

Der Schaden an der Vespa konnte schnell behoben werden. Nachdem Alberto dieses Problem aus der Welt geschaffen und er sich im Hotel ein wenig frisch gemacht hatte, vermochte er das Wiedersehen mit seiner alten Heimat zu genießen.

»Ach, Tropea«, sagte er mit einem wohligen Seufzen, als er mit Gianni durch die Innenstadt schlenderte und eins mit den Menschen wurde. Auch wenn er niemanden hier mehr kannte und die Welt sich verändert hatte, war die Atmosphäre die Gleiche geblieben. Es mochten andere Gesichter mit anderen Geschichten sein, aber es war derselbe Menschenschlag. Die Jungen von früher hatten die Rollen der Alten eingenommen, und junge Menschen erfüllten die Straßen mit Leben und neuen Ideen.

Als sie zur Piazza Cannone zurückkehrten, seufzte Alberto wohlig auf. »So viele schöne Erinnerungen verbinde ich mit diesem Ort. Hier hat alles begonnen. Hier haben deine Mutter und ich uns kennengelernt und die ersten paar Jahre unserer Beziehung verbracht.«

Gianni hatte seine Kamera ausgepackt und schoss ein paar Bilder. »Dann habt ihr hier geheiratet?«

»Ja, gleich dort drüben. In der Chiesa Santa Maria dell'Isola.« Alberto deutete auf den Sandsteinfelsen, der sich gegenüber von ihnen über den Strand erhob. Eine steile Treppe führte zur Kirche hinauf. Sie war eintausend Jahre alt und beeindruckte Gläubige wie Nichtgläubige.

»Es gab ein riesiges Fest. Das ganze Dorf war da, von Jung bis Alt«, erinnerte er sich. »Auf den Straßen wurde bis tief in die Nacht getanzt und gesungen. Wir hatten kaum Geld, aber das hatte damals niemand. Alle haben sich auf irgendeine Weise an unserem Glück beteiligt, haben Essen, Spiele oder Blumen gebracht. Es war nicht nur unsere Hochzeit, die gefeiert wurde, sondern das Leben.«

Gianni schien sich ein genaues Bild davon zu machen, denn er lächelte selig.

»Wie war *Mamma* so, als ihr euch kennengelernt habt?«, fragte Gianni. »Bestimmt war sie wunderschön.«

»Das war sie. Und ich sah auch nicht übel aus!« Alberto betrachtete seine Umrisse in einem Schaufenster. »Damals hatte ich volles helles Haar, fast karamellfarben. So was fiel im Süden auf. Und hier«, er spannte den Bizeps an, »steckte richtig was drin. Aber *Mamma* sah wie ein Filmstar aus. Es war nicht bloß ihre Schönheit. Ihr Lächeln, die Art, wie sie dich ansah, der Lebenshunger in ihren Augen. Es war … als würde plötzlich alles einen Sinn ergeben. Als hätte man etwas gefunden, von dem einem gar nicht bewusst war, wie lange man schon danach gesucht hatte. Der Krieg tobte noch immer in unseren Seelen. Einerseits waren wir erschöpft, wussten nicht, wie wir weiterleben sollten, geschweige denn, wohin wir gehen sollten. Es gab niemanden, der nicht um jemanden trauerte, der im Trommelfeuer einen sinnlosen Tod gefunden hatte. Aber auf der anderen Seite, wenn du jung bist und das Leben in dir trägst, dann machen dir solche Entbehrungen weniger etwas aus. Du lässt das Vergangene hinter dir, blickst nur nach vorn. Und dann triffst du sie, und du weißt es einfach: Das ist die Frau, mit der du einen Neuanfang wagen, mit der du dein Leben verbringen willst.«

Reggio Calabria, 1948

Als Alberto mit vierundzwanzig Jahren in Reggio Calabria aus dem Zug stieg, hegte er zum ersten Mal die Hoffnung, dass der Krieg tatsächlich der Vergangenheit angehören könnte.

Noch vor drei Jahren hatte er in den Bergen der Po-Ebene während der Frühjahrsoffensive der Alliierten ein Maschinengewehr in den Händen gehalten und jeden Faschisten gejagt und entwaffnet, der ihm und der Befreiung Italiens im Weg stand.

Das Kriegsende war nicht mit einem großen Knall gekommen. Es hatte einfach eines Tages ein Lastwagen angehalten, Amerikaner waren ausgestiegen und hatten die frohe Kunde gebracht. Der Faschismus war zerschlagen, der Krieg Vergangenheit.

In den Partisanenlagern und den umliegenden Dörfern war Jubel ausgebrochen. Die Leute schwenkten Flaggen, sangen »*Bella ciao*« und andere patriotischen Lieder, Fremde lagen sich in den Armen, lachten und weinten vor Erleichterung und Erschöpfung zugleich. Der Alptraum war zwar vorbei, gleichzeitig aber blieb ein Gefühl der Benommenheit zurück. Es war auch eine gefährliche Zeit der Abrechnung. Viele Männer, die noch immer bewaffnet waren, rächten sich an ihren Nachbarn, die im Krieg auf der falschen Seite gestanden hatten. Auch Alberto musste vorsichtig sein, wem er begegnete, schließlich war er ursprünglich als Soldat der Republik von Salò einberufen worden, ehe er desertierte und zu den Partisanen wechselte. Er hatte auf beiden Seiten Freunde verloren und auf beiden Seiten Leben beendet – und gerettet.

Man fand nicht auf einen Schlag ins Leben zurück. Schmerz und Verlust wogen schwer, als versuchte man, mit einer Bleiweste zu schwimmen. So viele sinnlose Tote, die es in allen Lagern zu beklagen gab. Zivilisten, die einfach als Kollateralschaden in Kauf genommen wurden. So viele Familien, die auseinandergerissen worden waren und nie wieder zueinanderfinden würden. Selbst Monate und Jahre später stolperte noch so manch einer wie Alberto benommen durchs Leben, einem Streuner gleich, der keine Ruhe fand. Er hatte sich zu sehr verändert, um am selben Punkt wieder anzusetzen, wo er vor dem Krieg gewesen war. Auch hätten ihn keine zehn Pferde zurück zu seinen Eltern gebracht.

Und so kam er eher zufällig nach Kalabrien. Ein Suchender, der nicht wusste, was er wollte, frei und in körperlicher Höchstform. Es war das erste Mal, dass er nicht fremdbestimmt wurde, und die enorme Auswahl an Möglichkeiten jagte ihm Angst ein.

Während Alberto aus dem Zug stieg, zündete er sich eine Zigarette an, dann schwang er einen Seesack mit seinen wenigen Habseligkeiten über die Schulter.

Neben ihn trat Udo Soprano, ein Parteifreund der PCI, der kommunistischen Partei Italiens, ebenfalls aus dem Zug und rückte sich die Schiebermütze zurecht. Seine Augen leuchteten.

»Na, habe ich zu viel versprochen?«

Alberto zuckte mit den Achseln und zog an seiner Zigarette. Er war einfach nur froh, dass er sich nach der langen Fahrt die Beine vertreten konnte. Sein Hemd war zerknittert und klebte am Rücken, die Füße kribbelten. »Na ja, bisher habe ich ja noch nicht viel gesehen.«

Davon ließ sich Udo nicht die Laune verderben. »Keine Stadt ist schöner als Reggio. Die Strände, das Essen … die Frauen …« Spontan ergriff er die Hand einer vorbeigehenden Passantin und deutete einen Kniefall an, doch die Dame riss sich resolut von ihm los und ging weiter.

Alberto verdrehte die Augen. Im Grunde genommen waren er und Udo zu verschieden und hatten keine Gemeinsamkeiten, die eine Freundschaft gerechtfertigt hätten. Udo war charismatisch, offenherzig und lachte dauernd, Alberto war mehr der nachdenkliche und in sich gekehrte Typ. Aber sie hatten die letzten Kriegsmonate Seite an Seite in einer der Garibaldi-Brigaden überstanden, und das schweißte zusammen.

Als Udo spontan vorgeschlagen hatte, Alberto könnte ihn bei der Heimreise nach Kalabrien begleiten, brauchte dieser nicht lange zu überlegen. Wohin sollte er auch sonst gehen? Er hatte keinerlei familiäre Verpflichtungen – und Beatrice, eine Freundin, mit der er während der Aufstände etwas gehabt hatte, war längst weitergezogen, nach New York oder Chicago.

Reggio Calabria – gemäß Udos Schilderungen hatte Alberto eine glanzvolle Stadt erwartet, mit von Palmen gesäumte Boulevards, Straßenbahnen und elegant gekleideten Frauen, die auf Pumps über das Pflaster stöckelten.

Stattdessen fanden sie eine einzige trostlose Baustelle ohne jeglichen Charme vor. Vier Jahre zuvor hatten die Alliierten fast die ganze Stadt zerstört. Und als wäre dies nicht genug, folgte letztes Jahr im Mai ein schweres Erdbeben mit nahezu eintausend Toten. Es gab einzig darum nicht mehr Opfer zu beklagen, weil die meiste Bevölkerung ohnehin schon geflohen war. Alberto fühlte Mitleid mit Udo, der fassungslos alles betrachtete und immer wieder kopfschüttelnd auf eine kahle Stelle zeigte und stammelte, was dort eigentlich stehen und wer hier wohnen müsste.

Nach einem ernüchternden Rundgang und einem Mittagessen am Hafen kehrten sie zurück zum Bahnhof und stiegen in einen heruntergekommenen Linienbus. Es roch nach altem Leder und den Ausdünstungen der Fahrgäste. In den Sitzen und vergilbten Vorhängen hatte sich der Zigarettengeruch eingefressen.

»Aha, Kriegsheimkehrer«, stellte der Busfahrer mit einem anerkennenden Nicken fest. »Es ist auch an der Zeit, dass die Männer in den Familien wieder das Sagen haben.«

Alberto konnte nicht nachvollziehen, was der Fahrer damit meinte. Und woher er gleich erkannt hatte, dass die beiden gedient hatten, würde ihm auch ein Rätsel bleiben.

Er bekam den Platz am Fenster und versuchte, es sich bequem zu machen, was aber nicht recht gelingen wollte, denn die Straßen waren in einem desolaten Zustand und schüttelten ihn bei jedem Schlagloch durch. Auch dauerte die Fahrt länger als sonst, weil eine wichtige Verbindungsbrücke im Krieg gesprengt und noch immer nicht wieder aufgebaut worden war.

Dennoch blickte Alberto erwartungsvoll aus dem Fenster und versuchte, von seinem begrenzten Blickwinkel aus so viel wie möglich von Kalabrien zu erfassen. Noch nie war er so weit weg von Zuhause gewesen. Ganze eintausend Kilometer. Im Sommer herrschte laut Udo eine trockene Hitze, als befände man sich in Griechenland oder gar Afrika. Dann blühten Kakteen, die Sandstrände leuchteten so weiß, dass es einen blendete, und das Meer schimmerte in einem klaren Türkis.

Doch jetzt, da der Winter eingebrochen war, konnte Alberto keine großen Unterschiede zu Norditalien feststellen. Möglicherweise gab es hier mehr Sonnenstunden, doch bei grauem Himmel war auch hier die Erde kalt und feucht. Auf den leeren Feldern tummelten sich ein paar Krähen und suchten nach Nahrung. Autos kamen ihnen kaum welche entgegen, auf dem Land war noch immer der Pferdewagen das Fortbewegungsmittel der ersten Wahl.

Je weiter sie in das Hinterland vordrangen, erschien Alberto die Umgebung wie ein Blick zurück in die Vergangenheit. Und er begriff, dass er zu Beginn seiner Ankunft zu optimistisch gewesen war. Es mochten sich zwar keine Soldaten mehr auf den Straßen befinden, doch der Krieg war noch immer da. Er sah ihn in den abgekämpften Gesichtern der Bauern, auf den verlassenen Höfen, von denen Udo mit zunehmender Unruhe Notiz nahm. An den heruntergekommenen, von Ruß verfärbten Häusern, zwischen denen sich abgemagerte Kinder tummelten und mit Murmeln spielten. Sie trugen löchrige, verschmutzte Kleider und Schuhe, von denen sich die Sohle löste. Die Väter ackerten auf dem Feld, in der Schreinerei oder waren in irgendeiner Kneipe abgestürzt. Die Mütter tummelten sich am Waschbrunnen und schrubbten, wrangen und klopften bei Eiseskälte die Wäsche, während die ältesten Kinder, oftmals die Mädchen, ein Auge auf die vielen Geschwister und Nachbarskinder hielten.

Nur junge Männer in seinem Alter sah Alberto kaum, und plötzlich wurde ihm auch klar, weshalb der Busfahrer sie sogleich als Kriegsheimkehrer erkannt hatte. Die meisten Männer aus dieser Gegend waren entweder gefallen oder noch nicht aus dem Krieg zurückgekehrt. Vielleicht hatten sie es auch gar nicht vor. Was erwartete sie denn auch in diesen Käffern, wo noch mittelalterliche Zustände herrschten? Sie zogen in die Städte. Dort gab es Arbeit, Vergnügen und freizügige Frauen, die nicht gleich von der ganzen Nachbarschaft verunglimpft wurden, wenn sie sich auf einen Kerl einließen.

»Worauf freust du dich am meisten, wenn du zurück bist?«, fragte Alberto seinen Parteifreund. Er meinte die Frage ernst. An Udos Stelle würde er so schnell wie möglich von hier weg wollen.

Aber dann zeichnete sich ein Lächeln auf Udos Lippen. »Auf meine *Mamma*. Ihr beim Kochen zuzusehen und mich mit ihr zu unterhalten, während sie in der Küche herumhantiert. Auf den vollen Familientisch, an dem alle so laut reden, dass kaum einer sein eigenes Wort versteht. Auf den Wein, das gute Essen und die vielen Gespräche mit meiner Familie. Und natürlich auf Porcia, meine Verlobte. Sie erwartet mich sehnlichst, und wir wollen im Frühling Hochzeit halten.«

Die Worte hatten in Alberto eine Sehnsucht erweckt, die er bis dahin nicht kannte. Doch statt seinen Gefühlen nachzugehen, winkte er ab und spottete: »Du klingst wie ein Mamasöhnchen.«

Udo zeigte sich unbeeindruckt. »Wenn du das nicht verstehst, dann hattest du nie eine richtige Familie.«

Die Worte trafen Alberto härter als erwartet, und für den Rest der Fahrt zog er es vor, zu schweigen.

»Ah, wir sind da, *finalmente*«, sagte Udo, als sie einen Vorort nahe Tropea erreichten.

Sie stiegen aus und gingen eine schmale Straße an rustikalen und teils verfallenen Steinhäusern entlang. Viel schien hier nicht los zu sein. Bis auf ein Postamt und ein Lebensmittelgeschäft gab es keine öffentlichen Gebäude.

Auf der Bank vor einem Reihenhaus saßen drei Frauen in der Sonne und schälten Kartoffeln und Rüben. Dabei unterhielten sie sich über den neusten Klatsch aus der Gegend, wer wem schon wieder fremdgegangen war, wer das Zeitliche gesegnet hatte und wer ein Kind erwartete. Udo grinste. Einen Moment hielt er inne, als wolle er sich diesen Augenblick einprägen. Dann steckte er seine Hände in die Hosentaschen, machte einen Schritt auf die Frauen zu und neigte den Kopf zur Seite.

»*Ciao, Mamma.*«

Es dauerte einen Moment, bis die Frau in der Mitte begriff, dass sie gemeint war. Ihre Augen weiteten sich, während sie sich eine zitternde Hand vor den Mund hielt und keinen Ton über ihre Lippen bekam.

Ihre Freundinnen waren es, die zuerst aufsprangen und kreischten. Aber Margherita Soprano schien einen Schock erlitten zu haben. Ihr fadenscheiniges Wolltuch glitt ihr von den Schultern und entblößte dürre, zitternde Arme. Sie gehörte zu den Frauen, die durch harte körperliche Arbeit, Schicksalsschläge und einen Hang zum Alkohol weit vor ihrer Zeit gealtert waren. Obwohl ihr Haar noch nicht ergraut war, wirkte sie durch das Kopftuch und die tiefen Augenringe wie eine Greisin. Sie war keine Frau, die im Leben viel zu lachen hatte, das erkannte man auf den ersten Blick.

Unendlich langsam erhob sie sich, machte zuerst ein paar Schritte zurück. Dann ging Bewegung in ihr vor. Sie taumelte auf ihren Sohn zu und schlang ihre Arme um ihn. »Udo, *tesoro mio!*«

Ihre Stimme klang brüchig, und sie sprach mit solch starkem kalabrischem Akzent auf ihren Sohn ein, dass Alberto kaum ein Wort verstand. Aber ihr Schmerz – o ja, den konnte er deutlich hören.

Und plötzlich spürte er diesen Schmerz auch. Er erfasste ihn ohne Vorbereitung und mit voller Wucht. Denn im Gegensatz zu Udo hatte keiner nach dem Krieg auf ihn gewartet. Wäre er gefallen, wer hätte ihn vermisst? Ein paar Kameraden vielleicht, für ein paar Monate. Sie hätten eine Weile an ihn gedacht und in der Kirche, sofern sie den Glauben nicht verloren hatten, eine Kerze angezündet. Er wäre einfach einer mehr gewesen, der es nicht geschafft hatte. Aber Udo hatte eine Familie. Eine Mutter, die jeden Tag für ihn betete, und eine Verlobte, die so lange auf ihn gewartet hatte und ihn heiraten wollte.

Auf einmal hatte Alberto das Gefühl, nicht hierher zu gehören. Was hatte er hier auch gesucht?

Während sich eine ganze Menschentraube aus Tanten, Schwestern und Nachbarn um Udo herum versammelt hatte und sogar ein Hund schwanzwedelnd angerannt kam, überlegte Alberto, sich still und heimlich davonzustehlen. Den anderen würde es nicht auffallen, und Udo würde er ohnehin nicht wieder sehen, so innig war die Kameradschaft nicht.

Aber gerade als er gehen wollte, hörte er Udos Stimme

hinter ihm: »*Mamma*, das ist Alberto Carole. Wir waren während der Befreiung in Bologna. Er ging dazwischen, als mich zwei Deutsche beinahe zu Tode geprügelt hatten, und hat sich dabei selbst in Gefahr begeben. Ich … ich verdanke ihm mein Leben.«

Zunächst sagte niemand was. Alberto konnte die Blicke der anderen auf sich spüren, und es schmerzte ihn, so angesehen zu werden. Er fühlte sich nackt und bloßgestellt.

Signora Soprano taumelte auf ihn zu und sah ihm dabei aufrichtig in die Augen, ihr Wolltuch fest um ihre Schultern geschlungen. »Wenn das so ist, dann erweisen Sie uns bitte die Ehre und seien Sie unser Gast. Wir haben nicht viel, aber was wir besitzen, teilen wir von Herzen.«

Und so folgte Alberto ihnen ins Haus.

Udo hatte bei den Kochkünsten seiner Mutter nicht übertrieben. Obwohl die Familie nicht viel besaß, erstaunte es Alberto, zu was für Köstlichkeiten Signora Soprano mit dem wenigen, was die Küche hergab, fähig war.

Ob Gemüseeintöpfe, Bohnen mit marinierten Sardellen, Tagliatelle, die sie zum Lufttrocknen auf der Wäscheleine aufhängte, selbst gebackene Focaccia mit Knoblauch und eingebackenen Olivenstücken, in Öl eingelegte Tomaten – so gut hatte er in seinem Leben noch nie gegessen. Mit jedem Bissen schmeckte man die Liebe, die Signora in ihre Gerichte steckte. Gegen die Schwerfälligkeit nach dem Essen pflegte sie reichlich Grappa und Limoncello zu servieren, und natürlich durfte auch ein Espresso nicht fehlen.

Aber es war nicht nur eine glückliche Heimkehr. Wie sie schon in Reggio Calabria schmerzhaft erfahren mussten, hatte sich vieles während Udos Abwesenheit verändert. Freunde waren weggezogen, Verwandte verstorben, Läden geschlossen. Alberto erinnerte sich an Udos Gesicht, als er nach dem Verbleib seiner Nachbarn fragte. Michele und seine Frau? Nach Milano gezogen. Umberto und seine Brüder? Nie von der Front zurückgekehrt. Die kleine Caterina und ihre Eltern? Nach Amerika ausgewandert. Das alte Ehepaar Marino? Verstorben, das Haus seither leer.

In den fünf Jahren seiner Abwesenheit schien Udos Vater um doppelt so viele Jahre gealtert zu sein. Er arbeitete in Tropea in einer Schlosserei, wo er sich bemühte, die beiden jungen Neuankömmlinge unterzubringen. Doch die Zeiten waren schwierig, und es mangelte an Arbeit und lukrativen Aufträgen, so dass Alberto als Taglöhner von der Hand in den Mund lebte.

Die zusätzliche Manneskraft konnte die Familie dennoch gut gebrauchen, und so half Alberto im Gemüsegarten der Sopranos mit, versorgte die zwei Ziegen und paar Hühner, die sie im Garten hielten, reparierte Sachen oder hackte Holz. Manchmal flirtete auch eine der Schwestern mit ihm. Doch Alberto war kein Narr. Auf Scherereien mit seinem Freund konnte er getrost verzichten.

Es war ein einfaches Leben. Fließendes Wasser gab es nur in der Küche, wo man nicht nur kochte, sondern sich auch wusch. Es war zudem der einzige Raum, der geheizt wurde, und somit das Zentrum des Hauses. Das Leben wurde leichter, als der Frühling Einzug hielt. Nun bewahrheitete sich Udos Versprechen, wie schön Kalabrien – trotz allem – sein konnte. Palmen, blühende Kakteen und Sonne, so viel Sonne, die Alberto neue Lebenskraft verlieh.

Nach der Messe verbrachten sie die Sonntage in der Natur, spazierten unter Olivenhainen oder wanderten auf dem Capo Vaticano, von wo aus sie eine prächtige Sicht auf den Stromboli genossen. Meistens aber besuchten sie Tropea und gingen zum Strand, wo der schneeweiße Sand Alberto fast erblinden ließ und im türkisblauen Wasser sich die farbenprächtigsten Fische tummelten. Für Alberto, der nie zuvor am Meer war, eine vollkommen neue Erfahrung. In Tropea lernte er schwimmen.

Es war ein Städtchen voller Magie, das die vergangenen Jahre auf wundersame Weise heil überstanden hatte. Die Häuser im gehobenen Barockstil reichten bis zur steilen Felsenkante, die vierzig Meter in die Tiefe direkt zu den Stränden führte. Auf den Märkten wimmelte es von roten Zwiebeln und *peperoncini*, die in dicken Strängen von den Markisen hingen. Die Piazza Ercole war ein beliebter Treffpunkt für Jung und Alt. Auf den Stufen des Monuments von Pasquale Galluppi saßen sie in Gruppen und aßen *tartufo nero*. Die Straße runter sah man bis zum Meer.

Als im Mai eine amerikanische Big Band einen Auftritt in einem alten Weinkeller ankündigte, sprach sich das rasch herum. Alberto und Udo ließen sich das nicht entgehen. Nach dem Abendessen brachen sie auf.

Schon beim Eintreten schallten ihnen Trommeln, Trompeten und Gelächter entgegen. Es roch nach Schweiß, Parfüm und Alkohol. Die Luft war von Zigarettenrauch geschwängert.

Alberto verzog sich direkt an die Bar und bestellte einen Amaretto. Mit dem Rücken zum Tresen zündete er sich eine Zigarette an und beobachtete seine Umgebung.

Was für ein Zirkus!, dachte er. Er gab sich zwar unnahbar, doch die Faszination und die Neugierde hatten ihn längst gepackt. Die hektische Musik widersprach all dem, was er bisher kannte. Alberto konnte sich nicht vorstellen, wie man sich zu solch einem Rhythmus bewegen sollte. Tatsächlich tanzten die Leute nicht im klassischen Sinne, vielmehr schwangen, sprangen und schüttelten sie das Trauma der vergangenen Jahre von sich.

Ein paar Wahnwitzige sprangen sogar Salto und wirbelten ihre Tanzpartnerinnen auf nahezu schockierende Weise durch die Luft. Die Band spielte mit vollem Körpereinsatz und so verrückt, als stünde sie unter Strom. Die Gäste lachten und schäkerten, als könne ihnen nichts die Laune verderben. Während hinter ihm Udo und seine Verlobte sich gegenseitig fast auffraßen, spürte Alberto so manchen Blick auf sich, doch er war nicht in Stimmung für einen Flirt.

Er wollte soeben ein weiteres Getränk bestellen, als Udo ihn vom Tresen schob. »Nichts da. Du wirst tanzen. Hast du dich mal umgesehen? Es gibt kaum Männer. Los, schwing dein Tanzbein und erfüll deine Pflicht, die Frauen haben es verdient, sich zu amüsieren.«

»So, wie du dich in den letzten zwei Jahren mit jeder Frau amüsiert hast, bis dir wieder eingefallen ist, dass du eine Verlobte hast?«

»Schh, spinnst du?« Erschrocken blickte Udo um sich. Porcia stand nur wenige Meter neben ihnen, war aber mit einer Freundin in ein Gespräch vertieft und hatte nichts von Albertos Worten mitbekommen. Erleichtert, aber immer noch verärgert sah Udo ihn an. »Mensch, Alberto, wenn du mir nicht das Leben gerettet hättest … Manchmal kannst du echt ein *stronzo* sein.«

Dann grinsten sich die Männer an, und Udo schlug ihm jovial auf die Schultern. »Jetzt mach dich nützlich.« Und schon hatte Udo ihn in Richtung einer Gruppe junger Frauen gestoßen, die kreischten und kicherten, als Alberto mit übertriebener Verbeugung den Kavalier spielte und eine nach der anderen über das Tanzparkett jagte.

Eine Weile machte es Spaß, aber es blieb alles recht belanglos, und irgendwann verzog sich Alberto wieder zurück an die Bar und hing seinen Gedanken nach. Es war nicht so, dass er gar kein Vergnügen fand, jedoch fehlte eine echte Lebensfreude. Eine Resignation wohnte ihm inne, die ihn davon abhielt, tief empfundenes Glück zu fühlen.

Und dann sah er sie.

Die Frau lachte so sehr, dass sie den Kopf in den Nacken legte. Ihr anmutiger Hals fiel Alberto sofort auf. Sie hatte sich bei einer Freundin eingehakt und alberte mit ihr herum. Ihr Lachen klang hell und klar und drang trotz des ganzen Lärms bis zu ihm. Auf ihrem schwarzen Kleid waren rote Blumen gestickt, und das dunkle Haar schmückte eine ebenfalls rote Haarspange. Am meisten aber gefiel Alberto ihre Ausgelassenheit. Sie gab sich so ehrlich und losgelöst, als kümmere es sie nicht, was andere von ihr dachten. Trotz allem – oder gerade deswegen – wohnte ihr eine Anmut und Eleganz inne, die Alberto demütig werden ließ.

In einer Welt, die sich immer schneller bewegt, wird vieles nicht richtig wahrgenommen. Details dringen erst gar nicht ins Bewusstsein, sondern schlummern hinter einem groben Eindruck, der nie vollumfänglich enttarnt wird. Und dann gibt es Momente wie diesen, an denen die Zeit ihren eigenen Gesetzen zu folgen scheint. Sie verlangsamt sich, die Umgebung verschwimmt, Lichter verblassen, und der ganze Fokus richtet sich auf die eine Person in einem berstend vollen Raum. Ein Bild, das sich Alberto mit aller Schärfe seiner Sinne für die Ewigkeit einprägte.

Diese junge Frau mit den schwarzen Locken, die ihn nicht sah. Die tanzte, lachte und nichts als Freude zu empfinden schien. Freude, die Alberto viel zu lange nicht mehr empfunden hatte. Auf einmal spürte auch er wieder dieses Gefühl von Leichtigkeit. Es fühlte sich herrlich an, wie wenn sich die Sonne nach Wochen voller Regenschauer zeigte und einem die Haut wärmte.

Und als sich ihre Blicke trafen, konnte er nicht anders, als die junge Frau anzulächeln. Er tat es ohne jeglichen Hintergedanken, ohne überhaupt nachzudenken. Es war eine Begegnung, an der nichts gekünstelt war, kein einstudierter Spruch, um sie in ein Gespräch zu wickeln, oder eine Pose, um sie zu beeindrucken. Nur ein Lächeln, das mit solcher Natürlichkeit aus seinem tiefsten Innern kam, dass sie automatisch zurücklächelte. Sie sahen sich an wie zwei Menschen, die sich schon lange kannten und gerade erst wiedergefunden hatten.

Offensichtlich schien die junge Frau ihn tatsächlich für einen Bekannten zu halten, denn sie machte ein paar Schritte auf ihn zu und streckte sogar die Hand nach ihm aus. Erst dann zeichnete sich Skepsis auf ihren Zügen ab. Ihre Augen wanderten Albertos Gesicht ab, als versuchte sie, ihn zuzuordnen.

»Verzeihen Sie, kennen wir uns?«, fragte sie.

Alberto lächelte und reichte ihr die Hand. »Nein. Aber das würde ich gern ändern.«

Ihr Name war Christina Ricci. Sie war zweiundzwanzig Jahre alt, Verkäuferin in einem Antiquitätengeschäft und lebte mit ihrer Schwester Emilia bei ihren Eltern in Tropea. Auch Emilia war an diesem Abend im Lokal, doch mit ihren eigenen Freundinnen unterwegs, und Alberto hatte nur wenige Worte mit ihr gewechselt. Aber mit Christina redete er stundenlang. Es geschah von allein. Während die Bar sich allmählich leerte, saßen Alberto und Christina am Tresen und unterhielten sich. Und als ihre Schwester sie mit ernstem Gesichtsausdruck an die Schulter tippte und sagte, dass es Zeit sei zu gehen, schreckten beide auf.

»Du lieber Himmel, es ist schon so spät?« Christina

blickte auf ihre Uhr und schüttelte ungläubig den Kopf. »Dabei wollte ich noch tanzen!«

»Das muss bis zum nächsten Mal warten, *sorella.*«

Christina nickte gehorsam. »Ich muss mir nur kurz die Nase pudern.« Fragend blickte sie zu Alberto.

»Nur zu, ich warte auf Sie.«

Während Christina verschwand, zog Emilia an ihrer Zigarette und musterte Alberto.

»Hatten Sie einen schönen Abend?«, fragte Alberto höflich.

»Den hatte ich. Und du offensichtlich auch«, gab sie zurück.

Alberto ging nicht auf die Provokation ein. Ihm war bewusst, dass er auf dem Prüfstand war. »Sie haben eine bezaubernde Schwester. Und sie scheint Ihnen viel zu bedeuten.« Er blieb konsequent beim »Sie«.

»Das tut sie. Meine Schwester ist für mich der wichtigste Mensch auf der Welt. Und darum sehe ich genau hin, wenn sie eine neue Bekanntschaft macht.«

»Dagegen habe ich nichts einzuwenden.« Alberto schenkte Emilia ein mildes Lächeln. »Ich habe keine Geheimnisse. Aber genauso wenig lasse ich mich davonjagen.«

Emilias Blick wurde noch schärfer, doch Alberto hielt ihm stand, bis sie kaum merklich nickte. »Das werden wir ja sehen.«

»Da bin ich wieder!« Als Christina zurückkehrte, wurde es gleich wärmer.

»Darf ich die Damen ein Stück begleiten?«

»Meinetwegen«, brummte Emilia und zog davon.

Christina sah ihn entschuldigend an. »Tja, und das war meine bezaubernde Schwester. Ich hoffe, Sie sind nicht in Bedrängnis geraten.«

»Nein, überhaupt nicht«, versicherte Alberto. »Sie liebt Sie. Den Grund kann ich nachvollziehen.«

Bei den Worten färbten sich Christinas Wangen rosig, und sie strich sich eine Haarsträhne zurück. Alberto senkte den Blick und schmunzelte unauffällig. Sie war also ebenfalls interessiert. Das konnte auch ein Wachhund wie Emilia nicht verhindern.

Die frische Luft draußen tat gut und machte sie noch einmal richtig wach. Alberto war nicht entgangen, dass Christina leicht fröstelte, und legte ihr sein Jackett über die Schultern. Sie sah bezaubernd aus, wie sie in seinem Sakko regelrecht versank und ihn dabei dankbar anlächelte. In dem Moment wusste Alberto, wie gern er sie umsorgen würde. Obwohl sie sich kaum kannten, lag ihm ihr Wohlergehen am Herzen.

Während Christinas Schwester rauchend mit ihren Freundinnen einige Schritte vorausging, jedoch immer wieder einen prüfenden Blick auf die beiden warf, konnten Alberto und Christina sich ungestört weiter unterhalten. Sie hatte sich bei ihm eingehakt und humpelte leicht, da die Schuhe drückten.

»Ich kann Sie nach Hause tragen«, schlug Alberto scherzhaft vor.

»So weit kommt es noch. Ich bin Sizilianerin, ich bin hart im Nehmen!«

»Das sehe ich«, erwiderte er mit einem Lachen. »Ich war vorher noch nie im Süden.«

»Ich dafür nie im Norden.«

»Wir hätten einander bestimmt vieles zu erzählen.«

Christina blieb stehen und sah ihn an. »Dann sollten wir genau das tun. Uns wiedersehen und kennenlernen.«

Eine wohlige Vorahnung machte sich in Alberto breit. Er wusste, dass diese Fremde ihm bald eine Vertraute sein würde, und darauf freute er sich. Er wollte alles über diese Frau erfahren und sich ihr gegenüber ebenfalls offenbaren. Geheimnisse und Erinnerungen mit ihr teilen und – wer weiß – vielleicht auch neue schaffen. »Und hätten Sie einen Vorschlag, was wir unternehmen könnten?«

Christina zögerte, als fürchtete sie sich plötzlich vor ihrer eigenen Courage. »Wir könnten eine Pizza essen gehen.«

»Natürlich …« Alberto verstummte. »Und was soll das sein?«

Christina riss die Augen auf. »Du willst mir nicht sagen, dass du keine Ahnung hast, was eine Pizza ist?« Ganz von allein hatte sie in einen vertrauteren Tonfall gewechselt.

Alberto zuckte mit den Schultern. »Na ja, in Friaul gab's immer nur Polenta oder Risotto.«

Lachend zog sie ihn weiter. »Dann müssen wir diese Bildungslücke dringend schließen.«

Eine Weile hingen beide ihren Gedanken nach, ehe

Alberto vor der Piazza Cannone stehen blieb. Die Sonne war zwar längst untergegangen, doch der Himmel über dem Meer leuchtete noch in einem ganz sanften Violettton. »Ich hätte da eine andere Idee. Du hast vorhin gesagt, dass du gern getanzt hättest, aber die Zeit nicht mehr reichte. Wie wäre es mit jetzt?« Er streckte die Hand aus.

»Hier mitten auf der Piazza? Ohne Musik?«

»Warum nicht?«

Ihr Zögern war nur von kurzer Dauer, und sie kam der Aufforderung nach. Er spürte ihre filigranen Finger, als er ihre Hand mit seiner umschloss. Dann legte er seine andere Hand um ihre Taille. Als er die Wärme ihres Körpers fühlte, wusste Alberto, dass er sie nie mehr loslassen wollte.

Zuerst gab sich Christina ein wenig peinlich berührt, doch nach einer Weile ließ sie sich ganz auf den Tanz ein. Die Nacht war klar, die Straßen waren leer, nur ein paar spärlich beleuchtete Straßenlaternen spendeten Licht. Und als der Tanz endete, blickte Alberto ihr tief in die Augen. Intuitiv hob sie das Kinn in seine Richtung an, die Lippen leicht geöffnet. Es war der perfekte Moment für ihren ersten Kuss, doch während Alberto sich ihr näherte, erklang Emilias Stimme.

»*Sorella!* Wir müssen gehen! Daheim ist der Teufel los. Mutter hat wohl wieder einen Anfall. Und Vater …«

Christina zuckte zusammen. Offensichtlich brauchte ihre Schwester nicht weiterzusprechen, damit sie verstand. Augenblicklich war die romantische Stimmung verflogen, und sie ließ Alberto los, um Emilia nachzueilen.

Alberto folgte ihr die wenigen Schritte bis zum Haus. Bereits auf der Straße waren die Schreie zu hören. Nur im Wohnzimmer im Erdgeschoss brannte Licht, so dass man ins Haus blicken konnte, ohne selbst in der Dunkelheit erkannt zu werden. Eine Frau um die fünfzig ging aufgebracht auf und ab. Ein Mann im selben Alter packte und schüttelte sie, während er ebenso heftig auf sie einsprach.

»Beruhige dich, sei endlich still, du dummes Weib!«, brüllte er. Dann schlug er ihr hart ins Gesicht. Seine Augen waren gerötet, sein Gang schwankte. Auf dem Tisch rollte eine leere Weinflasche die Kante entlang, ehe sie scheppernd zu Boden fiel.

Während Emilia sofort ins Haus stürmte und die zerstrittenen Eltern mit bemerkenswerter Courage trennte, blieb Christina draußen neben Alberto stehen und blickte durch das Fenster. Nach einem lautstarken Schlagabtausch zwischen der ältesten Tochter und dem Vater verließ dieser Türen knallend das Zimmer.

Emilia blieb mit ihrer Mutter zurück, die sich nun in einen Sessel fallen ließ und schluchzend das Gesicht in ihren Händen vergrub. Tröstend setzte Emilia sich neben sie auf die Sessellehne und spannte die Arme um die zierlichen Schultern ihrer Mutter.

»Ich sollte hinein. *Mamma* braucht ein nasses Tuch für die Wange«, flüsterte Christina. Sie wollte Alberto ohne Abschied verlassen, doch er ergriff ihre Hand.

»Warte!«, rief er ihr nach. »Ist es denn überhaupt sicher für euch?«

Christina blieb stehen und blickte auf ihre Schuhspitzen. »Ihre Gewalt richtet sich nie gegen uns«, versicherte sie. Sie schluckte, dann ging in ihr eine Wandlung vor: Resolut, beinahe trotzig hob sie den Kopf.

»Sie waren nicht immer so. Der Krieg hat alles kaputt gemacht. Wir flohen aus Sizilien, weil wir dachten, dass wir in Gefahr seien. Was wir nicht wussten, war, dass die größte Gefahr uns begleitete. Vater hatte schon früher getrunken, aber seit ein paar Jahren ist er nicht mehr er selbst. Und Mutter … Einst war sie eine fröhliche, stolze Frau. Doch als mein Bruder fiel …« Christina sprach nicht weiter.

Alberto berührte ihre Schulter. »Du musst nicht weitersprechen. Es tut mir leid«, beteuerte er. »Ich kann mir nicht ansatzweise das Leid vorstellen, das ihr durchlebt. Es muss furchtbar sein.«

Eine stumme Träne rann an Christinas Wange hinab. »Als ich sagte, dass wir uns besser kennenlernen sollten, hatte ich gehofft, dass du diese Seite nicht so bald an mir entdecken würdest. Bestimmt möchtest du mich jetzt nicht mehr wiedersehen.«

»Das Gegenteil ist der Fall, Christina«, versicherte er. Sein Blick suchte ihre Augen. »Ich werde nicht von deiner Seite weichen.«

Christina lächelte, aus ihrem Blick sprach Erleichterung. »Danke«, flüsterte sie, ehe sie ihm einen Kuss auf die Wange hauchte.

»Wir werden uns wiedersehen.« Mit diesen Worten ließ Alberto sie gehen. »Verrate mir nur eine letzte Frage. Wie hieß dein Bruder?«

Christinas Augen funkelten, wie es nur eine schöne Erinnerung hervorbringen konnte. »Sein Name war Gianni. Und er war der liebste Mensch auf Erden.«

15. Kapitel

Udine, 1999

Die Frau vor ihnen hupte, ließ ihr Auto im Leerlauf auf der Straße stehen und stieg aus. Auf dem Balkon eines zweistöckigen Mehrfamilienhauses goss eine andere Frau in Lockenwicklern und ärmellosem Batik-Kleid ihre Pflanzen und winkte ihr zu.

»*Salve, Rosa!* Wie geht es dir? Was macht deine Gürtelrose?« Die Bewohnerin erwiderte die Begrüßung, und schon ging das Geschnatter los.

Entgeistert neigte Lucia den Kopf, um von ihrer Windschutzscheibe aus der Szene zu folgen. Von hinten schnaubte Sandra. »Ist das deren Ernst? Halten die jetzt wirklich mitten auf der Straße ein Schwätzchen?«

»Warum auch nicht? Ist ja nicht so, dass sie den ganzen Verkehr behindern«, meinte Vanessa spöttisch. »Hup doch mal, Mama.«

»Um mich direkt als Deutsche zu outen? Außerdem wissen wir ja ohnehin nicht, wo wir hinfahren müssen«, erwiderte Lucia. Eigentlich wäre die Strecke von Venedig nach Venzone in gut eineinhalb Stunden zu schaffen, doch wegen einer Baustelle hatten sie in Udine die Autobahn verlassen müssen. Allerdings war die Umfahrung zu schlecht beschildert, und nun drehten sie schon die dritte

Runde durch die Stadt. Dabei war Lucia schon mehrmals hier gewesen. Wenn sie Urlaub in Bibione machten, gehörte ein Tagesausflug in Udine einfach dazu. Dann besuchten sie im Stadio Friuli ein Fußballspiel und schlenderten anschließend über die Piazza San Giacomo. Aber die Gegend, in der sie jetzt herumirrten, war Lucia völlig fremd.

»Reich mir mal die Karte, Schatz.« Lucia faltete die Reisekarte, die Vanessa aus dem Handschuhfach fischte, einmal komplett auseinander und suchte nach dem Abschnitt, wo sie sich ihrer Einschätzung nach befanden. Ihre Augen wanderten Straße um Straße ab, suchten nach Plätzen und Gebäuden, an denen sie sich orientieren konnte. Dann blickte sie wieder um sich. »Könnte das da hinten eine Kirche sein? Siehst du irgendwo einen Straßennamen? *Via* irgendwas?«

Vanessa reckte ihren Hals, konnte aber nichts finden. »Weißt du, es soll ja Autos mit Navigationssystem geben.«

»Hast du eine Ahnung, wie teuer die sind? Da bekomme ich für den Opel ja weniger Geld. Außerdem brauche ich so was nicht. Ich bin zwanzig Jahre ohne so ein Ding zurechtgekommen, da fang ich doch jetzt nicht damit an.«

»Wo das hinführt, sehen wir ja. Kannst du wenigstens die Lüftung anmachen?«, fragte Sandra, während sie sich mit einer Zeitschrift Luft ins Gesicht fächerte.

»Da kommt jetzt auch nur heiße Luft rein.«

»Oh, mein Gott!«

»Es soll ja auch Autos mit Klimaanlage geben, Mama«, spottete Vanessa erneut.

Lucia verdrehte die Augen. »Wie lange dauert das denn noch?« Sie ließ ihren Frust an der Hupe aus und blickte vorwurfsvoll zu den beiden Plaudertaschen.

Die gaben sich unbeeindruckt. »*Sì signora, un minuto.*«

»So, mir reicht es.« Energisch quetschte sich Sandra aus dem Auto und watschelte in ihren Flip-Flops auf die beiden Damen zu. »*Signora, una domanda! Dov'è* … Äh … Mama?« Hilfesuchend winkte sie ihre Mutter zu sich.

Nun stieg auch Lucia aus dem Auto. »Wissen Sie, wo die Ausfahrt nach Venzone liegt?«, beendete sie Sandras Frage auf Italienisch.

»*Certo! Allora* …«

Eine Minute später fuhren sie auf direktem Weg weiter.

Venzone liegt zwischen dem Fluss Tagliamento und dem Canal del Ferro – dem Eisental. Umringt von einer doppelten Stadtmauer entwickelte sich die Ortschaft im Mittelalter aufgrund ihrer strategischen Lage zu einem wichtigen Handelsknotenpunkt.

Am Piazzale Scuole, unmittelbar vor der Altstadt, parkte Lucia ihr Auto und ging mit ihren Töchtern zu Fuß weiter. Das Dorf war klein und überschaubar, sich zu verirren unmöglich. Ein seltsames Gefühl nagte an Lucia, weil sie so gar nichts über die Heimat ihres Vaters wusste und ihr alles fremd war. Gleichzeitig spürte sie eine melancholische Vertrautheit. Das wenige, was Alberto ihr erzählt hatte, war, dass ein *terremoto* – ein Erbeben – vor zwanzig Jahren Venzone weitestgehend zerstört und fast fünfzig Todesopfer gefordert hatte. Eine verheerende Zahl angesichts der Größe des Dorfes.

Bis heute hatte sich die Gegend nicht vollständig davon erholt. Tatsächlich entdeckte Lucia bereits neben dem Parkplatz einen Trümmerhaufen, der einst zu einem größeren Haus gehört haben musste. Die Umrisse des Fundaments waren gut zu erkennen.

Im Dorf war es seelenruhig, die Geschäfte waren geschlossen – Siesta –, und die Steinhäuser spendeten ausreichend Schatten, um gemütlich durch die Gassen zu flanieren und die restaurierten historischen Stätten zu betrachten. Ein Laie mochte die Spuren des *terremoto* nicht mehr erkennen, doch wer genau hinsah, erkannte die Zeichen. Die Gebäude, insbesondere die Kathedrale, wiesen grobe Risse oder Löcher auf, an denen das Gestein fehlte. Die Stadtmauer war an manchen Stellen eingestürzt, Gräser und Unkraut schlangen sich durch lose Trümmersteine.

Das war es also. Die Heimat ihres Vaters. Hier hatte er die ersten Jahre seines Lebens in einem Waisenhaus verbracht.

Sie steuerte direkt die Tourismusinformation an, die sich im alten Stadtpalast befand. Da diese aber geschlossen hatte, setzten die drei sich an den nahen Brunnen und ließen die Umgebung auf sich wirken. Die Ruhe und die gute Bergluft taten Lucia nach dem Stress ihrer Anfahrt gut.

Schwalben gingen auf Futtersuche für ihre Jungen, und einige Tauben gurrten schläfrig unter dem Dach des Palazzos. Ein paar Alte sowie wenige Touristen schlenderten umher. Die berufstätigen Erwachsenen waren sicherlich in Udine, denn viele Arbeitsplätze dürfte es in diesem Zweitausend-Seelen-Dorf kaum haben. Etliche Kinder sausten auf ihren Fahrrädern über die Piazza Municipio, forderten sich gegenseitig heraus und kreischten vergnügt.

Lucia brauchte nicht viel Vorstellungskraft, um in einem der Kinder ihren Vater als Jungen zu erkennen. Dass er über seine Kindheit kaum sprach, ließ sie jedoch nichts Gutes ahnen. Ob er trotzdem glücklich gewesen war? Sie schloss die Augen, nahm nur noch die Geräusche wahr und versuchte, sich vorzustellen, wie das Leben hier vor siebzig Jahren ausgesehen haben mochte. Es kam ihr sonderbar vor, seine Heimat zu besuchen, ohne vorher mit ihm darüber gesprochen zu haben. Als wäre sie ein Eindringling, der nichts von dieser Seite ihres Vaters wissen durfte.

Wie fühlte sich das Leben an, damals in den späten Zwanzigern, als Erntezeiten, Dorffeste und katholische Bräuche den Takt des Alltags vorgaben, während sich am Horizont das Böse zusammenbraute und der Faschismus schleichend über den Erdball kroch? Zu einer Zeit, in der Neuigkeiten sich nur langsam verbreiteten? Als es aber auch viele Waisen gab, die Menschen jung dahinschieden und ein befleckter Ruf Schande über die ganze Familie brachte?

Lucia konnte sich dieses Leben kaum vorstellen. Und so verlockend es war, die vergangenen Zeiten zu glorifizieren, so dankbar war sie, nicht in diesen gelebt zu haben.

Während sie am Brunnen wartete, zogen ihre Töchter ohne sie los und kehrten nach einer halben Stunde zurück. Vanessa hatte erfahren, dass in der Krypta neben der Kirche jahrhundertealte Mumien ausgestellt waren, und interessierte sich brennend dafür. Die Grabkammer war frei zugänglich, sofern man ein paar Münzen ins Drehkreuz warf. Sandra hatte zunächst nur wenige schmeichelnde Worte für die Interessen ihrer Schwester übrig, entschied dann aber aus Langeweile, mit ihr mitzugehen.

Die Enttäuschung war groß, als das Tourismusbüro wieder öffnete. Die studentische Aushilfskraft, die dort saß, hatte noch nie von einem Waisenhaus in Venzone gehört. Lucia ließ sich dennoch nicht abwimmeln. Irgendjemand müsste doch davon Kenntnis haben? Ob es denn etwas wie ein Archiv oder ein Museum gebe?

Eine andere Frau im Touristenbüro, die etwa in Lucias Alter war, konnte immerhin teilweise Licht ins Dunkel bringen: Es hatte ein Waisenhaus etwas außerhalb der Stadtmauern existiert, doch war es beim Erdbeben vollständig zerstört und nicht mehr wieder aufgebaut worden.

Als die Frau den Weg dorthin beschrieb, begriff Lucia, dass es sich dabei um die Trümmer beim Parkplatz handelte. Ihr wurde ganz anders, als sie dorthin zurückkehrte. Da, in dieser friedlichen Idylle, wo der Wind das Gras sanft niederdrückte, lag die Kindheit ihres Vaters. Ausradiert, dem Erdboden gleichgemacht.

Und zum ersten Mal spürte sie den Grund für Albertos Charakter. Die fehlende Herzlichkeit in seinen Umarmungen. Die stetige Absenz, sei es körperlich oder geistig. Dabei glaubte Lucia, dass er überzeugt war, als Vater stets das Richtige getan zu haben. Nie hatte er herumgeschrien, nie war ihm die Hand ausgerutscht, im Gegensatz zu den vielen anderen Vätern ihrer Schulkameradinnen. Trotzdem hatte sie ihn immer als kalt und unnahbar empfunden. Doch was machte es mit einem Menschen, der keine Wurzeln besaß? Der nie erwünscht und nirgends willkommen war?

Lucia kam sich lächerlich vor, als ihr plötzlich eine Träne die Wange hinablief. Sie trauerte um das Kind, das ihr Vater nie sein durfte, um das verletzte Kind, das noch immer in seiner Seele schlummerte.

In diesem Moment erstaunte es sie selbst, wie sehr sie ihn vermisste, wie gern sie ihn jetzt in die Arme geschlossen und all die Differenzen beigelegt hätte. Sie war froh, dass ihre Töchter sich noch immer in der Krypta aufhielten und ihren Gefühlsausbruch nicht mitansehen mussten.

Eine Dorfbewohnerin kam mit ihrem Hündchen, einem Zwergspitz, die Straße entlang und visierte das Haus neben der Ruine an. Lucia schätzte sie auf Mitte siebzig, etwa im selben Alter wie ihre Eltern. Sie grüßten einander flüchtig, und als die Frau Lucias aufgelösten Blick wahrnahm, zeichnete sich Besorgnis auf ihrer Stirn.

»Ist alles in Ordnung bei Ihnen?«

»Ja, natürlich.« Rasch wischte sich Lucia die Tränen aus

dem Gesicht. »Ich habe nur gerade erfahren, dass mein Vater hier gelebt hat.«

»Ihr Vater kam aus Venzone?«, fragte die Frau erstaunt. »Wie heißt er denn?«

»Alberto Carole.«

Doch der Name schien der Bewohnerin nichts zu sagen, und sie zuckte mit den Achseln.

»Ehrlich gesagt habe ich gehofft, hier mehr über ihn zu erfahren. Er muss als Kind in diesem Waisenhaus gelebt haben.«

Die Frau schenkte ihr einen wissenden Blick, als wäre damit alles gesagt. »Dann hat er sicherlich kein leichtes Los gehabt. Heutzutage wird man dafür zum Glück nicht mehr geächtet. Aber damals …« Sie hob die Schulter und sprach nicht weiter.

»Sind Sie hier aufgewachsen?«, fragte Lucia. Ein Hoffnungsschimmer keimte in ihr auf, doch die Frau schüttelte den Kopf. »Ich kam erst als Erwachsene hierher. Aus Liebe.« Sie zwinkerte Lucia zu. »Aber mein Mann kommt von hier. Und er war bis zum Erdbeben Hauswart vom Heim, wie schon sein Vater. Vielleicht kannten sie sich.«

Die Frau, die sich nun als Paola vorstellte, erzählte, dass ihr Mann den ganzen Tag beim Schwiegersohn ein Dorf weiter im Garten aushalf und deswegen erst am Abend zu sprechen sei. »Sie sind aber herzlich bei uns zum Abendessen eingeladen. Wir essen um acht.«

Diese Gelegenheit durfte sich Lucia nicht entgehen lassen. Es bedeutete aber auch, dass die Familie für heute eine Übernachtungsmöglichkeit brauchte. Im Dorf gab es keine freie Unterkunft, also packte Lucia ihre Töchter ins Auto, und sie fuhren ein paar Kilometer weiter auf einen freien Campingplatz.

Das Familienzelt kam seit vielen Jahren zum Einsatz, meistens bei einem verlängerten Wochenende im Schwarzwald. Dort hatte es sich schon oft bewährt. Während Vanessa die Zeltstangen einfädelte, erzählte sie begeistert von den Mumien und einem Pilz, der für die Konservierung der Leichen verantwortlich war. Sandra blies derweil mit der Fußpumpe im Schneckentempo die Luftmatratzen auf, was sie immer mal wieder mit einem Fluchen unterbrach, sobald sich ein Moskito an ihr verging.

Als es darum ging, die Stangen richtig einzufädeln, musste Lucia plötzlich schwer schlucken. Es war das erste Mal, dass sie es aufstellte, seit die Familie nicht mehr komplett war. Ein flüchtiges Bild von Till tauchte vor ihrem inneren Auge auf, wie er Anweisungen gab und geduldig seinen noch kleinen Mädchen zeigte, wie sie mit dem Gummihammer die Heringe in den Boden schlagen mussten. Die Erinnerung schmerzte. Jetzt lag es an Lucia, den Aufbau zu leiten, und nach ein paar chaotischen Zwischenfällen gelang ihr das ganz gut. Dabei merkte sie gar nicht, wie ihr manchmal das richtige Wort nicht einfallen wollte und sie stattdessen einen italienischen Ausdruck verwendete.

»Mama, du bist so lustig, wenn du in Italien bist«, meinte Vanessa. »Dann schlägt jedes Mal nach ein paar Tagen deine Muttersprache durch, und wir verstehen kein Wort.«

Auch Sandra musste lachen, ehe sie ernst wurde. »Mama, eine Sache möchte ich von dir wissen. Warum hast du uns nicht zweisprachig aufgezogen?«

Die Frage kam unerwartet. »Nun ja, es kam mir ehrlich gesagt nicht in den Sinn. Ich habe ja selbst kaum noch Italienisch gesprochen, und wir sind ja schließlich auch Deutsche.«

»Na ja, so deutsch aber auch nicht«, wandte Vanessa ein. »Wir haben hier Wurzeln. Und Nonna und Nonno sprechen zwar Deutsch, aber jetzt auch nicht so überragend gut. Wir konnten nie ein tiefgründiges Gespräch mit ihnen führen. Voll schade eigentlich.«

»Und vorhin in Udine konnte ich die Frau nicht einmal nach dem Weg fragen«, pflichtete ihr Sandra bei. »Das ist ganz schön peinlich für eine halbe Italienerin.«

»Wahrscheinlich habe ich damals voreilig von mir auf andere geschlossen«, gab Lucia zu. »Als ich ein Kind war, hat man sich oft über mich und meine Aussprache lustig gemacht.«

»Wie gemein!«

»Ja, das war es«, gab Lucia emotionslos zu. »Obwohl ich in Freiburg geboren bin, wurde ich wie eine Außenseiterin behandelt. Und Nonna und Nonno – nun ja, sie haben sich nicht sonderlich um eine Integration bemüht.«

»Was ja irgendwie verständlich ist. Ich würde auch lieber unter meinesgleichen bleiben, wenn ich niemanden kenne. Bestimmt hatten sie schon so alle Hände voll zu tun.«

Lucia schüttelte den Kopf. Ihre Töchter konnten sich

nicht vorstellen, wie es war, in den Sechzigern als Kind von italienischen Einwanderern aufzuwachsen. Dass sie schon als Schulkind amtliche Briefe übersetzen musste und die Familie wegen einer unbezahlten Rechnung einmal ernsthafte Probleme bekam, weil sie etwas falsch verstanden hatte. Dass Lucia allein wegen ihrer Herkunft von ihrer Lehrerin vor der ganzen Klasse schikaniert und jedes Exempel grundsätzlich an ihr statuiert worden war.

Als einziges Mädchen mit dunklen Locken und markanten Augenbrauen fiel sie auf – und das nicht im Guten. Und dann all die Kommentare über ihren Bruder … Kinder konnten grausam sein. Lucia musste früh lernen: Wenn sie nicht auffallen wollte, musste sie ihre Wurzeln verstecken. Später hatte sie keinen Grund gesehen, wieso sie ihr kulturelles Erbe wieder aufleben und ihren Kindern weitergeben sollte.

Der Satz »Ich wollte nur das Beste für euch« lag ihr schon auf den Lippen, doch sie brachte ihn nicht über sich. Denn wie oft hatte sie das Gleiche hören müssen? Und dann wurde ihr eine Sache klar: Egal, wie gut man es meinte, musste es für den Nachwuchs nicht zwingend auch gut sein. Während sie mit Verbissenheit die Fehler ihrer eigenen Eltern auszubügeln versuchte, waren ihr stattdessen neue Fehler passiert. Doch das Gute an Fehlern war, dass man daraus lernen konnte.

»Wisst ihr was?«, schlug sie aus einem Impuls heraus vor. »Es ist nie zu spät, eine neue Sprache zu lernen. Wenn ihr möchtet, bringe ich es euch bei.«

16. Kapitel

Venzone, 1999

Am Abend kehrten sie nach Venzone zurück. Daniele, Paolas Ehemann, öffnete ihnen die Tür. Braune, warme Augen blickten sie an. »Sie müssen die Familie sein, von der mir meine Frau erzählt hat. Kommen Sie herein!«

Unwillkürlich verlangsamte Lucia ihre Schritte, als sie das Wohnzimmer betrat, umgeben von Büchern, Nippes und Kuriosa. Eingerahmte alte Schwarz-Weiß-Fotos hingen an den Wänden und blickten auf Lucia hinab. Die Einrichtung war schlicht und verströmte eine Behaglichkeit, die sie sofort an Zia Emilias Wohnung erinnerte.

Es roch nach Staub, Hundehaaren und Pfeifentabak. Der alte Perserteppich wirkte fadenscheinig und zerschlissen, dennoch schien jeder Gegenstand seinen Platz zu haben. Aus der Küche hörten sie Paola hantieren, während eine Arie von Andrea Bocelli aus dem Radio schallte. Der kleine Hund schlief in einer Ecke in seinem Körbchen.

Daniele deutete den drei Gästen, auf dem Ledersofa Platz zu nehmen. Sie sanken so unerwartet tief in das Polster, dass Lucia erschrak. Auf dem Couchtisch vor ihnen lagen Stapel voller Fotobücher.

»Meine Frau sagte, Sie interessieren sich für das Waisenhaus?« Daniele schien ehrlich erfreut, blieb ansonsten aber ruhig und sachlich, fast wie ein Beamter. »Ich habe hier Fotobücher, Verzeichnisse und Klassenbucheinträge herausgesucht, die Ihnen bei der Recherche von Nutzen sein könnten. Wie heißt Ihr Vater?«

»Alberto Carole. Er ist 1924 geboren.« In Danieles Gesicht tat sich keine Regung, der Name kam ihm nicht bekannt vor. Was angesichts der vielen Kinder, die dort in den letzten Jahrzehnten ein und aus gingen, nicht verwunderlich war. Denn wie sie von Daniele erfuhr, gehörte ganz Udine zum Einzugsgebiet des Waisenhauses. Dennoch spürte Lucia, dass sie enttäuscht war.

»Mein Vater ist auch nicht zufällig kürzlich vorbeigekommen?«, hakte sie nach. Noch während sie ihren Vater und ihren Bruder beschrieb, schüttelte Daniele den Kopf. »Bedaure, aber Sie sind die Erste seit Jahren, die deswegen vorbeigekommen ist.«

Ihre Töchter stießen ein Seufzen aus. Ein Kopfschütteln konnten auch sie richtig deuten. Allmählich machte Lucia sich Sorgen. Wo steckten ihr Vater und Gianni bloß? Ging es ihnen wirklich noch gut? Nicht nur diese Unwissenheit war ihr unangenehm, sondern auch, dass ein Fremder mitbekam, dass ihr Vater von ihr weggelaufen war und sie nichts über seinen Verbleib wusste. Das war eine private Angelegenheit.

»Wissen Sie, es ist mit viel Schmerz verbunden, die Vergangenheit aufzuarbeiten« meinte Daniele mitfühlend. »Und davon trägt Ihr Vater gewiss viel mit, wenn sein Leben hier begann. Das Heim ersetzt die elterliche

Liebe nicht. Viele Kinder sind danach ein Leben lang auf der Suche nach Zugehörigkeit.«

»Was für Lebensaussichten hatte man denn, wenn man im Heim aufwuchs?«, erkundigte sich Lucia.

»Nun, sonderlich rosig waren sie nicht. Dass eine wohlhabende Familie ein Kind adoptierte, war eine Seltenheit. Die meisten kamen in Pflegefamilien unter, wo man sie weniger der Barmherzigkeit wegen aufnahm, sondern weil man in ihnen eine billige Arbeitskraft fand. Sie haben sicherlich von den Verdingkindern gehört. Ein trauriges Kapitel in der Geschichte und bis vor drei Jahrzehnten nicht unüblich. Der Knechtschaft und Armut konnten die jungen Männer nur entfliehen, wenn sie der Armee beitraten – und die Mädchen … nun ja, mussten heiraten. Aus den wenigsten ist was Anständiges geworden. Ich weiß von vielen ehemaligen Pfleglingen, die auf die schiefe Bahn gerieten.«

Erschrocken sah er Lucia an, als fürchtete er, ihr zu nahe getreten zu sein. »Wie ging es denn für Ihren Vater weiter?«, fragte er vorsichtig.

»Er fand eine liebevolle Frau«, erwiderte Lucia und lächelte beim Gedanken an ihre Mutter. »Doch was dazwischen geschah, ist mir nur lückenhaft bekannt. Ich weiß, dass seine leibliche Mutter ihn abgeben musste, weil sie nicht verheiratet war, und dass sie meinen Vater später wieder bei sich aufgenommen hatte. Das fand ich immer ein wenig seltsam. Ich dachte, ins Heim kommen nur Kinder, deren Eltern verstorben sind.«

»So eine Seltenheit war das nicht«, erklärte Daniele.

»Wenn Ihre Großmutter ledig war, stammte sie wohl aus ärmlichen Verhältnissen und musste arbeiten. Ohne Unterstützung konnte sie sich nicht um ihr Kind kümmern.«

»Und als sich ihre Situation besserte, begann sie in einer anderen Gegend ein neues Leben, wo niemand sie kannte und von ihrer Schande wusste«, sprach Lucia das aus, was Daniele aus Rücksicht verschwieg. Ihre Worte schmeckten wie bittere Medizin. Obwohl sie ihre Nonna nie kennengelernt hatte, empörte sie die Ungerechtigkeit, die diese Frau hatte erfahren müssen.

Daniele wusste genau, was sie meinte. »Aber dass sie Ihren Vater zurückgeholt hat, bedeutet, dass sie einen Weg fand, um die Familie wieder zu vereinen. Ein glückliches Ende demnach?«

Lucia bezweifelte es. Denn wäre dem so gewesen, hätte Alberto es ihr erzählt. Aber er hatte nie etwas über seine Kindheit gesagt, seine Mutter nicht mit einem Wort erwähnt. Dass sie überhaupt existierte, wusste Lucia nur, weil sie als Jugendliche in einem Schuhkarton im Kleiderschrank ihrer Mutter die Liebesbriefe ihrer Eltern gefunden und heimlich gelesen hatte. Dort hatte Christina in einem Brief ihre Bestürzung geäußert, weil Alberto es so schwer hatte. Natürlich konnte sie danach erst recht nicht fragen, das hätte sie verdächtig gemacht. Ihr war, als besäße ihr Vater keine Vergangenheit, als hätte sein Leben erst begonnen, als er Christina kennengelernt hatte.

Als sie Daniele ihre Bedenken mitteilte, zeichnete sich Bedauern auf seiner Stirn. »Demnach wissen Sie nicht, wo die Familie später gelebt hat?«

Kopfschüttelnd fasste sich Lucia ins Haar. »Sie haben Venzone verlassen und sind in die Toskana gezogen, so viel habe ich herausgefunden.« Lucia öffnete ihre Handtasche und holte die Postkarten ihrer Eltern von der großen Italienreise hervor. »Die hier stammt von Pienza. Sie erwähnen auf der Rückseite, dass sie ein Gutshaus besucht haben. Es steht zwar nicht, was sie dort gemacht haben, aber ich glaube fest, dass mein Vater dort in der Nähe seine Jugend verbracht hatte.«

»Eine schöne Gegend.« Daniele gab ihr die Postkarte zurück. »Vielleicht finden wir ja in den Unterlagen den Eintrag Ihres Vaters und welcher Wohnort angegeben wurde. Am einfachsten wäre es, wenn wir zuerst herausfinden, in welcher Schulklasse er war. Dann kann ich die Lehrer durchgehen und mit den Verzeichnissen des Heims vergleichen. Glücklicherweise wurde ab den Zwanzigern jede Klasse einmal im Jahr fotografiert. Jetzt müssen Sie Ihren Vater nur noch finden.«

Er nahm die Fotobücher von 1930–1935 hervor und lud Lucias Töchter gestikulierend ein, sich die Schwarz-Weiß-Fotos anzusehen. Sandra und Vanessa beugten sich interessiert über die Alben und sichteten Foto um Foto. Nachdem sie vom ganzen Gespräch vorhin nichts verstanden hatten, kam ihnen die Abwechslung sehr entgegen.

Eine Weile war es still im Wohnzimmer. Bis auf Paola, die in der Küche werkelte, der Hund, der im Schlaf gelegentlich knurrte, und Sandras Seufzen, wenn sie ihre Mückenstiche an den Beinen aufkratzte, war nichts zu hören.

Auch Lucia nahm sich ein Buch und blätterte es durch. Aber genauso gut hätte sie nach der berüchtigten Nadel im Heuhaufen suchen können. Immer wenn sie bei einem Jungen dachte, dass er ihrem Vater ähnelte, entdeckte sie wieder ein anderes Kind, bei dem ebenfalls das eine oder andere Merkmal für Alberto sprach.

Mit der Zeit sahen die Kinder alle gleich aus. Gleiche Schuluniform, gleicher Haarschnitt, alle leicht unterernährt, und was zu lachen hatte unter dem strengen Blick des Lehrers sowieso keiner. Außerdem wusste Lucia gar nicht, wie ihr Vater früher ausgesehen hatte. Auch hier begann die Familiengeschichte erst mit den Hochzeitsfotos ihrer Eltern, als Alberto schon Ende zwanzig gewesen war.

Plötzlich stieß Vanessa ihre Schwester mit dem Ellenbogen an. »Was meinst du? Ist er das?«

»Könnte sein. Mama, was meinst du?« Sandra schob ihr das Album mit der aufgeschlagenen Seite hin und deutete auf ein Gesicht.

Äußerlich wäre er ihr nicht aufgefallen. Er war ein gewöhnlicher Junge, der in den hinteren Reihen stand, ein bisschen kleiner als die anderen, die Haare hell, fast blond. Das Kinn leicht nach vorn gestreckt, nicht herausfordernd, aber trotzig. Die Lippen waren geschlossen, während die anderen Kinder zwar nicht gerade fröhlich dreinblickten, zumindest aber um ein Lächeln bemüht zu sein schienen.

Doch in seinem Blick erkannte Lucia etwas von sich selbst. Ihr Vater hatte die Augen leicht zusammengekniffen, wahrscheinlich, weil die Sonne blendete. Dabei sah er an der Kamera vorbei, als würde er nicht in die Linse blicken, sondern etwas dahinter beobachten. Als ginge ihn diese Fotografie nichts an, als wäre er diesem Ort schon längst entrückt.

Ein Gefühl für einen Zustand, den Lucia so gut kannte, dass sie eine Gänsehaut bekam und sich alle ihre Härchen an den Armen aufstellten. Es war, als würde sie sich selbst in die Augen blicken. »Das ist mein Vater, das ist Alberto«, flüsterte sie. Und plötzlich erwachte das Bild zum Leben, und Lucia sah ihn so deutlich vor sich, als würde sich ein Film vor ihr abspielen …

Venzone, 1935

An eine Zeit vor dem katholischen Waisenhaus in Venzone konnte Alberto sich kaum erinnern. Seine Mutter durfte ihn noch abstillen, ehe sie ihn fortgeben musste. Danach verschwand sie aus seinem Leben. Sie hieß Camilla Carole und war eine Magd, die sich auf eine Romanze eingelassen hatte, von der niemand so genau wusste. Doch mit Gewissheit war daraus Alberto entstanden.

Er kannte weder ihren Wohnort noch ihre Herkunft. Nicht einmal ihr Geburtsdatum kannte er. Die Frau, die ihm das Leben schenkte, war für ihn nichts weiter als eine geheimnisvolle Fremde. Aber er erinnerte sich an ihre dunkelblonden Haare, an ihre weiche Stimme und den

Duft ihrer blassen Haut. Obwohl er sie nicht kannte, fehlte sie ihm.

Das Einzige, was er von Camilla besaß, war eine Fotografie, die Alberto wie seinen Augapfel hütete. Es verging kein Tag, an dem er es nicht betrachtete. Jedes Detail darauf hatte sich in seinem Gedächtnis eingebrannt. Auf dem Foto trug Camilla eine Schürze, während sie den kleinen Alberto in den Armen hielt und direkt in die Kamera blickte. Sie sah jung aus, beinahe kindlich. Das Gesicht rundlich, die Haut strahlend, als könne die Zeit ihr nichts anhaben, als würde sie ewig so jung sein.

Wahrscheinlich hatte sie eben erst die Volljährigkeit erreicht, und die Einfachheit ihrer Kleidung zeugte von einem Leben voller Anstrengung und Entbehrung. Und dann war da dieses uneheliche Kind, das ebenfalls in die Linse blickte und dennoch so unscheinbar wirkte, als wäre es gar nicht anwesend.

Camilla Carole lächelte auf diesem Foto so, wie es alle stolzen Mütter taten. Dass sie wegen ihrer Liederlichkeit als verdorben galt, spielte in diesem Moment keine Rolle. Dieses Lächeln gab Alberto Kraft, wann immer er sich einsam und schwach fühlte. Auch wenn Camilla ihn abgegeben hatte, so war er sich der Tatsache gewiss, dass sie ihn liebte. Und das ließ ihn mit Überzeugung davon ausgehen, dass sie eines Tages zurückkehren und ihn wieder mitnehmen würde.

Für die nächsten Jahre jedoch blieb das Leben in Venzone Albertos ganzes Universum. Von der Außenwelt bemerkte er nicht das Geringste, sie fehlte ihm auch nicht.

In seinem Dorf erwartete man nicht viel vom Leben. Der Alltag war voller Entbehrungen, und die Knie schmerzten permanent vom stundenlangen Beten. Die medizinische Versorgung … nun ja, manche starben an einem einfachen Husten.

Neuigkeiten erreichten das Dorf nur langsam, meist war es vages Hörensagen, eine Zeitung gab es nicht. Wenn Alberto die Welt bereisen wollte, zog er sich in die Welt der Bücher zurück. Während andere Kinder sich an Weihnachten Spielsachen und Süßigkeiten wünschten, waren es bei Alberto Comichefte und Bücher. Es war im ganzen Dorf bekannt. Wann immer jemand geschäftlich oder familiär in Udine zu tun hatte, brachte er ihm eine Kleinigkeit zum Lesen mit. Meist waren es *Fumetti* wie *Topolino* oder *Signor Bonaventura*, die er anschließend mit den Comics anderer Kinder tauschte.

Zudem las Alberto alles, was er von Carlo Collodi oder Edmondo De Amicis in die Finger bekam, später ging er an keinem Buch von Salgari vorbei. Die Abenteuergeschichten des *Schwarzen Korsar* oder *Sandokan* ließen das Herz des Jungen höherschlagen und über die Eintönigkeit des Heims hinwegtrösten.

Neben dem Unterricht, der in der Dorfschule stattfand, war im Heim jedes Kind in eine Arbeitsgruppe eingeteilt, die monatlich wechselte. So halfen die Pfleglinge im Garten mit, wo sie sämtliches Gemüse selbst anbauten. Der Hof und die Gerätschaften mussten ebenfalls instand gehalten und die Tiere gepflegt werden. Es gab Hühner, Gänse, Schweine und Ziegen und natürlich unzählige Kätzchen, die sich großer Beliebtheit erfreuten.

Der Patron des Hofes hieß Ludovico, ein stumpfsinniger Knecht, der zwar nicht viel im Kopf, dafür ein Herz für die Tiere hatte. Sein treuer Begleiter war die alte schwarze Dogge Pippo, taub und fast blind, die jedes Herumtoben über sich ergehen ließ. Nur gelegentlich, wenn die Kinder es mit Pippo zu bunt trieben, stieß der Hund ein kraftvolles, gutturales Bellen aus, und alle erinnerten sich daran, dass Pippo einst ein stolzer Rüde gewesen war, mit dem man sich besser nicht anlegte.

Auch in der Küche wurden Alberto und die anderen Kinder eingespannt und unter der Köchin, Schwester Orsola, angewiesen. Diesen Dienst mochte Alberto besonders. Er liebte es, gedankenverloren Kartoffeln zu schälen, Orsolas Geschichten und Lebensweisheiten zu lauschen und ihr über die Schulter zu blicken. Mit wenigen Zutaten zauberte sie herrliche Gerichte, wie etwa Gemüseeintöpfe oder überbackene Polenta, freitags zudem Fisch, sonntags Braten und montags die Reste der Vorwoche.

Wenn sie kochte, schmeckte man die ganze Liebe mit, die sie in ihre Küche steckte. Vor allem war Schwester Orsola nicht knauserig. Es war immer genug für alle da. Und wenn sie mitten bei den Vorbereitungen plötzlich ein Kind anwies mit: »Geh rasch in den Garten und bring einen Salatkopf!« – und dieser noch so frisch war, dass er nussig und leicht erdig schmeckte, dann war das etwas vom Besten.

Man musste aber auch aufpassen, wie man sich benahm, da die Nonnen unterschiedlich streng waren. Von Schwester Agnes ließ man sich lieber nicht beim Lesen unter der Bettdecke oder anderem Ungehorsam erwischen. Sie packte einen am Ohr, bis es glühte, oder wendete am Unterarm einen abscheulichen Handgriff an, so dass die Haut brannte. Wenn sie erbost war – viel brauchte es dafür nicht –, strich sie, ohne mit der Wimper zu zucken, das Abendessen vom Speiseplan oder die Spielzeit im Hof. Dafür konnte man bei ihr punkten, wenn man besonders fromm daherredete.

Wenn ein Kind die Kaltherzigkeit von Agnes kompensieren musste, wandte es sich Schwester Francesca zu. Alle liebten Schwester Francesca. Sie war die Jüngste der Nonnen und voller Hingabe. Die eine Hälfte der Jungen sah in ihr eine Ersatzmutter, die andere die künftige Ehefrau. Auch Alberto vergötterte sie. Wenn er sich mal wieder die Knie aufgeschlagen hatte und Schwester Francesca ihn liebevoll in die Arme nahm, war der Schmerz rasch vergessen. Dann schmiegte er den Kopf an Schwester Francescas weichen Busen, und die Welt war in Ordnung.

Wenn ein Pflegling adoptiert wurde, war das immer eine große Sache. Dann versammelten sich alle und verabschiedeten sich vom Freund und Spielgefährten, der herausgeputzt seiner neuen Zukunft entgegenschritt. Man freute sich für den Glücklichen, doch es flossen auch Tränen des Abschieds und des Neids.

Umgekehrt reagierten die Kinder mit Neugier und Argwohn, wenn ein neues Kind das Heim betrat. Die niedlichen Kleinkinder wurden von den Nonnen sofort ins Herz geschlossen und verhätschelt, was bei den größeren in ein Buhlen um Aufmerksamkeit mündete, denn die neuen Kleinen bedeuteten unliebsame Konkurrenz.

Alberto mochte sich an den Schmerz der Zurückweisung gut erinnern. Als süßes Bübchen mit ungewöhnlich blauen Augen und einem karamellfarbenen Lockenschopf fühlte er sich von allen geliebt und geschätzt, und er wurde verwöhnt und herumgetragen, als wäre er ein Kronprinz.

Doch als die Pausbäckchen allmählich verschwanden und die speckigen Arme und Beinchen die Proportionen eines Kindes annahmen, wurde er durch die Ankunft eines neuen Babys zu einem gewöhnlichen Waisenkind degradiert.

Man teilte eine gewisse, unausgesprochene Anteilnahme mit den anderen, obwohl es natürlich auch unter den Kindern mehr oder weniger freundliche gab und solche, die Hierarchien aufbauten oder einen ausgrenzten. Es waren nun einmal keine erfreulichen Umstände, die ein Kind zur Waise machten, und das schweißte zusammen. Und so hatte er – trotz allem – eine schöne Kindheit.

Das Jahr 1935 stellte einen Wendepunkt in Albertos Leben dar. Es war Frühling, die Tage wurden endlich länger und wärmer. Die Kätzchen waren trächtig, Ostern stand vor der Tür, und von den Bauernhöfen wehte der Geruch von zurückgeschnittenem Gras und Gülle. Und noch etwas geschah: Camilla Carole kündigte sich zum Besuch an. Für Alberto konnte das nur eines bedeuten: Seine Tage im Waisenhaus waren gezählt. Seine Mutter würde ihn mitnehmen und mit ihm das Leben führen, von dem er immer geträumt hatte.

Die Nonnen steckten Alberto in Sonntagskleidung. Das Hemd war frisch gestärkt und gebügelt, die Haare waren zurückgekämmt, die Schuhe poliert, und der Dreck unter den Fingernägeln war weggeschrubbt. Seinen Tornister hatte er vorsorglich gepackt. Viel war es nicht, was er besaß: ein paar Ersatzkleider, Kreisel und Murmeln und natürlich seine Bücher, die das meiste Gewicht ausmachten.

Mit pochendem Herzen und in wohliger Aufregung saß er im Arbeitszimmer der Oberschwester, die ihm eigens für diesen besonderen Moment ihr Zimmer zur Verfügung gestellt hatte.

Allein, umgeben von prächtigen Wandverzierungen und Tropenholzmöbeln, hätte Alberto nicht weiter vom Heim entfernt sein können, obwohl er sich noch immer hinter dessen Mauern befand. Keine Geräusche aus der Küche, kein Kinderlachen aus dem Hof, nicht einmal die Landluft drang zu ihm, als befände er sich in einer Schleuse, die ihn von seiner alten Welt in die neue führte.

Als seine Mutter eintrat, hielt er für einen Moment den Atem an. Zuerst dachte er, eine Fürstin habe den Raum betreten. Sie trug ein wadenlanges, eng tailliertes Kostüm aus leichtem rosa Stoff. Ihren langen, grazilen Hals schmückte eine Perlenkette, das Haar war in Locken gedreht und der gängigen Mode entsprechend hochgesteckt.

Mit der Camilla Carole auf seinem Foto hatte sie nichts

mehr gemein, nur das Lächeln war geblieben. Albertos Brust weitete sich vor Stolz. Was für eine schöne Mutter er hatte!

»*Mamma!*« Er sprang auf und wollte die Arme nach ihr ausstrecken, entsann sich dann aber seiner Erziehung. Förmlich reichte er ihr die Hand.

»*Ciao, tesoro.*« Camilla sprach ruhig, beinahe zurückhaltend – und doch schwangen allein in diesen beiden Worten so viele Gefühle mit, dass Alberto eine Gänsehaut bekam. Doch der Kuss, den sie ihm gab, fühlte sich unerwartet flüchtig an. Er spürte zwar die Wärme ihres Körpers, aber es hatte nichts mit der mütterlichen Wärme zu tun, nach der er sich so lange gesehnt und die er in seinen Erinnerungen all die Jahre aufrechterhalten hatte.

Sie setzten sich einander gegenüber. »Ich wollte dich schon lange besuchen kommen«, begann sie. »Wie geht es dir?«

»Mir fehlt nichts. Ich bin hier gut aufgehoben.« Albertos Augen weiteten sich. Er konnte noch immer nicht glauben, dass seine Mutter ihm endlich gegenüberstand. Jetzt würde alles gut werden. Er bekäme ein neues Leben, vielleicht sogar ein eigenes Zimmer, das er sich nicht mit einem Dutzend anderer teilen musste. Er müsste nicht länger auf die anderen Schulkinder in seiner Klasse neidisch sein, die in einer richtigen Familie lebten, er wäre selbst ein vollwertiges Familienmitglied.

Aus einem Impuls heraus ergriff er ihre Hand, suchte die Wärme und den Duft seiner Mutter. »Du bist gekommen, um mich abzuholen. Nicht wahr?«

Ihr Schweigen irritierte ihn. Vielleicht rang sie mit ihren Gefühlen und wollte nicht vor Freude in Tränen ausbrechen. Immerhin schien sie nun eine Dame zu sein, von der man erwartete, dass sie Haltung bewahrte.

»Nicht wahr?«, wiederholte er, als ihn ihre ausbleibende Reaktion allmählich zu ängstigen begann. Camillas Hand, die er noch immer umklammert hielt, fühlte sich plötzlich kalt und zittrig an. Erst da bemerkte er das Funkeln an ihrem Finger. Sie trug einen Ehering. Und dann sah Alberto es doch: In ihren mandelförmigen Augen schimmerten Tränen.

»Ach, *tesoro*, es tut mir leid. Aber ich bin hergekommen, um mich zu verabschieden.«

»Das kann nicht dein Ernst sein«, flüsterte Alberto, der es kaum wagte, Widerspruch gegen diese unbekannte Person zu erheben. »Ich dachte, du würdest kommen, um …«

»Bitte, mach es mir nicht noch schwerer«, flehte Camilla ihn an, ehe sie sich ein Taschentuch griff und an ihre Augen hielt. »Stefano, mein Mann, übernimmt den Hof seines verstorbenen Bruders in der Toskana, in der Nähe von Pienza. Wir werden dorthin ziehen. Und seine Mutter ist …« Sie suchte nach den richtigen Worten. »Es würde ihr nicht gefallen, wenn ich dich mitbrächte.«

Widerwillig ließ Alberto die Hand seiner Mutter los. Nie zuvor hatte er sich elender gefühlt. Vor Kurzem hatte er sich für einen Auserwählten gehalten, dem nach langem Ausharren eine schillernde Zukunft bevorstand. Doch er war noch immer ein Schandfleck. Ein eheloses

Kind, über das man nicht sprechen durfte, das nicht sein durfte.

»Nun denn, wenn dem so ist … Ich danke dir für deinen Besuch.« Mehr vermochte Alberto nicht zu sagen. Auch ihm standen Tränen in den Augen, dabei durften Jungen nicht weinen, wie Schwester Agnes immer sagte.

Verletzt sah Camilla ihn an. »So versteh doch …«

Aber für Alberto gab es nichts zu verstehen. Er hatte gerade seine Mutter verloren. Genauso gut hätte sie tot sein können, wahrscheinlich wäre das sogar besser gewesen. Camilla Carole war für ihn plötzlich eine fremde Person, fremder sogar als auf der Fotografie.

Wie erstarrt begleitete er sie zum Tor, wo ein Wagen mitsamt Chauffeur auf sie wartete. Sie drehte sich noch einmal zu ihm und nickte Alberto ohne ein Lächeln zu. In ihren Händen hielt sie ein Taschentuch. Dann stieg sie ein und fuhr weg.

Schwester Agnes und Schwester Orsola standen im Torbogen und folgten der Szenerie mit einem Ausdruck offener Geringschätzung.

»Es ist nicht zu fassen. Da weigert sich diese Signora die ganze Zeit über, ihren Sohn zur Adoption freizugeben, und dann will sie ihn auf einmal nicht behalten. Dabei hätten wir früher einige Interessenten gehabt, sogar wohlhabende Familien. Nun wird er bis zu seiner Volljährigkeit bei uns bleiben. Wer will schon ein Kind zu sich nehmen, das schon das Jugendalter erreicht hat?«

Später konnte Alberto nicht mehr sagen, was ihn dazu getrieben hatte, ob er überhaupt nachgedacht oder einfach nur gehandelt hatte, doch er schnappte sich seinen Tornister und rannte ohne ein Wort des Abschieds dem fahrenden Auto nach.

Er ignorierte die Rufe der Nonnen, das rasende Herz, das ihm die Luft aus den Lungen presste, selbst die Schläge in den Rücken, wann immer seine Tasche gegen ihn schlug. Nie zuvor war Alberto so schnell gerannt, aber auch noch nie hing die Zukunft seines Lebens davon ab.

Plötzlich spürte er einen Ruck und die Last um seine Schultern wurde leichter – der Verschluss des Tornisters war aufgesprungen und die Bücher hinausgeflogen. Die Schätze seiner Kindheit landeten im Dreck. Kurz überlegte er, sie einzusammeln, doch er durfte keine Zeit verlieren, den Sichtkontakt zum Wagen nicht unterbrechen.

In diesem Moment ließ Alberto alles hinter sich, ohne sich auch nur ein einziges Mal umzudrehen. Und während der Wind die aufgeschlagenen Seiten seiner zurückgebliebenen Bücher umblätterte, hielt der Wagen auf einmal an. Niemand stieg aus, nur eine Tür öffnete sich. Alberto erkannte den Arm seiner Mutter und dass sie auf ihn wartete.

Jetzt wusste er, dass alles gut werden würde. Er rannte und rannte seiner Mutter entgegen, bis er vor ihr stand und atemlos in das Auto stieg.

Wäre er doch nur im Heim geblieben.

»Ich hab den Eintrag!«, rief Daniele. Erfreut hielt er Lucia ein Dokument hin. »Das Waisenhaus hat die genaue Adresse hinterlegt. Sehen Sie?«

Die Kinder sahen ihre Mutter erwartungsvoll an. »Dann haben wir also eine Spur, wo Nonno hinkam?«

Lucia nickte. »Ja, nach Val d'Orcia in der südlichen Toskana. Das liegt nach Florenz, wo wir als Nächstes hingehen.« In ihrem Nacken spürte sie ein Kribbeln. Sie war ihrem Vater dicht auf der Spur, das konnte sie deutlich spüren.

»Ich kann nicht glauben, dass Nonno uns das alles nie erzählen wollte«, sagte Vanessa, als sie Stunden später mit vollem Magen das Haus von Daniele und Paola verließen. »Und das alles nur, weil er sich dafür geschämt hat.«

»Dabei gibt es keinen Grund dazu«, stimmte Sandra ihr zu. »Er konnte ja gar nichts dafür, und außerdem geht es niemanden etwas an, ob die Eltern verheiratet sind oder nicht.«

»Ja, wir sollten uns weniger für uns schämen und stolz darauf sein, wer wir sind. Wir sind alle nur Menschen.«

In diesem Moment hätte Lucia nicht stolzer auf ihre Kinder sein können. Sie legte einen Arm um Sandra und den anderen um Vanessa. »Kommt, lasst uns ins Auto steigen und zum Campingplatz fahren. Ich bin hundemüde.«

Und ausgeruht sollte Lucia besser sein, wenn sie morgen weiterzogen. Von Venzone nach Florenz waren es über vierhundert Kilometer.

17. Kapitel

Sorrento, 1999

Alberto wusste, wie sich das Meer anfühlen würde, bevor er seine Zehen ins Wasser steckte. Dieses Gefühl, wie sich das lauwarme Salzwasser um die Beine schmiegte und der Sog beim Rückgang der Wellen einen tiefer in den Sand sinken ließ, war so unvergleichlich, dass man es sein Leben lang nicht vergaß.

Das Meer übte eine meditative und gleichzeitig vitalisierende Wirkung auf Alberto aus. Wie ein standhafter Leuchtturm stemmte er seine Hände in den unteren Rücken, streckte den Bauch heraus und trotzte dem Golf von Neapel.

Vor ihm schnorchelte Gianni im Wasser und spritzte dabei wild um sich. »*Papà!* Sieh nur, wie gut ich das kann!«

»*Brava!* Man merkt, dass Gustavo viel mit dir geübt hat.«

Gustavo war der Rettungsschwimmer des hiesigen Bagnos. Wann immer er eine Gelegenheit fand, hatte er Gianni ins Meer begleitet und bei den Schwimmtechniken geholfen. Das war auch so etwas, was Alberto an seiner Heimat schätzte: die Inklusion derer, die besonderen Schutz bedurften. Sie gehörten mit völliger Selbstverständlichkeit zur Gesellschaft. Niemand wurde versteckt.

Fast tat es Alberto leid, dass die Reise heute weiterging. Fünf Tage hatten sie hier verbracht und von Sorrento aus mit dem Zug Tagesausflüge an der Amalfiküste gemacht, Pompeji besichtigt, mit der Fähre Positano und Amalfi besucht und die Abende am Strand ausklingen lassen.

Alberto war froh gewesen, dass er für ein paar Tage von der Vespa heruntergekommen war. Obwohl er den Roller, seine Wendigkeit und die Freiheit beim Fahren genoss, so spürte er jeden Kilometer, der ihn auf der Vespa durchschüttelte.

Er hatte die Distanzen gnadenlos unterschätzt. Natürlich, auf der Autobahn waren dreihundert Kilometer ein Klacks, aber auf der Landstraße, wo einem der aufgewirbelte Staub direkt ins Gesicht wehte und es keinen Schutz vor der Sonne gab, setzte ihm die Fahrt weitaus mehr zu. Besonders, wenn vor ihnen auch noch ewig ein Lieferwagen tuckelte und sie mit seinem Dieselmotor vollstank.

Alberto war nicht mehr so fit wie vor vierzig Jahren und auch nicht mehr so geduldig wie früher, wenn er sich verfahren hatte. Es gab nichts Unangenehmeres, als mit einer unzureichenden Landkarte ausgestattet zu sein und keine Ahnung zu haben, wo man war. Und eine solche Fahrt stand ihnen wieder bevor, denn heute ging es hoch in die Berge, zum Abruzzischen Apennin.

»Steig aus dem Wasser, Gianni. Wir brechen bald auf.«

»Jetzt schon? Aber das Meer ist so schön!«

»Das war es die letzten Tage doch auch, oder nicht? Jetzt ist es Zeit, dass wir weiterkommen. Eine lange Fahrt steht uns bevor.«

»Warum fahren wir in die Berge?«, fragte Gianni, als er später mit noch feuchten Haaren den Helm aufsetzte und hinter Alberto auf die Vespa kletterte.

»Weil *Mamma* dort ein paar Wochen zur Kur ging, als sie als junge Frau krank war. Sie hatte Diphtherie, und der Arzt riet nach der Genesung dringend zu einem Klimawechsel, damit sich ihre Lungen erholen konnten.«

»War das eine gefährliche Krankheit?«

»Ja, sehr. Als wir Kinder waren, starben viele Menschen daran, vor allem junge. Aber zum Glück ist die Medizin mittlerweile viel fortgeschrittener, und die Krankheit kommt kaum mehr vor. Doch vor fünfzig Jahren brauchte es viel Zeit, um sich davon zu erholen.«

»Dann machen wir dort auch eine Kur?«

»Nein, wir besuchen ein Ehepaar, Ernesto und Giulia. *Mamma* hatte sich mit ihnen angefreundet, als sie in den Abruzzen war.«

Neapel ließen sie aus und schlängelten sich stattdessen über Pompeji unterhalb am Parco Nazionale del Vesuvio vorbei. Der Weg führte durch Dörfer, deren beschädigte Häuserzeilen alle gleich aussahen und wo die Stromkabel in dicken Rollen von den Masten hingen.

Der Teer war alt, die Schlaglöcher tief, und die Verkehrstafeln dienten nur als Empfehlung. Alberto war froh, als er die Vororte von Neapel hinter sich hatte und er auf einer Landstraße, die entlang von Bewässerungskanälen und Agrarflächen führte, wieder Luft zum Atmen bekam.

In Caserta machten sie eine kurze Pause. Im Schatten der Häuser am Marktplatz aßen sie warme *panini caprese* und tranken Eistee aus der Dose. Obwohl die Vespa noch genügend Benzin hatte, tankte Alberto noch einmal voll auf und checkte das Fahrzeug auf Mängel, denn er wusste nicht, wann er das nächste Mal auf eine Tankstelle stoßen würde. Und auf eine Panne im Gebirge konnte er getrost verzichten.

Nach vier Stunden über Landstraßen, an der Grenze zwischen den Regionen Latium und Molise, erstreckten sich am Horizont die ersten Ausläufe der Abruzzen. Die Gegend wurde zunehmend karger und hügeliger. Die meisten Einwohner fuhren hier alte, zweckmäßige Autos oder einen Jeep. Die Landschaft glich immer weniger dem Italien, das man aus dem Urlaub kannte. Genauso gut hätten Alberto und Gianni sich in der Mongolei befinden können.

In einem kleinen Bergdorf namens Forci blieben sie für die Nacht in einer einfachen Pension, die von einem höflichen, aber wortkargen Rentnerpaar geführt wurde. Während die Bergketten in der Abendsonne rot leuchteten, konnte Alberto sich nicht erinnern, ob er am selben Ort schon einmal mit Christina übernachtet hatte. Die Ortschaften sahen einander zum Verwechseln ähnlich. Es machte den Eindruck, als würden die Häuser an den Felsen festkleben. Gerade Strecken gab es keine, und das Vorankommen zu Fuß erforderte eine gewisse Kondition. Die Luft war kühl und – wenn nicht gerade ein Dieselmotor sein Unwesen trieb – extrem sauber und frisch.

Alberto war in der Nacht von der gespenstischen Stille aufgewacht, hatte den Balkon betreten und in kilometerweite Dunkelheit geblickt. Ein angenehmes Kribbeln erfasste ihn, als er die Balkontür wieder schloss und zurück ins Bett huschte.

Am nächsten Morgen fuhren sie zeitnah weiter. Die Landschaft wurde zunehmend steiniger, und die Straßen waren noch holpriger. Immer wieder begegneten sie Schafherden oder Kühen. Einmal glaubte Gianni sogar, in der Ferne Wildpferde erkannt zu haben, doch Alberto hatte sie verpasst. Kilometerweit begegneten sie keiner Menschenseele.

In Popoli legten sie eine kurze Pause ein, ehe sie die letzten fünfzig Kilometer am Stück fuhren.

»Da sind wir«, erklärte Alberto, als sie vor einem einsamen Gasthof am Ufer eines kleinen Teichs anhielten und er den Motor der Vespa ausschaltete. Im Hintergrund ragten die Türme von Santo Stefano di Sessanio in den Himmel. Und über alles thronte in weiter Ferne der majestätische Campo Imperatore, die höchste Hochebene Italiens. Ohne den Motorenlärm der Vespa hörte sich die Gegend ungewohnt ruhig an.

Alberto brauchte einen Moment, bis er die Geräusche der Natur aufnehmen konnte. Der Wind rauschte durch das trockene Weidegras, und über dem Teich surrten große Libellen.

Als die beiden Männer sich dem Gasthof näherten, öffnete sich sogleich die Tür, und eine Gruppe gut ausgerüsteter Wanderer trat ins Freie. Zwei abruzzische Schäferhunde folgten ihnen bellend und schwanzwedelnd und jagten sich gegenseitig über die Heide. Gianni erschrak sich fürchterlich.

»Gehören die den Besitzern? Dann gehe ich nicht rein!«

»Die tun dir nichts«, versicherte Alberto. »Das sind liebe Leute, die hier wohnen, und ihre Hunde sind es bestimmt auch.« Er hielt inne. Das hoffte er zumindest. Schließlich hatte er das Ehepaar D'Ambrosio seit über vierzig Jahren nicht mehr gesehen, und der Kontakt war nie über die üblichen Geburtstags- und Weihnachtsgrußkarten hinausgegangen. In dieser Zeit konnte vieles passieren, und Menschen konnten sich ändern. Ob er sich hätte ankündigen sollen? Ach, Unsinn! Das war eine Pension, da gehörten spontane Besuche zur Tagesordnung.

Während Alberto die schwere Holztür öffnete und zusammen mit Gianni eintrat, zwitscherten unter dem Vordach hungrige Schwalbenjungen. Suchend blickten die Männer um sich. Hinter ihnen fiel die Tür mit einem heftigen Krachen ins Schloss. Ihre Schritte hallten über dem glatt polierten Terrakottaboden, und es roch nach dem alten Holz der schweren Möbel, die im Flur standen. »Hallo? Ist hier jemand?«, rief Gianni.

Aus dem angrenzenden Speiseraum drang das Klirren von Geschirr. Eine Frau hatte ihnen den Rücken zugekehrt und räumte gedankenverloren die Teller und Gläser vom Frühstücksbuffet auf einen Servierwagen. Sie sah älter aus, als Alberto sie in Erinnerung hatte. Natürlich, das galt für sie alle. Das glatte, einst blonde Haar, das sie immer zu einem braven Knoten hochgebunden hatte, war nun grau und zu einem Bob geschnitten. Der wadenlange Rock war hellen Jeans gewichen, dazu trug sie trittfeste Stiefel und ein kariertes Holzfällerhemd mit einer Daunenweste darüber. Nicht die typische Aufmachung einer Pensionsbesitzerin, aber Giulia lebte ja auch nicht in Rom oder Mailand, sondern mitten in den Bergen.

Alberto gab sich wie ein Gast. »Ist es schon zu spät für einen Cappuccino?«, fragte er.

»Nach elf Uhr? Ich glaube, ich habe mich verhört!«, entgegnete die Frau. Als sie sich umdrehte, blieb ihr für einen Moment die Sprache weg. »Alberto? Bist du es wirklich?«

»Giulia, liebe Giulia!«, rief Alberto.

Lachend fielen sie sich in die Arme.

18. Kapitel

Santo Stefano di Sessanio, 1999

Alberto rang um Atem, während er den Campo Imperatore erklomm. Fast genau so anstrengend war es, sich das nicht anmerken zu lassen. Gianni hingegen ächzte und stöhnte aus voller Kehle und fragte immer wieder halb klagend, halb ungeduldig: »Sind wir bald daaa?«

Giulia zeigte auf eine Anhöhe. »Siehst du die Kurve, da vorn? Nach dieser haben wir es geschafft.« Im Gegensatz zu den Männern ging sie leichtfüßig neben ihnen her und atmete kaum hörbar. Die Hunde jagten an ihnen vorbei und lieferten sich auf den Feldern einen Wettstreit. Immer wieder rannten sie zur Gruppe zurück und warteten darauf, dass Giulia den Schleuderball warf.

Nach ein paar Minuten hatten sie es geschafft.

Alberto staunte. Wohin er blickte, erstreckte sich kilometerweit eine menschenleere, felsige Berglandschaft mit sattgrünen Wiesen. Bäume gab es nur wenige, hier und da eine Tanne. Dafür zierten violette Glockenblumen den Wegrand. Ein pfeifender Wind drang bis durch seine Knochen, so dass Alberto sich zwei Taschentuchzipfel in die Ohren steckte. Und obwohl die Sonne kräftig schien und man sich vor einem Sonnenbrand hüten musste, war Alberto froh um die leichte Jacke, die er dabeihatte.

»Es ist atemberaubend schön hier«, sagte er.

Giulia gab ihm recht. »Nicht wahr? Christina hat es geliebt, hier oben zu sein. Wir gingen oft wandern und philosophierten über alles Mögliche.«

Alberto glaubte das gern. Während Christinas Genesungszeit hatte er sie zweimal in Santo Stefano di Sessanio besucht und war erleichtert gewesen, sie wohlauf anzutreffen. Das junge Paar war damals noch nicht lange miteinander ausgegangen, und die Gefühle füreinander waren voller Inbrunst gewesen. Abgesehen von der Krankheit, die ihn sehr besorgt hatte, war Alberto froh gewesen, dass Christina Abstand zum schwierigen Elternhaus gewinnen konnte, wo er sie nie sicher wähnte.

Auf einmal spürte er wieder diesen Druck auf seinem Herzen, der die ganze Brust zusammenschnürte. Ein Schmerz, der ihn immer dann heimsuchte, wenn er am wenigsten damit rechnete. Nach einem dreiviertel Jahr sollte er über seine Frau sprechen können, ohne dass ihn der Kummer zerfraß. Doch hier war er wieder, und es erwischte ihn eiskalt, mitten in dieser wunderschönen Landschaft. Er fühlte sich seiner Frau gegenüber schuldig, weil er das alles noch einmal erleben und bewundern durfte und sie nicht. Er, der sie stets vor Unheil hatte schützen wollen. Und nun war er da und sie nicht.

Giulia sah seinem Blick an, dass etwas nicht stimmte, und legte ihre Hand auf seine Schulter. »Du musst Christina schrecklich vermissen.«

Alberto nickte. »Das tue ich. Jeden Tag und seit wir in Italien sind noch viel mehr. Ich wünschte, sie wäre hier und könnte das alles sehen. Sie hat so gern bei dir und Ernesto gewohnt. Eure Gastfreundlichkeit hatte sie nie vergessen. Und ich übrigens auch nicht.«

»Ja, doch genauso gern ging sie auch wieder zu dir zurück, glaub mir!«, erwiderte Giulia. Ihr klangvolles Lachen tilgte sofort einen Teil von Albertos Schwermütigkeit. »Ernesto war kein einfacher Zeitgenosse, wie du sicherlich noch weißt. Und natürlich mag es hier idyllisch sein, aber man kann nicht das ganze Leben nur wandern. Hier ist ja nie was los! Das Aufregendste, was in dieser Gegend passierte, war, als in den Siebzigern ein berühmter Western gedreht wurde. Wollen wir uns hier niederlassen?«

Sie setzte ihren Rucksack ab und nahm daraus eine karierte Picknickdecke hervor. Alberto und Gianni halfen ihr, alles für die Rast und Verpflegung auszupacken. Da Giulia in ihrer Pension hauptsächlich Wandergäste beherbergte, war die Küche mittags geschlossen, und die Gäste bedienten sich am Frühstücksbuffet selbstständig mit Proviant. Für ihren Ausflug hatten sie es genauso gehandhabt. Es gab Käse- und Salamibrote, Äpfel, Mineralwasser, ein bisschen Schokolade und ihre Geheimspezialität, die auf keiner Wanderung fehlen durfte: selbst gemachter Holunderblütensirup.

Gianni nahm ein Salamibrot und blickte zu den Hunden. »Dürfen die das fressen?«

»Besser nicht. Aber hier, diese Kaustangen sind in Ordnung. Willst du sie ihnen geben?« Gianni nahm einen der Hundesnacks und hielt sie den Hunden vorsichtig hin. Er zuckte leicht zusammen, als ihm eines der Tiere über die Hand leckte, doch dann lachte er.

»Wie ich sehe, hast du deine Angst überwunden«, bemerkte Giulia heiter.

Alberto stimmte ihr zu. »Ja, Gianni ist dafür bekannt, dass er ständig über seinen Schatten springt.«

Nach dem Picknick konnte Gianni nicht länger stillsitzen. Giulia lieh ihm einen Feldstecher, der ihrem verstorbenen Ehemann gehört hatte. Damit ausgerüstet ging Gianni in der näheren Umgebung auf Erkundungstour.

Alberto und Giulia blieben zurück. Nach ihrer Begrüßung am späten Vormittag war kaum Zeit geblieben, um sich auszutauschen. Als Giulia erfahren hatte, dass die beiden Männer nur diesen einen Tag für ihren Besuch in den Abruzzen eingeplant hatten und bereits morgen weiterziehen würden, hatte sie sogleich ein Zimmer vorbereitet und ein kleines Programm für die beiden zusammengestellt: Wanderung im Nationalpark Gran Sasso, gefolgt von einer kleinen Siesta in der Herberge, am Abend Besichtigung des Dorfes, verbunden mit einem Abendessen. Eine Bezahlung hatte sie strikt abgelehnt.

»Ihr seid meine Gäste, und so gehört sich das. Habt ihr Dreckwäsche? Na, her damit! Bis morgen früh ist alles wieder trocken. Ist das ein Sonnenbrand? Du musst Aloe vera auftragen! Irgendwo habe ich noch ein Döschen.«

Jetzt aber saßen sie da. Über die Jahre hatten sich so viele Dinge angesammelt, die es wert waren, erzählt zu werden, dass sie gar nicht wussten, wo anfangen.

»Das mit Ernesto tut mir leid. Ich hatte ja keine Ahnung, dass er krank war«, begann Alberto schließlich, während über ihnen ein Steinadler kreiste.

Giulia seufzte. »Es kam überraschend, aber nicht unerwartet. Der Arme! Hat geschuftet, bis er einfach tot umgefallen ist. Der Arzt hatte ihn schon lange gewarnt. Aber wieso hätte er auf ihn hören sollen? Ach, mein alter Sturkopf.«

Diese Unbelehrbarkeit passte zu dem Bild, das Alberto vage von Giulias Ehemann hatte. Ernesto war ein bärtiger, bulliger Kerl mit dunklen, buschigen Augenbrauen und schwarz gekraustem Haar gewesen, der immer ein wenig grimmig dreinblickte und klare Vorstellungen davon hatte, was seine Frau zu tun und zu lassen hatte.

Alberto erinnerte sich plötzlich wieder an das Gespräch, das die beiden Eheleute vor vielen Jahren geführt hatten. Damals war das Haus noch keine Pension gewesen, sondern ein Bauernhaus ohne Strom und Wasser, das seit vielen Jahren im Besitz von Ernestos Familie war.

»Es ist schön, dass ihr den Mut habt und in ein neues Leben startet«, hatte Giulia beim Abendbrot vor über vierzig Jahren gesagt, während im Ofen ein Feuer brannte und die kalten Steinmauern erwärmte. »Das würde ich auch gern.«

»Ach, red doch keinen Unsinn«, hatte Ernesto gebrummt. »Dir fehlt es an nichts. Oder biete ich dir nicht alles, was du brauchst?«

»Nun ja …«

»Was ist? Na, sag schon! Was genügt der vornehmen Signora nicht?«

»Ich hätte gern eine richtige Küche. Wie in der Haushaltszeitschrift. Und einen Fernseher!«

»Dass ich nicht lache! Meine Mutter brauchte so was auch nicht, und sie kam bestens zurecht.«

Alberto tauchte aus seinen Erinnerungen auf. Auch Giulia regte sich. Sie riss einen Grashalm ab und drehte ihn zwischen den Fingern.

»Weißt du, das mit uns war nicht so wie bei dir und Christina. Ernesto und ich haben uns auseinandergelebt, haben vielleicht nie zusammengepasst. Aber du kennst es ja. Man war sich verpflichtet, brauchte einander, um das Leben zu überstehen. Statt mich zu trennen, hätte ich mich auch gleich vom Corno Grande stürzen können. Aber im Geiste hatte ich mich schon lange distanziert. Und als er starb, hatte ich keine Tränen mehr übrig, da ich um diesen Mann und diese Ehe bereits viele Jahre zuvor getrauert habe. Im Grunde genommen war es eine Erleichterung. Ich weiß, das klingt schlimm. Nach seinem Ableben konnte ich endlich die hässlichen alten Möbel seiner Mutter entsorgen, deren Anblick ich vierzig Jahre lang ertragen musste. Und ich konnte die Pension so führen, wie ich es wollte. Aber vom Gran Sasso habe ich mich nie heruntergetraut. Zuerst war ich meinem Mann und seinem Hof verpflichtet, danach ging es nicht wegen der Kinder. Nun sind sie schon lange erwachsen und ausgeflogen und haben in den Städten ebenfalls ihre eigenen Familien gegründet. Nur ich bin immer noch hier oben und allein.«

So trägt jeder sein Päckchen, dachte Alberto. Er, weil er seine Heimat hatte verlassen müssen und in Deutschland nie richtigen Anschluss fand, Giulia, weil sie nie etwas außerhalb dieser Bergwelt gesehen hatte und das Gefühl an ihr nagte, das Leben verpasst zu haben.

»Ach, unsere liebe Christina.« Giulia seufzte und schüttelte den Kopf, als könne sie es nicht fassen, dass ihre alte Freundin nicht mehr Teil dieser Welt war. »Darf ich fragen, wie sie gestorben ist?«

Albertos Blick verdüsterte sich. »Ich wünschte, ich könnte dir darauf ehrlich antworten.«

»Wie meinst du das?«

»Weil ich nicht dabei war. Klammheimlich hat sie sich davongeschlichen, hat gewartet, bis ich weg war.«

Giulia rang wie Alberto um Fassung. »Das passt zu ihr. Bloß nie Anstoß erregen, bloß keine Umstände machen. Bestimmt wollte sie nicht, dass du sie so sehen musst.«

»Mag sein.« Nachdenklich blickte Alberto in die Ferne, doch seine Augen nahmen nicht länger die Landschaft wahr. Vielmehr spielten sich vor seinem inneren Auge Szenen ab, an die er eigentlich nie wieder erinnert werden wollte. »Aber durch die Hölle bin ich trotzdem gegangen.«

Freiburg, 1998

Christinas Sterben hatte schon gut ein Jahr vor ihrem Tod begonnen, aber damals hatte Alberto die Zeichen nicht erkannt. Der Gang, der unsicher wurde, die Heizung, die sie plötzlich mehr aufdrehte als früher, die Mahlzeiten, die kleiner wurden, der Geist, der sich ihm schleichend entzog.

Dass sie immer mal wieder für ein paar Tage ins Loretto-Krankenhaus eingeliefert werden musste, war nichts Neues. Dort kannte man sie, das Pflegepersonal vergötterte sie und wusste ganz genau, was »la Signora« brauchte und schätzte. Wann immer möglich wiesen sie ihr im Vierbettzimmer den besten Platz am Fenster zu.

Dass die Aufenthalte länger und die Abstände dazwischen kürzer wurden, gehörte langsam zum Alltag. Es war nichts Besorgniserregendes. Manchmal vergaß Alberto sogar, Lucia Bescheid zu geben. Doch bei Christinas letztem Gang ins Loretto war da dieser Moment der Vorahnung.

Behutsam hatte Alberto die Sachen seiner Frau gepackt und das Gefühl beschlich ihn, dass er dies vielleicht zum letzten Mal täte. Ein unerträglicher Gedanke! Auch Christina war ungewohnt ruhig an diesem Tag.

Normalerweise pflegte sie bei ihren Spitaleintritten zu scherzen, um der bedrückenden Stimmung zu entkommen, aber dieses Mal hatte ihr die Kraft dazu gefehlt. Dafür hatte sie umso mehr dafür gesorgt, dass die Wohnung sich im tadellosen Zustand befand. Alles war an seinem Platz, auf den Fingerbreit zurechtgerückt, geschrubbt und poliert. Kein Staubkorn durfte mehr zu finden sein, keine Wäsche herumliegen. Das Geschirr nicht nur gewaschen, sondern auch abgetrocknet und in den Küchenschränken versorgt. Denn schließlich sollte bei der Rückkehr alles ordentlich sein.

Wie eine Opernsängerin, die zu einer letzten großen Arie ansetzte, brillierte Christina Carole noch einmal in ihrer perfektionierten Rolle der Hausfrau. Alberto hatte sie machen lassen und insgeheim daraus Hoffnung geschöpft. Eine emsige Hausfrau, die noch einmal derart den Staubwedel schwingt, kann gar nicht so krank sein. Oder doch?

Als sie beide an der Wohnungstür standen, hatte Christina sich ein letztes Mal umgedreht und ihren Blick schweifen lassen.

Da war es: ihr ganzes Leben, verteilt auf fünfundsechzig Quadratmetern. Christinas Refugium, das ohne sie niemals dasselbe sein würde. Der Ort, an dem sie vor vierzig Jahren einen Neuanfang gewagt und in den sie so viel Liebe gesteckt hatten. Das Wohnzimmer mit dem braun-grün gestreiften Stoffsofa und dem passenden Sessel dazu, auf dem sie viele gemütliche Stunden verbracht hatten und zwischen denen Lucia und Gianni als Kleinkinder hindurchgeflitzt waren.

Der holzverkleidete Röhrenfernseher, auf dem sie sonntags so gern *Domenica In* auf Rai 1 geschaut hatten. Die eingerahmten Familienfotos, die Wände und Möbel zierten.

Die offene Küchentür mit dem Glasfenster und der frisch aufgewischte Kachelboden. Das Radio, das immer beim Abwasch lief und nun verstummt war. Die Zitronenseife im Spülbecken, die den Duft von Sizilien mit nach Hause brachte und von der Alberto keine Ahnung hatte, wo Christina sie kaufte. Und natürlich die Fenstertür zum Balkon, der im Sommer so viel Licht einließ und wo die Blätter der nahen Linde wilde Schattenspiele an die Wände zauberten.

Dann hatte Christina das Licht gelöscht, die Tür geschlossen, in Albertos Armbeuge Halt gesucht und war mit ihm gegangen.

Das ganze Leben war gespickt mit kleineren und größeren Aufgaben, die es zu bewältigen galt, und manchmal schlitterte man von der einen direkt in die nächste. Der Schulabschluss, die Gesellenprüfung am Ende einer Ausbildung, der Führerschein, die Eheschließung, Umzüge, Auswanderung, das Großziehen der Kinder und dann irgendwann – einen geliebten Menschen in den Tod begleiten.

Es geschah nie tagsüber, wenn Alberto im Loretto bei seiner Frau war, sondern holte ihn in den banalsten Momenten ein, wenn er allein war. Etwa, wenn er den Wocheneinkauf tätigte und ihm plötzlich bewusst wurde, dass er Christina nicht mit einberechnen durfte. Oder wenn er ein schönes Halstuch sah, das er ihr gern schenken würde und er sich plötzlich fragte, wie lange sie überhaupt daran Freude hätte. Oder wenn er mit Lucia sprach und plötzlich eine bedrückende Stimmung herrschte und das Gespräch im Streit endete, weil jeder glaubte, das Beste für Ehefrau und Mutter zu wissen.

Die Tage gingen ineinander über und vermischten sich. Im Nachhinein konnte Alberto sich kaum an Details erinnern, alles war hinter einem dubiosen Schleier verborgen. Ärzte kamen und gingen, hatten es grundsätzlich immer eilig und waren nicht daran interessiert, Christina über das weitere Vorgehen zu informieren oder Alberto auf irgendeine Weise zu unterstützen. Dafür waren andere zuständig. Welche andere das sein sollten, hatte Alberto nie verstanden. Verwandte reisten an, schauten ernst, brachten Essen mit, das Christina nicht anzurühren vermochte, und kehrten zurück in ihr Leben, zurück nach Italien. Und dazwischen Christina, die immer tiefer in ihre Matratze sank und ihren Rosenkranz nicht mehr aus den Händen gab und flüsternd Perle um Perle für ihr Seelenheil betete. Ansonsten döste sie die meiste Zeit. Sie verlor das Interesse daran, die anderen Patienten zu beobachten oder sich mit ihnen auszutauschen. Die täglichen Spaziergänge im Rollstuhl akzeptierte sie mit zerknirschter Miene. Das Haar stand ihr immer wilder vom Kopf ab, sie vermochte es nicht länger zu bändigen. Diesen Part übernahmen ihre beiden Enkelinnen. Sie kämmten ihre Nonna mit solcher Behutsamkeit, als hätte sie Feenhaare, massierten ihren Kopf und flochten einen Zopf.

Es zauberte Alberto ein Lächeln ins Gesicht, als er sah, wie sehr Christina diese Behandlungen genoss. In ihren letzten Tagen klang ihre Stimme anders, irgendwie dumpfer, verwaschen. Selbst ihr Atem hatte sich verändert.

Als er Christina eines Tages nicht mehr im Vierbettzimmer, sondern in einem Einzelzimmer vorfand, wusste Alberto, was die Stunde geschlagen hatte. Christina schlief viel, als müsse sie vor ihrer letzten Reise noch einmal Kraft schöpfen. Sie sah so klein im Krankenbett aus, so zierlich, als wolle die schneeweiße Bettwäsche sie verschlingen. In all der Zeit war Alberto nicht von ihrer Seite gewichen. Irgendwann hatte sie ihre Augen geöffnet, ihn lange angesehen und seine Hand gesucht. Als er ihre knochige Hand hielt, spürte Alberto kaum noch Leben in ihren Fingern.

»Ist es nicht seltsam?«, fragte sie. »Das ganze Leben über begleitet uns der Tod. Ohne es zu ahnen, überleben wir jedes Jahr unseren Todestag. Wir wissen nicht, wann und wie er eintrifft, er schwebt lautlos über uns wie ein Damoklesschwert. Und doch manifestiert er sich mit der Zeit, wird fassbar. Er wird absehbar, unvermeidbar, bis wir der Unklarheit eines Tages überlegen sind, weil wir die Antwort kennen.« Sie schluckte und blickte um sich. »Meinen nächsten Todestag überlebe ich nicht. Hier werde ich sterben, Alberto. In diesem Zimmer. Ich weiß es genau.«

Er wollte ihr widersprechen, aber ihm fehlte die Kraft dazu, den Schein zu wahren. Niemand hatte es zuvor je laut ausgesprochen, aber die Tatsache lag auf der Hand, so sehr es auch schmerzte.

»Ich möchte dir jetzt etwas sagen, und ich ahne schon, dass du nichts davon wissen willst«, fuhr sie fort, »aber du musst mir jetzt genau zuhören. Ich möchte nicht, dass du einer dieser Hinterbliebenen wirst, die täglich zum Friedhof gehen, weil sie nichts anderes mehr mit ihrem Leben anzufangen wissen. Ich will überhaupt nicht begraben werden. Bringe mich stattdessen zurück nach Italien. Ich habe mich informiert, eine Rückführung können wir uns nicht leisten. Darum will ich, dass ich … dass ich eingeäschert werde.«

»Aber, *amore mio!*«

»Nein, Alberto!« Die Vehemenz in ihrem Blick ließ keine Widerworte zu. Und dann hatte sie plötzlich tausend andere Dinge aufgezählt, die ihr auf der Seele brannten.

»Du musst deinem Leben Struktur geben. Gehe mindestens einmal täglich aus dem Haus, und sei es nur für einen kurzen Spaziergang. Pflege Freundschaften, geh reisen. Leg dir abends die Kleider für den Folgetag bereit. Sieh zu, dass du immer genug isst und dass genügend Gemüse dabei ist. Nicht immer nur Fleisch und schon gar kein Schwein. Salami war immer schlecht für deinen Cholesterinspiegel. Wenn du die Einkäufe in den Kühlschrank einräumst, dann die haltbaren Sachen hinten und die Dinge, die näher am Verfallsdatum liegen, vorn. In der Küche müssen immer zwei Tücher hängen, das gestreifte für die Hände, das karierte für das Geschirr. Gianni musst du erinnern, dass er morgens und abends sein Zimmer gut lüftet. Und lass dich von Luigi aus dem Lebensmittelgeschäft nicht übers Ohr hauen, wenn er dir Limoncello andrehen will. Der Fusel stammt nicht aus Capri, das merkt selbst einer, der keine Geschmacksknospen mehr hat. Und wenn dein Schlafanzug hinüber ist, hab ich dir schon einen neuen gekauft und im Schrank versorgt. Er ist in einen Plastikbeutel eingewickelt, mit dem Zettel: ›Neu, aber gewaschen.‹ Die Pflanzen müssen einmal in der Woche gegossen werden, einmal im Monat mit etwas Düngemittel …«

So ging das weiter. Christina betete ihren gesamten Haushaltsplan herunter, und Alberto hätte sich gewünscht, sie würde ihre Kräfte für ein sinnvolleres Gespräch aufsparen. Zumal es damit endete, dass sie sagte: »Am besten wird es wohl sein, wenn du und Gianni bei Lucia wohnen würdet. Ich habe mit ihr darüber gesprochen, und sie meinte, wenn die Mädchen sich ein Zimmer teilten, könnten du und Gianni in das andere Kinderzimmer …«

»Das kann nicht dein Ernst sein!«, unterbrach er sie jetzt doch. Sogleich tat ihm die Heftigkeit seiner Worte leid.

Christina streckte ihre Hand nach ihm aus und berührte seinen Arm. »Du musst doch auch an Gianni denken. Er wird immer auf Unterstützung angewiesen sein.«

»Das weiß ich seit seiner Geburt. *Amore*, ich war dabei. Nach dem Notkaiserschnitt habe ich mich doch von Anfang an um ihn gekümmert. Ich weiß, was es bedeutet, sein Vater zu sein«, beteuerte Alberto verletzt.

»Und du bist ein hervorragender Vater. Das warst du schon immer. Aber wenn du eines Tages nicht mehr dazu in der Lage bist, ihn zu versorgen, und er stattdessen in ein Wohnheim müsste …«

»Genug, ich habe es verstanden.« Heiße Tränen quollen aus seinen Augen. Er wusste nicht ob aus Wut oder aus Trauer. Noch immer konnte er nicht wahrhaben, was Christina ihm da erzählte, dass sie ihn auf ein Leben ohne sie vorbereitete. Das konnte nicht sein, durfte nicht sein! Sie war das Licht seines Lebens, und er liebte sie mehr als alles andere auf der Welt. Mehr sogar als seine Kinder.

Er drückte ihre Hand und schüttelte den Kopf. »Du musst nicht weitersprechen, *cara*, denn es ist unnötig. Du wirst wieder gesund. Daran besteht kein Zweifel!«

»Alberto …« Er sah ihr an, dass sie ihm nicht glaubte, und es brach ihm das Herz.

»Du wirst wieder gesund!«, beschwor er erneut. »Alles andere verbiete ich dir, hörst du?«

Auch sie weinte jetzt, doch ohne ein Schluchzen. Lautlos flossen die Tränen an ihrem kantigen Gesicht entlang. »Na gut«, flüsterte sie. »Ich halte mich daran.«

Aber sie hielt sich nicht daran. Immer wieder kam sie in den darauffolgenden Tagen darauf zu sprechen, und Alberto sah ein, dass er ihr den Mund nicht verbieten durfte. Ob er es wahrhaben wollte oder nicht, sie spürte nun, dass ihre Zeit gekommen war. Darüber hinwegzusehen wäre nicht nur ignorant gewesen, es hätte auch ihr Bedürfnis abgewertet, diese Angst mit ihm zu teilen. Mit wem sollte sie sonst darüber sprechen, wenn nicht mit ihm? Sie verband nicht nur eine Ehe, sondern Kameradschaft. Also hörte Alberto ihr zu, obwohl es ihm abermals das Herz brach.

Und hier tat sich das nächste Phänomen auf, das die Anpassungsfähigkeit eines Menschen unter Beweis stellte. Nach ein paar Tagen fiel es Alberto leichter, darüber zu sprechen. Er hatte sich daran gewöhnt. Christina und er begannen sogar, der Situation mit morbidem Humor zu begegnen. Etwa, als sie trocken sagte: »Ich hatte ja eigentlich immer gehofft, dass du vor mir abtreten würdest.«

»Wie charmant von dir. Und weshalb?«

»Na, weil ich mich dann nicht zu sorgen brauche, ob du ohne mich zurechtkommst.««

»Wie überaus erbaulich.«

Dann wurde Christina ernst. »Und weil du dann das alles nicht ertragen müsstest.«

Mit Alberto geschah etwas. Er spürte, wie er die Kontrolle verlor, wie das Unausweichliche näher an die Oberfläche des Bewusstseins gelangte. »Wie schlage ich mich denn?«

Wieder sah ihn Christina lange an. »Hervorragend. Als könntest du das den ganzen Tag machen.«

Vor einer Minute konnte Alberto noch lachen, jetzt aber kamen ihm schlagartig die Tränen. »Was reden wir hier für einen Unsinn!«, schluchzte er.

Sofort ergriff Christina seine Hand. »*Amore mio*, so meinte ich das nicht. Bitte weine nicht.« Sie sprach voller Zärtlichkeit, wie eine Mutter zu ihrem Kind. Ihr Blick tauchte in seinen. »Und ein bisschen lachen dürfen wir doch. Hatten wir denn kein gutes Leben?«

Doch Alberto sah sie aus geröteten, wässrigen Augen an und schwieg. Hatten sie denn eines? In diesem Moment, da ihm das Liebste auf der Welt genommen wurde, wo er anfällig für so viel weiteren Schmerz war, konnte er die Frage unmöglich reinen Gewissens bejahen. Wo war ihr Leben denn jemals gut gewesen?

Aufwachsen in Armut und Faschismus. Die Jugend im

Krieg, die ersten Ehejahre geplagt von Geldsorgen und Arbeitslosigkeit. Dann Entwurzelung und Einsamkeit in einem fremden Land. Ausgrenzung und Geringschätzung im Alltag. Ein Kind, bei dem die Ärzte ihnen weismachen wollten, dass es das Erwachsenenalter nie erreichen würde. Eine Familie ohne den typisch italienischen Zusammenhalt, weil jeder seinen eigenen Weg gehen musste und sie weit weg von daheim waren. Und dann fragte seine sterbende Frau, der einzige Halt in seinem Leben, ob er glücklich war?

»Ich weiß es nicht«, gab er ehrlich zu.

Er sah das Entsetzen in ihren Augen, wie es langsam in Ungläubigkeit wich. »Du weißt nicht, ob wir ein gutes Leben hatten?«, fragte sie verletzt.

Alberto fasste sich an die Nasenwurzel und kniff seine Augen zusammen. »Es tut mir leid, ich bin schrecklich müde und weiß nicht mehr, was ich denken oder sagen soll.«

»Das verstehe ich, *tesoro*«, sagte Christina in einem versöhnlichen Tonfall. »Du solltest nach Hause fahren und dich einmal richtig ausschlafen.«

»Nein, ich kann mich auch hier bei dir ausruhen.« Er deutete auf den Sessel neben dem Krankenbett.

»Das ist nicht gut für deinen Rücken. Und außerdem kommen hier ständig Krankenschwestern rein und stören. Fahr ruhigen Gewissens nach Hause. Ich laufe dir schon nicht weg.« Sie zwinkerte ihm zu.

Alberto stand auf. »Also gut, dann komme ich morgen wieder.«

Sie berührte seine Wange, als er sich für einen Kuss zu ihr beugte, und drückte ihn fester als sonst. »Tu das. *Ti voglio bene.* Bis später, *amore.*«

Santo Stefano di Sessanio, 1999

»Und das war's?«, fragte Giulia mit brüchiger Stimme, als Alberto mit seiner Erzählung geendet hatte. Tränen standen ihr in den Augen.

»Das war's«, bestätigte Alberto. »Als ich das nächste Mal zu ihr kam … nun ja, da war sie bereits …«, er suchte nach dem richtigen Wort, »… eingeschlafen.«

»Hatte das Krankenhaus nicht versucht, dich anzurufen?«

»Doch, aber da war ich schon unterwegs zu ihr. Eine Krankenschwester fing mich im Flur ab, als ich die Klinke bereits in der Hand hielt. Kaum hatte ich in ihre Augen geblickt, wusste ich, was mich hinter der Tür erwarten würde.«

Alberto brauchte einen Moment, um wieder in der Gegenwart anzukommen. »Manchmal bin ich gedanklich regelrecht gefangen in diesem Krankenzimmer und taumle am Rande eines bodenlosen Abgrunds. Ich schließe die Augen und höre wieder dieses verdammte Piepen der Infusionspumpe, die Schritte des Pflegepersonals, das Quietschen des Rollstuhls. Ich rieche das Desinfektionsmittel, spüre die trockene Heizungsluft im Rachen. Und ich hasse es, dass dies die letzten Erinnerungen an meine Frau sind. Dass all die Jahre dazwischen verblassen.«

»Vielleicht«, begann Giulia langsam, »ist das nur vorübergehend so. Du sagst, du bist durch die Hölle gegangen, Alberto. Aber vielleicht bist du noch gar nicht am anderen Ende herausgekommen. Ich meine, so eine Trauer ist ein längerer Prozess. Sie ist mit der Beerdigung eines Menschen nicht einfach erledigt. Manches von alldem, was geschehen ist, wird erst im Nachhinein bewusst erlebt. Aber ich bin sicher …«

Und ab da kehrte Giulias feste Stimme zurück: »Eines Tages werden die schönen Erinnerungen heller denn je erstrahlen. Und du wirst dich an das Gute im Leben erinnern und von Herzen sagen können, dass eure Zeit schön war.«

Die Worte lösten sogleich etwas in Alberto aus. Er spürte es zaghaft und gleichzeitig mit voller Deutlichkeit, dass der Prozess genau hier begann. Denn jetzt sah er die Berge, das Leuchten des Himmels, die kräftigen Grüntöne der Landschaft. Und obwohl er all das vor vielen Jahren schon einmal erlebt hatte, schien die Welt plötzlich ein Stück klarer.

Ja, er wollte hoffen.

19. Kapitel

Santo Stefano di Sessanio, 1999

Am späten Nachmittag kehrten sie in die Herberge zurück und bezogen ihr Zimmer im ersten Stock. Alberto musste schmunzeln, als er sich umsah. Bei seinem letzten Besuch hatten noch alte, dunkle Möbel die Zimmer beherrscht, die einem das Gefühl gaben, erdrückt zu werden. Was er jetzt vorfand, war eine helle, leichte Einrichtung im skandinavischen Stil, überwiegend in Hellblau und Gelb. Hier und da sorgte ein antikes, handbemaltes Einzelstück oder ein Bild aus der Umgebung für eine persönliche Note.

Gianni hatte sich auf das Bett gelegt und verschlang ein Micky-Maus-Magazin, während Alberto am Fenster den Vögeln und dem Wind lauschte, der durch die Bäume wehte. Giulia hatte die Wäsche der beiden Männer vom Hausmädchen waschen und aufhängen lassen. Da flatterten Albertos und Giannis Hemden, Hosen und Unterhosen in ihrer ganzen Farbenpracht im Garten. Der Duft des Waschmittels drang bis zu ihnen.

Ansonsten war es ruhig. Ein Gärtner werkelte an einer Blumenrabatte, und die Hunde dösten neben ihm in der Sonne. Es war einer dieser Nachmittage, von denen man hoffte, dass sie ewig dauern würden, an denen die Sonne alles in ein warmes Licht tauchte, wo Ruhe, Frieden und Dankbarkeit herrschten, der Körper ein bisschen dösig, der Geist aber voller Tatendrang war. Für einen Schriftsteller wäre dies wohl der perfekte Moment, um an seinem Buch zu schreiben und hartnäckige Schreibblockaden endlich zu lösen.

Gerade als Alberto das Fenster schließen wollte, nahm der Gärtner mit ihm Blickkontakt auf, und auch die Hunde stellten ihre Ohren auf. »Sehen Sie! Wir bekommen Besuch.«

Verblüfft folgte Alberto dem Blick des Gärtners und tatsächlich: Zwischen den Büschen tauchte eine Bärin mit ihren beiden Jungen auf. Mit völliger Selbstverständlichkeit visierten sie den Kirschbaum in der Mitte des Gartens an und taten sich am Obst gütlich. Nach wenigen Minuten war das Spektakel vorbei, und drei satte Bären trotteten davon.

Der Gärtner lächelte und setzte seine Arbeit fort, als wäre nichts gewesen.

Am frühen Abend trafen sie wieder auf Giulia. Sie war mit ihrer Arbeit für heute fertig und hatte vorgeschlagen, Alberto und Gianni das Dorf zu zeigen.

Die alten Steinhäuser in Santo Stefano di Sessanio waren mit Efeu und anderen Kletterpflanzen zugewuchert und erinnerten an ein Städtchen, das irgendwann im Mittelalter in einen Märchenschlaf gefallen und noch immer nicht ganz erwacht war.

Steile Treppen ohne Geländer, Hauseingänge aus

schwerem Eichenholz, schiefe Torbögen, die seit Jahrhunderten der Zeit trotzten, und an jeder Ecke standen Blumentöpfe.

Bei der alten Kirche gab es einen kleinen Dorfplatz und ein paar wenige Geschäfte in der Umgebung. In Santo Stefano schien jeder jeden zu kennen. Immer wieder hielt Giulia an, weil sie einen Bekannten traf und mit ihm ein paar Worte wechselte.

»Na, gibst du deinen Gästen nun schon Privatführungen durch unser schönes Dorf?«, fragte eine alte Nachbarin von ihrem Balkon aus, als die drei unter ihrer Wohnung vorbeigingen.

»Ciao, Marisa. Für die beiden hier schon. Sie sind alte Freunde der Familie. Wie war dein Urlaub? Konntest du im Meer baden?«

»Das schon, aber kaum bin ich zurück, macht sich schon wieder die Arthritis bemerkbar«, antwortete die alte Frau und rieb sich dabei die Handgelenke.

»Das tut mir leid. Gib Bescheid, wenn ich dir helfen kann.«

»Ach, Liebes, das ist nett. Aber du hast genug um die Ohren mit deinem Gasthaus. Und Roberto, der Neffe des Nachbars, ist ein echter Goldschatz und hilft mir bei den Einkäufen. Du solltest mal wieder auf eine Lasagne und ein paar Gläser Primitivo vorbeikommen.«

Dieses Gemeinschaftsgefühl vermisste Alberto. Dass man seine Mitmenschen kannte und sich mit ihnen unterhielt, wenn man ihnen auf der Straße begegnete – in Freiburg hatte er solchen Anschluss nicht mehr gefunden.

Hier in Santo Stefano gaben die Leute aufeinander acht, alle gehörten irgendwie zur erweiterten Familie.

Nach dem Austausch mit Giulias Bekannten ging es weiter zum Medici-Turm, der als Wahrzeichen über das ganze Dorf wachte. Ein letztes Mal für heute sammelte Alberto seine Kräfte und verfluchte seine schlechte Kondition, als sie die vielen Treppenstufen zum Turm hinaufstiegen und die Aussicht über die Abruzzen bestaunten. Danach schlenderten sie durch die Gassen. Dabei hielt Gianni immer wieder an, um Fotos zu schießen.

»Oh, der Film ist schon wieder voll«, stellte er beim letzten Bild fest. In Windeseile kurbelte er den Film zurück, verstaute ihn in einer schwarzen Hülle und legte einen neuen ein.

»Da wirst du nach unserer Reise einiges zum Entwickeln haben.«

»Ja, und hoffentlich sind viele gute Bilder dabei.«

Albertos Brust weitete sich vor Stolz. Zu sehen, wie Gianni sich eigenmächtig mit der Materie der Fotografie beschäftigte und wie gut er den Dreh nach zwei Wochen heraushatte, bewies einmal mehr, dass man ihn nicht unterschätzen sollte.

Schließlich kehrten sie zurück zur Piazza Medicea und aßen im Außenbereich eines Ristorantes zu Abend. Alberto spürte, wie die Müdigkeit in seine Knochen kroch, doch die Atmosphäre und der Rotwein machten ihn ganz benommen vor Zufriedenheit.

Nachdem das Dorf während der Siesta wie ausgestorben war, kehrte nun am Abend wieder Leben ein, und die Bewohner begaben sich frisch gekleidet und herausgeputzt auf *passeggiata*, dem allabendlichen Spaziergang.

Familien aßen mit ihren Kindern *gelati*, Jugendliche flirteten miteinander oder kurvten mit dem Fahrrad durch ihr Revier – immer mit einem weiteren Freund, der auf dem Gepäckträger stand und den Überblick behielt.

Auf der kleinen Piazza war plötzlich unglaublich viel los. Alberto genoss es, das Treiben zu beobachten. Ein Duett hatte sich auf den Platz gestellt und setzte zu einem alten melodischen Lied an.

»Der Dudelsack klingt schön«, sagte Gianni, während er die beiden Musikanten nicht aus den Augen ließ.

»Die Sackpfeife nennt man hier *Zampogna*, sie wird aus der Haut einer Ziege hergestellt«, erklärte Giulia. »Das andere Instrument ist eine *Ciaramella*, eine Art Flöte. Beide haben bei uns eine lange Tradition. Die Lieder sind mehrere Hundert Jahre alt.«

Eine Weile lauschten sie der Musik und hingen ihren Gedanken nach. Irgendwann wurde Gianni müde und verabschiedete sich.

»Soll ich dich nach Hause begleiten?«, fragte Alberto.

»Nicht nötig, ich finde den Weg. Ich kann das.«

»In Ordnung. Wir machen auch nicht mehr lange und kommen bald nach.«

Alberto und Giulia bestellten eine zweite Flasche Wein.

»Du hast dir hier ein schönes Leben eingerichtet«, meinte Alberto, als sich der Abend zu seinem Ende neigte. »Auch wenn du die Berge satthast, das verstehe ich. Ich will deinem Wunsch nach Veränderung gar nichts absprechen. Aber in diesem Moment denke ich, dass ich hier für immer sein könnte.«

»Das sagen alle, die hierherkommen. Und damit meine ich die Touristen. Weit von alledem entfernt, womit man sich sonst herumschlagen muss. Aber wenn es dein Leben ist …«

Gedankenverloren drehte Giulia den Stiel ihres Weinglases. »Findest du es nicht ironisch, dass ich, die immer weg von hier wollte, nun eine Pension führe, um Touristen die Gegend schmackhaft zu machen?«

»Überhaupt nicht. Du willst ihnen die Art von Behaglichkeit bieten, die du früher nie hattest. Du hast das Beste daraus gemacht.«

Plötzlich lächelte Giulia, und für den Hauch einer Sekunde wirkte sie verlegen. »Weißt du, jetzt sind wir ja in einem Alter, wo man das sagen kann, ohne gleich rot zu werden, oder es als Avancen misszuverstehen. Aber ich war immer ein wenig neidisch auf Christina, weil sie solches Glück mit dir hatte. Auf mich hat kein gut aussehender Kerl mit einer Vespa gewartet.«

»Vielleicht muss es das auch gar nicht«, hatte Alberto einzuwenden, obschon er sich geschmeichelt fühlte. »Vielleicht musst du dein eigener Kerl sein, der dir die Welt zeigt. Wenn du nicht für dich selbst einstehst, wer dann? Es ist nie zu spät, ein neues Leben zu beginnen. Aber du musst vorher für Ordnung in deinem Kopf sorgen und mit dir im Reinen sein. Sonst schleppst du den

Ballast nur mit. Den Fehler habe ich gemacht. All das Chaos hier oben«, er tippte sich an die Stirn, »kam mit nach Deutschland. Und wohin hat es geführt? Ich fühlte mich genauso ruhelos wie nach dem Krieg.«

»Es ist wohl nie zu spät, um an sich zu arbeiten«, schloss Giulia ihr Resümee.

»Da sagst du was«, antwortete Alberto und hob das Glas. »Na dann, auf die Veränderungen!«

»Auf uns!«, erwiderte Giulia. Sie trank ihr Glas leer und stellte es wieder ab. »Und wo führt eure Reise als Nächstes hin?«

Alberto antwortete nicht sofort, sondern hob seinen Blick und visierte einen unsichtbaren Punkt an einem der alten Steinhäuser an. Nach zwei aufregenden Tagen in den abgeschirmten Bergen mit wenigen Menschen konnte er sich kaum vorstellen, dass hundertfünfzig Kilometer von hier entfernt das Großstadtleben brodelte.

Morgen würde er all das wieder hinter sich lassen und auf Tausende Menschen stoßen, Stadtluft atmen statt Landluft. Und er freute sich. Denn einerlei, wie viele Orte er in seinem Leben bereist hatte – keiner hatte ihn so überwältigt wie das nächste Ziel. Selbst nachts, kurz vor dem Einschlafen, blitzten Fragmente längst vergangener Tage plötzlich aus dem tiefsten Unterbewusstsein auf.

Auch jetzt, als er die Augen schloss, konnte er die Bilder sehen. Wie er und Christina Hand in Hand durch die Gegend schlenderten und ihre nackten Arme in der Abendsonne bronzefarben leuchteten. Wie sie an einem Brunnen saßen und das Leben auf sich wirken ließen. Wie sie sich vor der größten Kirche der Welt ein Versprechen gaben: eines Tages zurückzukehren.

Alberto bekam eine Gänsehaut und sah wieder zu Giulia. Seine Augen leuchteten.

»Nach Rom.«

20. Kapitel

Florenz, 1999

Das Gemurmel der Besucher hallte wie das Plätschern einer Wasserhöhle von den Wänden wider. Immer wieder blitzte eine Kamera auf, oder jemand drängte sich vor. Lucia schritt durch die geschichtsträchtigen Hallen der Galleria dell'Accademia und staunte.

Eine deutschsprachige Reisegruppe platzierte sich vor Michelangelos David, und eine Führerin mit strengem Blick und rot geschminkten Lippen begann mit ihrem Vortrag. »Sie stehen hier vor der bedeutendsten Statue der italienischen Renaissance. Michelangelo fertigte den David zwischen 1501 und 1504 an. Als er sich dieser Herausforderung annahm, war er sechsundzwanzig Jahre alt und noch unbekannt. Bemerkenswert sind die anatomischen Details …«

Sandra, die zusammen mit ihrer Schwester mithörte, prustete los.

»… wie etwa der entschlossene Blick und die Inszenierung der Muskeln«, fuhr die Dame unbeirrt, doch mit mahnendem Blick auf die Teenager fort. »Erkennen Sie die heraustretenden Venen in Davids Hand, mit der er den Stein umklammert hält? Erwähnenswert ist auch der Augenblick, den Michelangelo für sein Werk wählte.

Während von jener Zeit zahlreiche Motive von David existieren, die ihn zeigen, nachdem er über Goliath gesiegt hatte, entschied sich Michelangelo, den Helden in einem entschlossenen, jedoch heiklen Moment vor dem Kampf zu verewigen, an dem der Ausgang der Geschichte noch ungewiss ist. Beachtenswert sind dabei die Beschaffenheit und Herkunft des Marmors. So gelangte dieser im Jahr …«

Während Lucia mit halbem Ohr den Ausführungen lauschte, ließ sie ihre Gedanken schweifen. Sie konnte regelrecht spüren, wie die Atmosphäre von ihr Besitz ergriff. Wurde nicht in Sabinas Verlagsvorschau ein neuer Sachbuchtitel über die Kunstgeschichte der Renaissance vorgestellt? Bestimmt war diesem auch ein Kapitel über David gewidmet. Vielleicht hatten die Herausgeber sogar Zugriff zu den Archiven der Galleria erlangt und wussten weitaus mehr zu berichten, als der Durchschnittsbesucher hier je erfuhr.

Als Verlagsangestellte könnte Lucia bei Themen wie diesen einen Blick hinter die Kulissen erhaschen. Sie wäre bei der Recherche und der Entstehungsgeschichte hautnah dabei, würde die interessantesten Kontakte knüpfen und neben dem Inhalt auch die Geschichte hinter dem Buch kennenlernen. Bei diesem Gedanken spürte sie ein Kribbeln.

Doch sogleich folgten Herzrasen und sich widersprechende Gefühle. Die Bibliothek war ihr sicherer Hafen, ihr Schneckenloch, in das sie sich zurückziehen konnte, wo sie einfach nur sein konnte und es kaum Druck von außen gab. Aber die Verlagsbranche? Dort wehte ein anderer Wind.

Inzwischen hatte die Museumsführerin ihren Vortrag über David beendet. »Gibt es noch Fragen, ehe wir in die nächste Halle gehen?«

»Ich habe eine!«

Lucia zuckte zusammen, als sie die Stimme ihrer jüngeren Tochter erkannte.

»Ja, bitte!«

»Ich nehme an, ein Künstler jener Zeit ist darum bemüht, dem Modell zu schmeicheln. Wie kann es denn sein, dass David der große König, nun ja, so gar nicht groß … ausgestattet ist?«

Selbst ihre Schwester stieß ihr mit dem Ellenbogen unsanft in die Seite. »Vanessa, du kannst nicht einfach fragen, warum David einen kleinen Penis hat.«

Doch Vanessa verschränkte die Arme. »Zumal müsste er als Jude doch beschnitten sein?«

Die Führerin sah die beiden entsetzt an und öffnete den Mund, doch schienen ihr die Worte zu fehlen. Ihre Empörung stachelte nun auch Sandra an. »Er soll ja recht viele Kinder gezeugt haben. Allerdings mit so einem kleinen …« Wieder prusteten die Mädchen los. Auch bei den Museumsbesuchern war eine gewisse Unruhe ausgebrochen. Einige hielten die Fragen für durchaus berechtigt oder schmunzelten, andere schüttelten den Kopf. Und Lucia? Manchmal hatte sie den Eindruck, dass die Atemübungen aus dem Geburtsvorbereitungskurs nicht für die Geburt gedacht waren, sondern für die Zeit, wenn die Kinder die Pubertät erreicht hatten.

Wer ebenfalls so gar nicht über die Situation lachen konnte, war die Museumsführerin. »Meine Damen, ich habe nicht Kunstgeschichte studiert und blicke auf eine über zwanzigjährige Karriere in einem der berühmtesten Museen Italiens zurück, um mit Ihnen über die … die Ausstattung dieser imposanten …«

Sandras und Vanessas vergnügtes Kreischen erklang so laut durch die Halle, dass selbst Besucher außerhalb der Reisegruppe nach der Quelle des Gelächters Ausschau hielten – wie auch die Museumsaufsicht.

»Aber die Fragen sind durchaus berechtigt«, versuchte Lucia zu schlichten. Obwohl sie im Erdboden hätte versinken können, gab sie sich gelassen. »Zum einen liegt es daran, dass der Zeitgeist der Renaissance stark an das Altertum anlehnt und dort ein kleiner Penis als geschmackvoll und elegant galt. Außerdem müsstet gerade ihr beiden, wo ihr doch ständig die BRAVO lest, wissen, dass die Größe nichts über die Potenz aussagt. Zumal es einen signifikanten Unterschied zwischen einem …«

»Das reicht!«, brüllte die Museumsführerin. »Verlassen Sie umgehend das Museum!«

Als Lucia einen Schritt rückwärts machte, stieß sie bereits gegen die stählerne Brust eines Mannes vom Sicherheitsdienst, der sich ausdruckslos zu seiner vollen Größe aufplusterte und keinen Millimeter zur Seite rückte. Eingeschüchtert und auch ein klein wenig über ihr eigenes vorlautes Mundwerk beschämt, sammelte Lucia ihre Töchter ein und huschte mit ihnen davon. Der Mann ließ sie nicht einmal bei den Schließfächern aus den Augen und geleitete sie schweigend nach draußen.

Nachdem es in der Galleria so angenehm kühl gewesen war, knallte ihnen auf der Via Ricasoli die Sonne direkt auf die Köpfe. Die Schlange der anstehenden Touristen reichte bis ans Ende der Straße. Verwirrt reckten sie ihre Hälse Richtung Lucia und ihre Töchter, als die drei in schallendes Gelächter ausbrachen.

Sandra umarmte ihre Mutter und hatte vor Lachen Tränen in den Augen. Und Vanessa kicherte so sehr, dass sie nahezu hyperventilierte. »Also, Mama, wenn ich in der Schule erzähle, dass wir deinetwegen aus einem Museum geflogen sind, glaubt mir das kein Mensch!«

Florenz gefiel Lucia ausgesprochen gut. Vor allem, weil das Zentrum für eine Stadt mit so vielen Sehenswürdigkeiten sehr überschaubar war und sie alle in angenehmer Distanz entfernt lagen. Der Nachteil war, dass sich die Touristenströme entsprechend schlecht verteilten und man sich immer wieder durch die Massen durchkämpfen musste, so dass einem die Lust vergehen konnte, mehr über historische Bauten und geschichtliche Anekdoten zu erfahren.

Besonders Sandra zog sich lieber auf die Terrasse eines Cafés zurück, um mit ihrem Tamagotchi zu spielen. Da beneidete Lucia ihre Eltern, die damals fernab der Menschenströme ohne Eile überall hineinspazieren und alles besichtigen konnten.

Wie gern hätte Lucia hier mehr Zeit verbracht und neben den Uffizien auch die Kathedrale Santa Maria del Fiore von innen besichtigt, an der sie auf der Piazza del Duomo mehrmals staunend vorbeigekommen war. Allein von diesem Platz hatte sie bestimmt eine ganze Filmrolle an Fotos verschossen, wohlwissend, dass die Kamera niemals in der Lage war, diese Bildgewalt einzufangen.

Als sie gestern Abend die Piazza zum ersten Mal betreten hatte und die Abendsonne den grauen Marmor in ein leuchtendes Orange getaucht hatte, waren ihr vor Überwältigung die Tränen gekommen.

Sie hatte sich klein und unbedeutend gefühlt. Ihre Seele war nicht mehr als ein Fünkchen, das sich zu den Abermillionen, die hier seit Jahrhunderten umherwandelten, eingliederte. Doch die Zeit bereitete ihr Sorgen. Der Urlaub war schon zur Hälfte vorbei, und in diesem Gewimmel war es Lucia unmöglich gewesen, etwas über den Verbleib ihres Vaters und Bruders herauszufinden.

Nach einer zweiten Nacht im Schlafsaal einer Jugendherberge fuhren die drei am nächsten Tag früh weiter. Die Laune ließ eher zu wünschen übrig. Sandra hatte sich fürchterlich über die schmutzige Dusche im Gemeinschaftsbad aufgeregt, und Vanessa war nach einem unbekömmlichen Frühstück fast nicht mehr vom Klo heruntergekommen. Lucias Rücken schmerzte von der harten Feder in der Matratze, die sich in ihr Kreuz gebohrt hatte, und sie fragte sich, wie Prunk und Zerfall eigentlich so nahe beieinanderliegen konnten.

Als Nächstes stand Pisa auf dem Reiseplan. Nicht unbedingt, weil Lucia dort erwartete, ihren Vater zu finden, sondern weil sie fand, dass wenn sie schon einmal hier war, sie auch diesen Ort besichtigen konnte.

Dazu nahmen sie die achtzig Kilometer lange Schnellstraße Fi-Pi-Li, bei der zwar ein niedrigeres Tempolimit galt, dafür keine Maut gezahlt werden musste. Allerdings war die Straße voller Schlaglöcher und sie wurden kräftig durchgerüttelt. Bereits jetzt herrschten hohe Temperaturen, und ein kurzer Stau von zehn Minuten reichte, dass allen dreien der Schweiß von der Stirn triefte.

In Pisa interessierte sich Lucia hauptsächlich für die Piazza dei Miracoli, auf der sich neben dem Baptisterium und dem Dom Santa Maria Assunta der Schiefe Turm befand. Dabei hätte die Stadt weitaus mehr zu bieten, doch wie immer drängte die Zeit.

Auch hier hatten ihre Eltern haltgemacht und eine Postkarte an Zia Emilia verschickt. Viel mehr wusste Lucia jedoch nicht. Sie fragte eine andere Touristin, ob sie ein Foto von den Töchtern und ihr schießen könnte. Wenig einfallsreich, doch mit reichlich Spaß posierten sie, als müssten sie den Schiefen Turm von Pisa stützen.

»So haben sich schon die Leute in den Fünfzigern ablichten lassen«, erzählte Lucia. »Dazu gibt es eine witzige Anekdote, auch wenn sie etwas makaber ist. Aber als euer Nonno damals eine Gruppe sah, die so posierte, regte er sich fürchterlich auf. Er dachte, dass sie einer bestimmten politischen Gesinnung angehörten, mit denen er nichts zu schaffen haben wollte. Doch bevor er einen Streit anfangen konnte, erkannte eure Nonna zum Glück die harmlose Absicht dahinter, und die beiden haben herzlich gelacht.«

Obwohl der Vormittag in Pisa unterhaltsam war und ein leckeres Mittagessen das tragische Frühstück in Florenz wieder wettmachte, merkte Lucia, dass sie sich zu viel zugemutet hatte, als sie am Mittag schon wieder hinter dem Lenkrad saß und gut zweihundert Kilometer über Sina nach Süden fuhr.

Die täglichen langen Autostrecken, die vielen Städte mit ihrer opulenten Geschichte und die Konfrontation mit ihrer eigenen Familiengeschichte gingen nicht unbeschadet an ihr vorbei. Dafür, dass sie ursprünglich einen erholsamen Urlaub geplant hatte, stand ganz schön viel auf dem Programm.

Doch bevor sie weiter darüber grübeln konnte, ließen sie den Hauptverkehr hinter sich, und vor ihnen erstreckten sich die ersten malerischen Hügel der Toskana. Während sie an Weizenfeldern und von Zypressen gesäumten Alleen vorbeifuhren, fühlte Lucia, wie ihre Lebensgeister wieder erwachten und die gute Laune zurückkehrte.

Auch ihre Töchter waren ausgelassen. Nachdem Sandra eine Woche lang die Musikwahl im Auto mit BRAVO-Hits, Britney Spears und den Backstreet Boys dominiert hatte, schob Vanessa nun ihre geliebte AC/DC-CD ins Fach. Dann kurbelten alle drei ihre Autofenster herunter, so dass ihre Haare wild im Wind flatterten und drehten die Musik auf volle Lautstärke auf. Zu »Highway to Hell«

rasten sie wie Rockstars durch die hügeligen Landstraßen.

Das Gutshaus lag im Val d'Orcia. Das malerische Tal war von Weinreben umgeben, und zwischen den Weizenfeldern leuchteten Mohnblumen in feurigroten Farbtupfern. Obwohl Lucia nicht wusste, was sie hier erwarten würde, spürte sie eine innere Behaglichkeit.

Eine eigene Kraft wohnte in diesem Tal inne, die auf Lucia eine solche Faszination ausübte, dass sie allein hier mehrere Wochen hätte verbringen können. Das Leben schritt im gemächlicheren Tempo als andernorts voran. Man nahm sich Zeit für die einfachen Dinge. Das fiel Lucia besonders auf, wenn sie Passanten nach der Adresse fragte und ihnen die Postkarte zeigte. Nach einigen Anläufen hatten sie zumindest eine grobe Vermutung, wohin sie fahren mussten.

Im nächsten Dorf erkannte eine alte Verkäuferin das Haus sofort. »Ja, das liegt bei uns in der Nähe. Sehr netter Familienbetrieb, sind immer am wöchentlichen *mercato* dabei. Folgen Sie einfach der Straße weiter und nehmen Sie die Auffahrt hoch.«

Als sie auf dem Weg dorthin an einer kleinen schneeweißen Dorfkapelle vorbeikamen, spürte Lucia ein Kribbeln im Nacken. Ganz schwach kratzte am Rande ihres Bewusstseins eine Erinnerung. Für einen flüchtigen Moment glaubte sie, schon einmal hier gewesen zu sein, aber vielleicht spielte ihr Verstand ihr auch einen Streich.

Gerade als sie diesen Gedanken als Albernheit abtun wollte, tauchte eine flüchtige Sequenz vor ihrem inneren

Auge auf. Der Geruch von Weihrauch, die von den Wänden hallenden Worte des Priesters. Vollbesetzte Kirchenbänke mit schwarz gekleideten Menschen. Und ganz vorn am Altar ein offener Sarg, in dem eine alte Frau schlief. Das noch junge, aber ernste Gesicht ihres Vaters, der Geruch von seinem Rasierwasser, das Lucia mit ihrer Kindheit verband. Seine gerade und gefasste Haltung und sein konzentrierter Blick, obschon die Augen schimmerten.

Lucias Mutter, unauffällig, zurückhaltend und gleichzeitig so atemberaubend schön und geheimnisvoll wie eine schwarze Madonna. Gianni, der noch ganz klein war und auf Christinas Schoß saß.

Und irgendwo dazwischen Lucia in einem knielangen Mantel, mit hellen Strümpfen und Lackschuhen, die die Hand ihres Vaters suchte, weil sie das Bedürfnis hatte, ihn zu trösten, obwohl sie gar nicht verstand, worum es ging.

»Wir sind da, glaube ich«, holte Sandra sie aus ihren Gedanken.

Lucia erschrak. Die Kapelle war längst außer Sichtweite. Sie musste völlig auf Autopilot weitergefahren sein. Sie parkte das Auto unter dem Schatten eines Baumes und stieg mit ihren Kindern aus. Als sie das Gutshaus erblickte, hegte sie keinen Zweifel mehr.

Das Gut hatte nichts mit den Bauernhöfen gemeinsam, die Lucia aus Deutschland kannte. Stolz und nahezu mystisch ruhte es auf seinem Hügel. Mehrere kleine Gebäude für die Geräte, Scheunen, Gewächshäuser und Stallungen lagen zerstreut auf dem gepflasterten Areal. Es roch nach

Stroh, Piniennadeln und nach Tieren. Von allen Seiten gingen Weinhänge ab.

Das Haupthaus selbst bestach mit schlichter Eleganz und regierte wie eine Königin über ihr Reich. Das war nicht bloß das Domizil einer Bauernfamilie, sondern eine Villa. Wem dieses Land einst gehörte, arbeitete nicht selbst auf dem Feld, sondern hatte Bedienstete. Zumindest in der Zeit, in der das Gut erbaut worden war. Ganz im Sinne der toskanischen Architektur waren die Terrakottadächer flach, und im Erdgeschoss befand sich eine überdachte Veranda mit weiten, offenen Bögen. Wie es wohl ihrem Vater ergangen war, als er hierher gekommen war?

»Was für eine schöne Gegend!« Vanessa hielt die Hand vor dem Gesicht, weil die Sonne blendete, und betrachtete alles eingehend. »Ich frage mich, welches Zimmer Nonno gehörte.«

Ehe Lucia antworten konnte, hatte Vanessa die nächste Besonderheit entdeckt. Sie deutete auf die überdachte Veranda. »Da ist ja was los.«

Gut ein Dutzend Leute jeglichen Alters hatten sich heftig diskutierend um improvisierte Tischplatten versammelt und hantierten mit Körben, Kochtöpfen und anderen Küchengeräten. Auf den ersten Blick herrschte ein heilloses Durcheinander, doch bei genauerem Hinsehen, schienen alle ganz genau zu wissen, was zu tun war. Zu zweit und zu dritt schleppten sie kiloweise Körbe voller Tomaten an und kippen sie in einen riesigen Bottich, wo ein älterer Mann alles gründlich wusch und aussortierte.

Eine Frau war fürs Blanchieren und Abschrecken im Eiswasser zuständig, zwei Jugendliche bedienten die Tomatenpresse, wo das Gemüse von Haut und Kernen befreit und anschließend dem nächsten Kochtopf auf der offenen Feuerstelle übergeben wurde.

Es wurde gelacht, gerufen und gesungen. Manche gaben lautstarke Anweisungen und koordinierten das ganze Ereignis wie ein Tambourmajor, andere tummelten sich in Grüppchen und unterhielten sich vergnügt oder gönnten sich ein Päuschen mit einem Grappa oder Limoncello.

Eine Frau mit bunt bestickter Kochschürze, braun gebranntem Gesicht und kräftigen Armen trat aus dem Innern des Hauses und trug eine Palette mit heiß ausgewaschenen Einmachgläsern auf einen freien, mit Küchentüchern ausgelegten Tisch. Sie war vielleicht Mitte sechzig, das dunkle, teilweise ergraute Haar hatte sie hochgesteckt. Im Nacken, da, wo sie schwitzte, hatten sich kleine Löckchen gebildet. Als sie Lucia und ihre Töchter entdeckte, winkte sie das Trio mit einem fröhlichen Gruß zu sich, als wären sie alte Bekannte. »Hallo, ich bin Antonietta Conti und leite den Hof. Ich nehme an, ihr kommt fürs Einkochen? Schürzen und Messer gibt's in der Küche, alles andere findet ihr hier. Fragt ruhig die anderen, wenn ihr Hilfe braucht. Und Hände waschen vorher nicht vergessen!«

Antonietta sprach schnell und wirbelte so beschäftigt über den Hof, dass dies offensichtlich der falsche Zeitpunkt war, um sie mit Fragen über Alberto zu löchern.

»Wir waren nur zufällig in der Gegend«, wich Lucia aus.

»Das macht nichts. Wenn wir Tomaten einkochen, ist jede Hilfe willkommen. Wir verarbeiten heute fürs ganze Jahr all unsere Tomaten und kochen sie ein und verkaufen sie dann im Hofladen. Jedes vierte Glas, das ihr verarbeitet, dürft ihr selber behalten als kleines Dankeschön. Wir lassen uns von den *caporali* nicht in die Knie zwingen und kümmern uns selbst um unsere Ernte!«

Einmal mehr tat es Lucia angesichts der fragenden Blicke ihrer Kinder leid, sie nicht zweisprachig erzogen zu haben. Doch als Lucia die Worte der Bäuerin übersetzte und die beiden fragte, ob sie mitmachen wollten, leuchteten ihre Augen.

»O ja, das klingt lustig!«

Ehe sie sich's versahen, waren sie mitten im Geschehen, schnitten Tomaten, hackten Oregano und Basilikum oder ließen die noch grobe Soße durch die Passiermühle. Auch wenn die Mädchen sich verbal nicht mit den anderen verständigen konnten und deswegen für eine Weile an ihrer Mutter klebten, wurden sie liebevoll von den anderen Helferinnen instruiert und unter ihre Fittiche genommen.

Viele stammten aus der Nachbarschaft und dem nahen Dorf, ein paar waren ebenso spontan vorbeigekommen wie sie. Sie lachten, lästerten, schimpften und sangen gleichzeitig, und das nicht gerade leise, so dass Lucia ab und an die Station wechselte, wenn es ihr zu bunt wurde.

Gelegentlich kam eine ihrer Töchter ganz beschwingt zu ihr und erzählte stolz, etwas verstanden zu haben. Gerade Sandra schaffte es mit ihrer offenen Art und ihren vielsagenden Blicken, sich mit den anderen auszutauschen und mit ihnen zu scherzen. Und selbst Vanessa stimmte irgendwann bei den italienischen Volksliedern ein, etwa, als der CD-Rekorder zum zehnten Mal »*C'è la luna mezzo mare*« abspielte.

Es war harte Arbeit, aber man merkte nichts davon. Vielmehr war es ein Fest fürs Leben.

Als die letzten Tomaten passiert, die letzten Einmachgläser zugeschraubt waren und die ersten Kochtöpfe zurück in die Küche getragen wurden, nickte die Gutsherrin zufrieden. Wer jetzt noch Tomaten sehen konnte, war herzlich zu Caprese, frischer Focaccia, Pasta, Wein und Limonade eingeladen. Erst da merkte Lucia, wie hungrig sie war, und dankbar entschied sich die Familie, ein wenig länger zu bleiben.

Die Töchter hatten sich zu den anderen Gleichaltrigen gesellt und verschlangen das Essen in Rekordzeit. Danach schlossen sie sich ihren neuen Freunden zu einem Tischtennisturnier hinter dem Geräteschuppen an. Trotz Sprachbarrieren hatten sie einen Zugang zueinander gefunden.

Auch Lucia streifte nach dem Essen über den Hof und ließ ihren Gedanken freien Lauf. Als sie am Stall vorbeikam, spürte sie ein Kribbeln, das durch ihren ganzen Körper ging. Kurz entschlossen ging sie hinein. Direkt vom gleißenden Licht der Nachmittagssonne ins Innere, brauchten ihre Augen eine Weile, bis sie sich an die Dunkelheit gewöhnt hatten.

Es roch nach Schafen, Kühen, Heu und Mist. Bis auf die regelmäßigen Kaugeräusche einer Kuh und dem hungrigen Rufen der Schwalbenjungen unter dem Dach war es ruhig. Ganz sanft drangen die Rufe der spielenden Kinder zu ihr oder ihr Aufschrei, wenn jemand einen Punkt kassierte, ansonsten war Lucia plötzlich weit weg von der Gegenwart.

Am Ende des Stalles gab es einen Verschlag, wo Geräte gelagert wurden und eine Leiter ins obere Stockwerk führte. Lucia war sich der Tatsache bewusst, dass sie die Grenzen der Gastfreundschaft überstrapazierte, wenn sie weiterging, aber etwas zog sie magisch an, und nichts konnte sie davon abhalten, die Leiter zu erklimmen.

Ein paar Tauben stoben erschrocken davon, und der aufgewirbelte Staub juckte in Lucias Nase. Durch das Stroh huschten Mäuse und der Holzboden unter ihren Füßen knarrte.

Vanessas Worte fielen ihr wieder ein, als sie vor dem Anwesen gestanden hatten. »Ich frage mich, welches Zimmer Nonno gehörte.«

Lucia kannte die Antwort. Es war keines davon. Alberto wohnte nicht im Gutshaus, er hatte nicht einmal in einem richtigen Bett geschlafen wie seine Eltern und Halbgeschwister, sondern hier. Auf dem Dachboden, bei den Knechten und Tieren. Denn als uneheliches Kind war er selbst nicht mehr wert als das Vieh.

Bei diesem Gedanken lief es Lucia eiskalt den Rücken hinab. Abermals musste sie an ihren Vater denken, an die Fotografie in Venzone, an diesen kritischen Blick. Er, der ältteste Sohn, der klug und belesen und voller Wissensdurst und Hoffnung war und in dessen Augen die ganze Welt lag, fristete hier für sieben Jahre sein trostloses Dasein.

Val d'Orcia, 1935

Camilla saß still im Auto neben ihm und blickte geradeaus, die Stirn in Falten gelegt. Seit Alberto dazugestiegen war, hatten sie kein Wort miteinander gesprochen. Plötzlich lehnte sie sich nach vorn zum Chauffeur.

»Bitte halten Sie an und lassen uns für einen Moment allein.« Man merkte ihrem Ton an, dass sie es noch nicht gewohnt war, Personal anzuweisen. Dennoch befolgte der Bedienstete ihre Anweisung, ohne sie zu hinterfragen, und stieg aus.

Als Alberto und seine Mutter unter sich waren, atmete sie tief durch. Zum ersten Mal seit der Fahrt sah sie ihn richtig an und lächelte. Da war es wieder, der stolze, leicht trotzige Ausdruck von früher. »Ich weiß zwar nicht, wie ich das Stefano, geschweige denn seiner Mutter beibringen soll, aber die Sache ist nun mal entschieden. Wir werden dich schon irgendwie unterbekommen.«

Alberto strahlte sie an. Er konnte sein Glück noch immer nicht fassen. »Danke, *Mamma*!«

Camilla zuckte zusammen. »So darfst du mich niemals im Beisein anderer nennen. Für dich bin ich Signora Conti. Hörst du?«, beschwor sie ihn.

Da dämmerte Alberto, dass etwas nicht stimmte. Aber

er war zu jung und zu eingeschüchtert, um diese Vorahnung richtig zu deuten.

»Werde ich denn eine gute Schule besuchen? Das Gymnasium, vielleicht?«

Ihre bittere Miene, gefolgt von einem aufgesetzten Lächeln, ließen ihn angst und bange werden. »Ach, Schätzchen, wozu denn? Das brauchst du nicht.«

Wie Glas, das zu Boden fiel, zerbarsten seine Illusionen, und Alberto ahnte, dass er einen großen Fehler begangen hatte. Und dann sah er es. Camillas Bauch war gewölbt. Sie erwartete ein Kind. Dieses Mal, so wie es sich gehörte, von ihrem Ehemann. Für dieses Baby würde sie eine *Mamma* sein, für ihn Signora Conti. Ein Stich, der Alberto mitten ins Herz traf. Er würde hier kein Glück finden und auch kein Zuhause, nur ein neues Dach über dem Kopf, mit einer Mutter, die er verleugnen musste.

Während der Weiterfahrt nahm Alberto nichts von seiner Umgebung wahr, und als Camilla nach vielen Stunden im Schatten an einer unübersichtlichen Kreuzung anhielt, hätte ihre darauffolgende Aufforderung ihm nicht gleichgültiger sein können. »Ich kann nicht mit dir zusammen eintreffen. Steig hier aus und warte. Ich werde jemanden schicken lassen, der dich abholt.«

Wie lange Alberto letztendlich an der Gabelung wartete, ob nur eine halbe Stunde oder fast die halbe Nacht, wusste er nicht. Er fühlte nichts, keine Freude, keine Angst und keine Kälte, obschon sie sich durch seine Kleidung fraß.

Als eine alte Magd mit einer Laterne in der Hand zu ihm kam, war es bereits stockdunkel. »Bist du der junge Knecht, den Signora eingestellt hat?« Ihre Stimme klang kalt und ohne jegliche Sympathie. Vergeblich suchte Alberto in ihren Augen etwas Warmes, ein heimliches Lächeln, dass sie wusste, wer er war. Aber er fand nichts dergleichen.

Also nickte Alberto nur.

»Gut. Dann pack deine Sachen und komm mit.« Gemeinsam verschwanden sie in der Finsternis.

21. Kapitel

Val d'Orcia, 1999

Lucia blickte ins Leere. Nach ihrer heimlichen Erkundungstour im Stall hatte sie sich draußen ermattet auf eine freie Bank in der Nähe der Villa gesetzt.

Während sie in Venzone Mitgefühl und Bewunderung für ihre Großmutter empfunden hatte, überkam sie nun eine unsägliche Wut auf Camilla. Wie hatte sie es bloß zulassen können, dass ihr eigener Sohn so behandelt wurde? Was wäre Alberto heute für ein Mensch, wie wäre ihre Vater-Tochter-Beziehung zueinander, hätte Camilla einfach nur ihren Job gemacht und als Mutter das getan, was eine Mutter eben tun sollte? Ihrem Kind all ihre Liebe geben, es durch das Leben begleiten, unterstützen und fördern. War das so schwer? Stattdessen hatte sie ihren Sohn zu harter Arbeit verdingt, das Leuchten seines kindlichen Wesens gewaltsam ausgelöscht.

»Na? Darf ich mich dazusetzen?«

Lucia schreckte aus ihren Gedanken auf. Antonietta stand vor ihr und hielt eine Flasche Rotwein mit zwei Gläsern in der Hand. »Möchtest du? Ist von unserem Weinberg.«

»Nur ein kleines Schlückchen zum Probieren. Ich muss nachher noch fahren. Das reicht, *basta, basta, basta!*«

Als die Gutsherrin Gefahr lief, ihr viel zu viel einzuschenken, hielt Lucia eilig das Glas gegen die angewinkelte Flasche, um sie zu stoppen.

Antonietta musste lachen. Dabei gruben sich tiefe Lachfältchen in ihr sonnengegerbtes Gesicht. »Entschuldige, die Macht der Gewohnheit. *Salute*!«

Die Frauen stießen an, und beim fruchtigen Abgang bedauerte Lucia sogleich, dass sie nicht mehr davon trinken durfte. »Der schmeckt ja himmlisch. Und so leicht.«

»Den gibt's auch in unserem Hofladen. Für die autofreien Abende. Oder für die Familie.« Wieder lachte Antonietta. Was für ein sympathischer Klang! Überhaupt fühlte sich Lucia herzlich und willkommen. Es passte nicht zu dem, was sie über ihren Vater und diesen Ort wusste. Nach dem ausgelassenen Nachmittag hatte sie richtiggehend ein schlechtes Gewissen, weil sie hier so schöne Stunden verbracht hatte.

Eine Weile hingen beide Frauen ihren Gedanken nach und betrachteten die dämmernde Umgebung. Die Kinder unterhielten sich noch immer bestens. An der Feuerstelle, wo vorhin die Tomaten gekocht wurden, spielte ein junger Mann mit der Gitarre die Melodie von *»Laura non c'è«*. Sandra lauschte ihm mit Herzchenaugen.

»Das liebe ich, wenn wir Tomaten einkochen. Man versammelt sich von überall her und verbringt eine gute Zeit. Egal, ob Jung oder Alt, Fremde oder Familie. Ich habe auch zwei Töchter und einen Sohn, weißt du? Die sind schon ein bisschen älter als deine und haben selbst kleine

Bambini, mit denen sie diese Woche ans Meer gefahren sind. Heute habe ich sie sehr vermisst.«

Bei diesen Worten musste Lucia schlucken. Sie hielt es kaum aus und musste endlich wissen, wie sie Antonietta ihrem Stammbaum zuordnen konnte, ob sie überhaupt miteinander verwandt waren. Vielleicht war sie ja nur eine Angeheiratete, die nichts mit den Gemeinheiten gegen ihren Vater zu tun hatte.

Sie spielte die Ahnungslose. »Hast du Geschwister? Oder bist du die Einzige deiner Familie, die den Hof führt?«

»Ich habe zwei ältere Brüder.«

Lucia horchte auf. »Ach ja?«

»Lorenzo und Matteo. Aber die gehen bereits auf die achtzig zu und sind zu alt für die Arbeit«, erwiderte Antonietta. »Ich bin die Jüngste und war von Anfang an die Einzige, die sich für das Gut interessierte. Die Jungs wollten lieber einen Beruf ausüben, der mehr Sicherheit und privaten Ausgleich versprach.«

Lucia schluckte die Enttäuschung runter. Von ihrem Vater Alberto nicht ein Wort. »Ah, das Nesthäkchen also, das sich den familiären Pflichten fügt?«

Wieder lachte Antonietta. »Ja, so kann man das sagen. Meine Mutter hieß Camilla …« Sie erzählte, dass diese sich von der Wäscherin zur Gutsherrin hochgearbeitet hatte. Dann stimmte es also doch, dachte Lucia. Da saß sie mitten in der Toskana auf einer Bank und trank Wein mit ihrer Tante. Nun ja, Halbtante.

Es fiel Lucia schwer, den weiteren Ausführungen zu folgen. Alles in ihr fing an, sich zu drehen. Währenddessen sprach Antonietta von ihrem Vater Stefano, ein richtiger *pater familias*. Pflichtbewusst, autoritär, absolut. »Er war deutlich älter als meine Mutter und hatte bereits eine Familie. Seine erste Frau starb damals an der Spanischen Grippe und hinterließ die zwei Jungen.«

Vergeblich wartete Lucia darauf, dass Antonietta auf Alberto zu sprechen kommen würde. Ob sie überhaupt von seiner Existenz wusste? Oder war er ihr schlichtweg egal, und sie zählte ihn nicht als Bruder mit, weil er von einem anderen Leben stammte?

»Und was führt dich und deine bezaubernden *ragazze* in die Toskana?«, fragte Antonietta nach einer Weile. »So, wie du sprichst, musst du Italienerin sein, aber deine Kinder sind eindeutig Deutsche.«

»Ja, meine Eltern kamen in den Fünfzigern nach Deutschland, und mein Ex ist ebenfalls Deutscher. Aber meine Wurzeln liegen hier.« Wie wortwörtlich Lucia das meinte, schien Antonietta gar nicht zu begreifen.

»Das klingt richtig spannend. Wie kam es denn, dass deine Eltern auswanderten?«

»Das haben sie meiner Tante, der Schwester meiner Mutter, zu verdanken. Emilia wollte schon immer mehr von der Welt sehen. Nach ihrer Ausbildung als Lehrerin fand sie keine Arbeit, also nutzte sie die Gelegenheit, um in Paris für ein Jahr in einem Haushalt mit vielen Kindern zu arbeiten. Dort freundete sie sich mit einer jungen Deutschen an, die aus dem gleichen Grund wie sie nach Paris kam. Im darauffolgenden Jahr lud diese Deutsche Emilia zu sich nach Freiburg ein, und als meine Tante zurückkehrte, sprach sie nicht nur vom sogenannten Wirtschaftswunder und Arbeit für alle, sondern auch von einem galanten Mann, der ihr den Hof gemacht hatte und sie bat, sie zu heiraten.«

»Dennoch muss es deinen Eltern schwergefallen sein, die Zelte hinter ihnen abzubrechen.«

»Nun ja, meine Mutter war eine widerstandsfähige Frau. Solche Ereignisse konnten sie nicht aus der Bahn werfen. Sie war es seit ihrer Kindheit gewohnt, weiterzuziehen, wenn es die Not erforderte. Und mein Vater hielt ebenso nichts zurück. Er hatte keine Familie …« Lucia biss sich auf die Zunge. So waren sie wieder beim Thema.

»Man sieht dir die zwei Kulturen an, die du in dir trägst. Zwei Seelen wohnen in dir.«

»Jetzt komm mir aber nicht mit den Klischees von wegen deutscher Pünktlichkeit und *dolce far niente*«, zog Lucia sie auf. Vielleicht auch, um Zeit zu schinden und sich zu überlegen, wie sie ihrer Tante begegnen sollte.

»So meinte ich das nicht. Zwei Kulturen in sich zu tragen kann bereichernd sein. Gleichzeitig besteht die Gefahr, sich keiner der beiden Seiten zugehörig zu fühlen und heimatlos zu sein.«

»Und ein Heimatloser findet auch keine Ruhe. Hat Fragen, die vielleicht nie beantwortet werden.« Lucia war sich nicht sicher, ob sie noch von sich oder ihrem Vater sprach, doch Antoniettas Worte berührten sie tief und ließen sie nachdenklich werden. Sie entschied, mehr von sich preiszugeben.

»Tatsächlich kam ich nicht so zufällig vorbei, wie ich vorhin behauptet habe. Ich bin auf der Suche nach meinem Vater und hatte gehofft, hier Hinweise über seinen Verbleib zu finden.«

»Hier auf dem Hof?« Antonietta sah sie erstaunt an und stellte ihr leeres Weinglas auf die Bank neben sich. »Wie kommst du denn darauf?«

Lucia fasste grob ihre Geschichte zusammen, ohne die wahre Identität ihres Vaters zu enthüllen. »… und ein prägender Ort in seinem Leben ist dieser Hof. Er hatte seine Jugend hier als Knecht verbracht, bis er als junger Mann einberufen wurde«, endete Lucia ihre Erzählung.

»Das gibt es ja nicht!«, rief Antonietta begeistert aus. »Und das sagst du mir erst jetzt? Wie klein die Welt doch ist. Vor dem Krieg, sagst du?«

Sie rechnete nach. »Dann müsste ich ihm als Kind begegnet sein. Ich bin im Herbst fünfunddreißig geboren. Damals hatten wir viele Knechte. Allerdings liegt meine Kindheit eine Weile zurück, und an was ich mich erinnern mag … was soll ich sagen … die Dreißiger und Vierziger waren nicht unbedingt die besten Zeiten, um sie als Kind zu erleben.«

Lucia nickte verständnisvoll und spielte mit dem Gedanken, das Gespräch nicht weiter zu vertiefen. Es war mittlerweile offensichtlich, dass selbst wenn ihre Tante Alberto gekannt hatte, ihr nicht bewusst war, dass es sich dabei um ihren Bruder gehandelt hatte. Sie wäre sechs oder sieben Jahre alt gewesen, als er bereits wieder aus ihrem Leben verschwunden war. Viel zu jung, um über totgeschwiegene Familiengeheimnisse in Kenntnis gesetzt zu werden. Und er schien auch nicht erst kürzlich mit Gianni vorbeigekommen zu sein, denn das hätte sie Lucia bestimmt erzählt.

Doch Antonietta ließ nicht locker. »Wie heißt dein Vater denn?«

Lucia hielt die Luft an. Also nun doch raus mit der Sprache, dachte sie, und gab sich einen Ruck. »Sein Name ist Alberto. Alberto Carole.«

Und als sie den ledigen Nachnamen von Camilla nannte, fiel bei Antonietta endlich der Groschen. Schuldbewusst senkte sie den Blick und presste die Lippen aufeinander. Also wusste sie es doch. »Dann sollten wir die Dinge besser beim Namen nennen.« Bedauern lag in ihrer Stimme.

Lucia nickte. Sie wollte so gern wütend auf Antonietta sein, sie als die böse Stiefschwester ihres Vaters abtun, doch es gelang ihr nicht. »Wir sind miteinander verwandt«, sagte sie bloß. »Mein Vater ist das uneheliche Kind deiner Mutter. Ihr seid Geschwister. Das macht mich zu deiner Nichte.«

Einen Moment schwiegen sie beide, versuchten auf ihre Weise, die Informationen zu verarbeiten. Irgendwann sah Antonietta sie an. »Ich habe mich vor diesem Moment gefürchtet, genauso, wie ich ihn mir herbeigesehnt habe. Zu wissen, dass es da eine Seite in meiner Familie gibt, die ich nicht kenne – das hat immer an mir genagt.«

»Du weißt demnach auch nicht viel mehr als ich«, stellte Lucia fest.

Mit hängenden Schultern schüttelte Antonietta den Kopf. »Meine Mutter hat nur ein einziges Mal darüber gesprochen. Und es hat sie so aufgewühlt, dass ich mich nie mehr getraut habe, danach zu fragen. Aber allein die Tatsache, dass sie ihn vor uns versteckt hielt, lässt auf nichts Gutes schließen. Was zwingt einen Menschen dazu, sein Kind so zu behandeln? Wir sind Geschwister, aber unsere Leben hätten nicht unterschiedlicher sein können. Ach, Lucia, ich habe so viele Fragen. Meine Mutter war eine pflichtbewusste Frau, jedoch ohne jegliches Selbstbewusstsein. Nie hätte sie von ihrer Vergangenheit erzählt. Ich glaube, in ihrem Inneren begleitete sie die stetige Angst, nicht zu genügen. Und das soziale Gefälle zwischen ihr und meinem Vater war enorm. Sie war ihm unterworfen und hatte nichts zu sagen. Wenn sie aufbegehrte, dann subtil und immer nur im Verborgenen.«

»Ganz so folgsam war sie dann aber doch nicht, wenn man bedenkt, dass sie meinen Vater hierher brachte.«

Antonietta schwieg. Immer wieder öffnete und schloss sie den Mund, als kämpfte sie mit den Formulierungen. »Lucia, ich will nichts von alldem, was dein Vater durchleben musste, kleinreden oder meine Mutter entschuldigen. Aber ich glaube fest, dass sie das Richtige tun wollte und nie aus Böswilligkeit gehandelt hat.«

Da war es wieder. Die Absicht, das Richtige zu tun, und dabei so viele Fehler zu begehen, dass einem davon schwindelte. Dieses schwere Erbe, das man an seine Kinder weiterreichte, ob man wollte oder nicht. »Ich mache ihr keine Vorwürfe«, versicherte Lucia. »Sie war ein Kind ihrer Zeit, gefangen im engen Korsett der Konventionen und weiblicher Unterdrückung. Ich hätte mir nur gewünscht, dass mein Vater mit ihr hätte Frieden schließen können.«

Antonietta horchte auf. »Aber das konnte er«, fiel ihr ein. »Er kam eines Abends vorbei. Derselbe Abend, an dem ich von seiner Existenz erfuhr. Vor vielen Jahren …«

Val d'Orcia, 1955

Es hatte seit langer Zeit mal wieder geregnet, und die Luft war erfüllt vom Geruch von nasser Erde und feuchtem Gras. Von der Vespa perlten die Regentropfen ab; die Zikaden wagten noch nicht, wieder zu singen.

Christina schlüpfte aus ihrem Regenschutz und löste das Kopftuch. Darunter verbarg sich ihre sorgsam ausgewählte Garderobe. Sie hatten einen Tag zuvor eigens für diesen Besuch ihre ganze Reisekleidung zur Reinigung gebracht, um einen bestmöglichen Eindruck zu machen.

Ihr war bewusst, wie viel von ihr abhing, dass es heute an ihr lag, Sicherheit und Selbstbewusstsein zu verkörpern. Nichts durfte dem Zufall überlassen werden, es gab keinen Spielraum für Patzer. Sie war der stärkende Rücken, den Alberto für gewöhnlich für sie einnahm. Heute musste er sich auf sie verlassen können.

Auch Alberto kämmte sich noch einmal rasch das gegelte Haar und rieb die feinen Dreckspritzer auf seinen Schuhen am Hosenbein ab.

Erwartungsvoll blickte Christina zu ihm und wartete auf sein Zeichen. Als Alberto so weit war und nickte, hakte sie sich bei ihm ein, und sie überquerten den Hof. Seine Augen suchten das Gelände ab, ohne etwas zu kommentieren. Es musste seltsam für ihn sein, nach so vielen Jahren zurückzukehren.

Als nach dem Anklopfen eine schlanke Frau in einem schwarzen, wadenlangen Kleid mit weißer Spitze an Saum und Ausschnitt öffnete, spürte Christina, wie Alberto erleichtert ausatmete. Die richtige Person hatte die Tür geöffnet.

Signora Conti sah genauso aus, wie Alberto sie beschrieben hatte. Christina kannte das alte Foto von ihr und Alberto. Wie alt mochte sie nun sein? Fünfzig? Die Fältchen hatten sich etwas tiefer ins Gesicht gegraben, und weiße Strähnen durchzogen ihr Haar. Als sie ihren Sohn erkannte, weiteten sich ihre Augen.

»Alberto … du hier?«

»Hallo, Mutter.«

Sie wirkte zwar überrascht, lud die beiden aber ohne Zögern ins Innere des Hauses ein. Christina gab ihrem Mann den Vortritt. Anders wäre sie sich wie ein Eindringling vorgekommen. Immer wieder spürte sie Camillas Augen auf sich, als versuchte sie, Christina irgendwo einzuordnen.

Während Alberto zaghaft voranging, räusperte er sich. »Ich hoffe, wir stören nicht.« Er hatte den Nachmittag nicht zufällig als Zeitpunkt ausgewählt, stellte Christina fest, denn Camilla schüttelte den Kopf. »Natürlich störst du nicht. Ich freue mich, dich zu sehen. Die anderen sind außer Haus, nur Stefano ist da. Er hat sich in seine Räumlichkeiten zurückgezogen.«

Stefano ... Christina erkannte den Namen von Albertos Stiefvater sofort.

»Und wird er dort bleiben?«, fragte Alberto kühl.

Camilla sah ihn aufrichtig an. »Diese Entscheidung liegt ganz bei dir.«

Alberto sagte nichts mehr und ließ sich von seiner Mutter in die Küche führen. Es war eine dieser Küchen mit hohen Zimmerdecken und Terrakottaboden, in denen sich das ganze Leben abspielte und die sauber, aber nicht allzu aufgeräumt waren, weil man die Sachen sowieso jeden Tag brauchte. Ein massiver, gut drei Meter langer Holztisch bot Platz für eine Großfamilie und diente beim Kochen und Backen als Ergänzung zu den winzigen Küchenzeilen. Abgesehen vom Gasherd stand in der Ecke ein grüner Kachelofen, an dem sich an kalten Abenden die Hofkatze oder der Hund wärmte. Auf der Fensterbank lagerten getrocknete Kräuter.

Auf einer antiken Anrichte standen mehrere schwarzweiße Familienfotos. Sie zeigten neben Camilla und Stefano auch deutlich ältere Fotos, wahrscheinlich von der vorherigen Generation. Und natürlich die Söhne aus Stefanos erster Ehe sowie die gemeinsame Tochter. Auch zahlreiche Kinder entdeckte Christina. Enkel, sogar einen ersten Urenkel. Da waren sie. Ein paar wenige Momentaufnahmen, die eine Familie im Wandel der Jahrzehnte zeigten. Eine Familie, zu der Alberto nicht gehörte. Christina machte sich nicht einmal auf die Suche nach einem Bild von ihm, denn sie wusste, dass sie keines finden würde.

»Darf ich euch einen Kaffee anbieten?« Camilla zupfte verlegen an ihrem Kleid und bedeutete den beiden, am Tisch Platz zu nehmen.

Christina versuchte, ihr mit einem freundlichen Blick gut zuzusprechen. »Sehr gern.«

Beflissen befüllte Camilla den Trichtereinsatz einer Bialetti mit gemahlenem Kaffee und das Kannenunterteil mit Wasser, schraubte alles zusammen und stellte die Kanne auf den Herd. Dann setzte sie sich zu ihren Gästen.

»Was macht die Familie?«, fragte Alberto.

Christina schauderte, wie beiläufig die Frage klang. Als ginge es ihn gar nichts an. Genauso gut hätte er über das Wetter sprechen können.

»Bis auf die Jüngste sind alle längst ausgeflogen und mit ihren eigenen Familien und Berufen beschäftigt. Wir setzen all unsere Hoffnung, dass Antonietta den Hof eines Tages übernehmen wird. Aber mit Gewissheit kann man das natürlich nicht sagen, sie ist noch jung.« Das Gespräch war ihr sichtlich unangenehm. Ihr Blick wanderte immer wieder zu Christina. »Willst du … willst du mir nicht deine Begleitung vorstellen?«

»Entschuldige, das hätte ich eher tun sollen. Das ist Christina. Christina, meine Mutter, Signora Conti.«

»Camilla, bitte. Lassen wir die Formalitäten.« Schüchtern reichte sie Christina die Hand. »Deine Verlobte?«

»Seine Ehefrau«, korrigierte Christina sie kühl. Sie

mochte es gar nicht, wenn man in ihrer Anwesenheit über sie, aber nicht mit ihr sprach. Dem Frieden zuliebe beherrschte sie sich jedoch und schenkte Camilla sogleich ein mildes Lächeln.

Dennoch war Alberto die Schärfe in ihrem Ton nicht entgangen, und er fügte rasch hinzu. »Wir haben uns nach dem Krieg in Tropea kennengelernt und vor vier Jahren geheiratet.«

»Oh, herzlichen Glückwunsch. Ich freue mich für euch.« Einen Moment sah Christina etwas Verletztes in Camillas Augen aufflammen. Das Bewusstsein, wie wenig sie am Leben ihres Sohnes teilgenommen hatte.

Hochzeiten waren in Italien eine große Sache. Eine Heirat verband nicht nur zwei Menschen, sondern zwei Familien. Sie wurden Teil eines gemeinsamen Lebens und einer gemeinsamen Geschichte. Oft lebten die Eheleute mitsamt den Eltern oder Schwiegereltern unter einem Dach, und spätestens, wenn der Nachwuchs da war, herrschte ein heilloses, aber erfülltes Durcheinander, bei dem jeder auf den anderen achtgab.

Manchmal bedauerte Christina, dass ihnen dieses Glück verwehrt geblieben war. Seit Jahren versuchten sie, eine Familie zu gründen. Und wenn sie ehrlich war, hätte es auch schon lange vor ihrer Hochzeit Anlass zu einem Kind geben können. Inzwischen nahm sie jeden Monat nur noch stoisch Notiz davon, wenn es wieder nicht geklappt hatte. Sie hatte es aufgegeben, auf ein Kind zu hoffen. Vielleicht sollte es einfach nicht sein. Die Zeiten waren ohnehin unsicher.

Auf dem Herd blubberte der Kaffee und erfüllte die ganze Küche mit seinem Aroma. »Und was führt euch hierher?«, fragte Camilla, nachdem sie ihnen jeweils einen Espresso eingeschenkt hatte. »Wollt ihr euch im Val d'Orcia niederlassen? Das wäre schön, so könnten wir uns öfter sehen.«

Christina spürte, wie sich Alberto neben ihr versteifte, wie er am liebsten aufgelacht hätte. Diese späte Freundlichkeit musste ihm wie ein Hohn vorkommen. Sie sprang ein: »Das klingt in der Tat sehr nett, doch das ist nicht der Grund für unseren Besuch.«

Unter dem Tisch suchte sie nach der Hand ihres Mannes und drückte sie, um ihm Mut zuzusprechen. Bei der Berührung trafen sich ihre Blicke, ehe Alberto seine Mutter ernst ansah. »Ich bin hergekommen, um mich zu verabschieden.« Es waren nahezu dieselben Worte, die einst Camilla zu ihm gesagt hatte. Nur, dass dieses Mal kein Wagen rechtzeitig anhalten und seine Tür öffnen würde.

»Oh, ich verstehe.« Camilla nickte und versuchte, Haltung zu bewahren. Doch ihre Augen schimmerten, als Alberto ihr von der geplanten Reise nach Deutschland erzählte. Vom Zugticket, welches sie in wenigen Tagen in Milano lösen würden. Zwei Fahrscheine, nur Hin- ohne Rückfahrt. Camilla hörte ihnen aufmerksam zu, stellte die eine oder andere Verständnisfrage und schluckte dabei immer wieder schwer.

Und das war, was Christina am meisten unter die Haut fuhr. Camillas verborgene Liebe zu ihrem Sohn, die sie nie hatte zeigen dürfen, die aber immer da gewesen war. Einer

Tür gleich, die sie immer verschlossen halten musste und die sie erst nach vielen Jahren einen Spalt öffnen durfte – obwohl es nun zu spät war. In ihrem Innern erkannte Christina einen Schmerz, der über den Verlust ihres Sohnes nie verheilt war und heute vielleicht sogar mehr denn je an ihr zerrte.

Albertos Schilderungen wurden unterbrochen, als Schritte im Flur erklangen und ein älterer Mann eintrat. »Ich dachte doch, dass ich Stimmen gehört habe.« Als sich seiner und Albertos Blicke trafen, verstummte der Patron.

Alberto hielt den Blick aufrecht. Nur ein stummes Nicken, mehr begrüßten die Männer einander nicht. Sofort sprang Camilla auf, als wäre sie bei etwas Verbotenem erwischt worden, und bot ihrem Mann ihren Platz an.

»Christina, darf ich Ihnen Stefano, meinen Ehemann, vorstellen? Christina ist Albertos Frau. Wir haben eine Schwiegertochter. Ist das nicht schön?«

Mit all ihrem Mut stellte sich Christina Stefanos Blick genauso, wie Alberto es vorhin getan hatte – und hielt verwundert inne. Nach all den Erzählungen hatte sie einen angsteinflößenden, jähzornigen Stiefvater erwartet, dem allzu gern die Hand ausrutschte und dessen Wort stets das letzte war. Und vielleicht hatte dies alles vor langer Zeit auch auf ihn zugetroffen. Doch nun stand ein altes Männlein vor ihr, mit gebeugter Haltung und brüchiger Stimme. Gebeutelt durch den Zahn der Zeit. Nichts Bedrohliches ging mehr von diesem Menschen aus. Seine Hand zitterte, als er sie Christina reichte, und sein Händedruck fühlte sich schlaff und kalt an.

Und als Alberto dies ebenfalls bemerkte, entspannte sich seine ganze Haltung, und eine schwere Last schien von seinen Schultern zu fallen. Ohne sich vom Stiefvater einschüchtern zu lassen, führte er sein Gespräch mit seiner Mutter fort.

Camilla zeigte ehrliches Interesse und wollte alles von ihrem Sohn wissen. Wie das Leben seit dem Krieg zu ihm gewesen war, wie er und Christina einander kennengelernt hatten und welchen beruflichen Weg er eingeschlagen hatte.

Alberto erzählte von Tropea, der Sehnsucht nach dem Meer und der Gastfreundschaft der Sopranos. Aber auch von der Armut und den korrupten Grundbesitzern berichtete er und wie er seit dem Krieg eine Ruhelosigkeit spürte und in ihnen der Wunsch nach Veränderung und einem besseren Leben keimte.

Dass er und Christina auf der Suche nach Arbeit zunächst nach Turin gezogen waren. Dort hatte Christina eine Beschäftigung als Verkäuferin gefunden, und Alberto konnte die Hochschule für Technik besuchen, um seinen schlechten Schulabschluss aus seinem Lebenslauf auszubügeln.

»Die Technische Hochschule?« Stefano nickte anerkennend. »Das ist eine solide Leistung.«

»All das habe ich Christina zu verdanken. Ohne ihren Glauben an mich und ihre bedingungslose Unterstützung hätte ich es nicht geschafft. Es war unser gemeinsamer Erfolg«, betonte Alberto.

Camilla und Stefano sahen sich lange und zustimmend

an. Dann lehnte sich seine Mutter zu Alberto und ergriff seine Hand. »Wir müssen uns wahrlich bei dir entschuldigen. Wir erkannten dein Potenzial nicht und haben uns geweigert, dich als Teil von uns anzuerkennen. Das war schrecklich von uns, und es gibt nichts, das diesen Fehler wiedergutmachen kann.«

Die Berührung kam unerwartet für Alberto. Er musterte Camillas Hand auf seiner, als könnte er es nicht glauben, was er soeben gehört hatte. »Da gibt es nichts zu entschuldigen. Ihr habt gehandelt, wie es die Beschränktheit eurer damaligen Sicht der Dinge zuließ. Ich mache euch deswegen keine Vorwürfe. Es bringt nichts, weiter darüber nachzudenken, was hätte besser oder anders verlaufen können. Vor solchen Gedanken habe ich mich befreit. Tut dies nun auch für euch.«

Es verblüffte Christina, ihren Mann so sprechen zu hören. Sie hätte nicht stolzer auf ihn sein können. Alberto hatte Frieden mit seiner Kindheit geschlossen und war bereit, nach vorn zu blicken.

Als Camilla sie am späten Nachmittag zur Tür begleitete, kam ihnen eine junge Frau mit verdreckten Gummistiefeln und rosigen Wangen entgegen. Beim Kreuzen ihrer Wege legte sie ihre Stirn in Falten, als erkannte sie Alberto von irgendwo her, könne ihn aber nicht genauer zuordnen.

Mit einem flüchtigen Kuss auf die Wange begrüßte sie ihre Mutter. »Was für ein anstrengender Tag! Wir müssen morgen Alonso zum Schmied bringen, sein Hufeisen hat sich gelöst. Aber jetzt muss ich mich sofort waschen und umziehen. Francesca holt mich in einer halben Stunde für das Dorffest ab.«

Mit einem Blick des gegenseitigen Einverständnisses verzichteten Alberto und Camilla darauf, die Halbgeschwister einander vorzustellen. Für heute waren genug Emotionen aufgewühlt worden, und für einen weiteren Schritt waren sie noch nicht bereit.

»Bitte fahrt vorsichtig und schreibt mir, wenn ihr euch in Deutschland eingelebt habt.«

»Das werden wir«, versprach Alberto. Plötzlich war er sich nicht sicher, wie er sich von seiner Mutter verabschieden sollte. »Da wäre noch eine Sache …« Alberto zögerte. »Du hast mit mir nie über Vater gesprochen. Meinen richtigen.« Seine Stimme klang gedehnt, doch er brachte die Frage nicht über sich.

Camilla verstand auch so. »Da gibt es leider nicht viel zu erzählen. Wir kannten uns kaum. Ich war Bedienstete in einem besseren Haus in Udine, er war ein Freund meines Dienstherrn und auf Durchreise. Ein Jude aus Warschau, ein schöner Mann. Die Augen hast du von ihm. Aber es war bloß eine törichte Romanze, und als ich dich bekommen habe, war er schon lange fort. Doch er hatte Kenntnis von dir und zahlte mir monatlich einen kleinen Unterhalt aus. Es gab wohl auch Wertpapiere, die dir zu deiner Volljährigkeit hätten ausgehändigt werden sollen. Doch im Herbst neununddreißig endete die Verbindung auf einen Schlag. Ich hörte nie wieder von ihm. Es tut mir leid, Alberto.«

Auf der Weiterfahrt sprach niemand von ihnen. Christina wollte ihren Mann nicht drängen. Sie hätte auch gar nicht gewusst, wo anfangen. Als sie ihre Pension erreicht hatten, planten sie den Abend. Weil ihr Geld von der großen Reise durch Italien nahezu aufgebracht war, verzichteten sie auf einen Besuch im Ristorante. Stattdessen betraten sie ein kleines Lebensmittelgeschäft, in welchem es gleichzeitig nach Obst, Kräutern, Käse, Räucherschinken und einer brennenden Mückenspirale roch und der Verkäufer sich im Radio ein Spiel anhörte.

Schweigend setzten sie sich in einem Park auf eine Bank, wo Christina die Stoffservietten auseinanderfaltete und zwischen ihnen ausbreitete, während Alberto mit dem Jagdmesser den Proviant in grobe Stücke teilte.

»Danke, dass du mitgekommen bist«, sagte er plötzlich. »Ohne dich hätte ich mich nicht dazu überwinden können.«

»Dafür musst du mir nicht danken. Ich bin deine Frau, ich würde dir bis ans Ende der Welt folgen.«

Mit einem gerührten Blick sah Alberto sie an und strich über ihre Wange. Seine Mundwinkel zuckten, doch für ein richtiges Lächeln reichte die Freude nicht aus. »Als Kind habe ich mir immer wieder ausgemalt, wie mein Leben wohl ausgesehen hätte, wenn meine Eltern sich geliebt hätten und verheiratet gewesen wären. Aber wäre meine Mutter mit meinem Vater nach Polen ausgewandert und für die Ehe wahrscheinlich auch zum Judentum konvertiert …«

»… wärt ihr vermutlich alle drei umgebracht worden«, wagte Christina das Unaussprechliche zu sagen.

Die Sonne, die sich den ganzen Tag über versteckt hatte, war hinter dem Val d'Orcia untergegangen. Trotz der vielen Wolken schaffte sie es, den Himmel in einen hellen Lavendelton zu tauchen, als wollte sie Wiedergutmachung leisten.

Christina schmiegte sich an Alberto. Und obwohl sie aus Gründen der Schicklichkeit auf Zärtlichkeiten in der Öffentlichkeit verzichtete, gab sie ihrem Mann einen langen, intensiven Kuss. Dann lehnte sie ihren Kopf an seine Schulter, und ihre Blicke verloren sich in der Ferne.

Und so war es am Ende doch gut so, wie es gekommen war.

Val d'Orcia, 1999

»Ich habe die beiden an diesem Tag gesehen«, erinnerte sich Antonietta jetzt. »Bin schnurstracks an deinen Eltern vorbeimarschiert, ohne zu wissen, wer sie sind. Ich wunderte mich noch, wieso sich meine Mutter so seltsam verhielt, doch ich hatte anderes im Kopf. Erst als ich spätabends heimkehrte und sie allein im dunklen Wohnzimmer vorfand, wie sie mit einem Weinglas in der Hand ins Leere starrte, erzählte sie mir von ihm, von Alberto, meinem Bruder. Es war das erste und einzige Mal. Sie lebte daraufhin noch zehn Jahre, ohne je wieder ein Wort über ihren Sohn verloren zu haben.«

Lucia ging ein Licht auf. »Als wir hierherfuhren, kamen wir an einer Kapelle vorbei. Kann es sein, dass sie dort beerdigt wurde?«

»Ja, das war im Winter sechsundsechzig – viel zu früh.« Antoniettas Stimme klang bekümmert.

»Dann sind auch wir einander schon mal begegnet. Ich war ebenfalls da.«

Antonietta riss die Augen auf. »Tatsächlich? Daran kann ich mich gar nicht erinnern.«

Lucia suchte nach einer Erklärung. »Wir saßen in der hintersten Reihe und haben mit niemandem gesprochen. Wir sind auch gleich wieder nach der Beisetzung gegangen. Vielleicht dachten meine Eltern, es wäre besser so.« Es war seltsam, sich von einem Menschen zu verabschieden, den man nie gekannt hatte. Es gab keine Traurigkeit, und doch blieb das Gefühl, etwas Wertvolles verloren zu haben, ein Stück der eigenen Identität. »Ohne es zu wissen, habe ich an der Beerdigung meiner Großmutter teilgenommen.«

»Seltsam, wie das Leben einem so mitspielt.« Nachdenklich blickte Antonietta über die Hügellandschaft. Die Sonne war dabei unterzugehen und tauchte den Horizont in ein sattes Orange, das sich allmählich zu einem Violetton verwandelte. Schließlich sah sie Lucia an, und in ihren Augen lag eine Aufrichtigkeit, die keinen Zweifel über ihre Worte hegen ließ. »Bitte sag deinem Vater, dass er bei uns immer willkommen ist.«

Es war spät geworden an diesem Abend. Die beiden Frauen merkten, dass sie noch nicht dazu bereit waren, schon wieder getrennte Wege zu gehen. Dafür gab es schlichtweg zu viel zu erzählen. Als Antonietta spontan fragte, ob die drei nicht bei ihnen auf dem Hof übernachten wollten, waren nicht nur die Töchter hellauf begeistert, sondern auch Lucia nahm die Einladung dankbar an.

»Wir sind nicht unsere Eltern«, sagte Antonietta. »Wir können aus ihren Fehlern lernen und versuchen, den Kreislauf zu brechen. Es braucht enorm viel Kraft, aber am Ende gewinnen wir so viel daraus.«

Eine Familie hatte sich gefunden, und das feierten sie bis spät in die Nacht.

»Und wo geht eure Reise als Nächstes hin?«, fragte Antonietta, als es Mitternacht schlug.

Lucia gähnte. »Nach Rom, schätze ich. Dabei halte ich das ganze Unterfangen inzwischen für sinnlos. Wenn ich meinen Vater und meinen Bruder bisher nicht gefunden habe, wieso soll es mir ausgerechnet in einer Millionenstadt wie Rom gelingen?« Plötzlich befiel sie eine Wehmut. »Ich bin müde, Antonietta. Seit Tagen sind wir nonstop unterwegs und waren nicht einmal im Meer baden. Bald sind wir daheim, dann stecke ich wieder mitten im Alltag, in der Arbeit und einem Scheidungsverfahren. Einen Urlaub in Italien wird es so schnell nicht mehr geben.«

Antonietta sah sie nachdenklich an. »Vielleicht geht es bei dieser ganzen Reise gar nicht darum, deinen Vater zu finden, sondern dich selbst.«

Teil 3

22. Kapitel

Rom, 1999

Vielleicht war es doch etwas zu viel des Guten gewesen, vom Kapitol über das Nationaldenkmal von Viktor Emanuel II über das Forum Romanum zum Tempel der Venus und Roma und schließlich am Konstantinbogen vorbei bis zum Kolosseum zu flanieren. Denn als die Männer dort ankamen, hatte Alberto kaum noch Kraft, um sich das Amphitheater anzuschauen.

Er zupfte sein Taschentuch aus der Brusttasche seines Hemds und tupfte sich den Schweiß von der Stirn. Die viel zu teuren Wasserflaschen, die Gianni und er in einem Souvenirstand vor dem Kolosseum kauften, waren in einem Zug leer.

Obwohl die Strecke kaum mehr als einen Kilometer lang war, hatte es drei Stunden gedauert, bis die beiden sich alles in Ruhe angesehen hatten. Fast genauso majestätisch wie all die Monumente, Paläste und Plätze waren aber auch die unzähligen Pinienbäume, die nicht nur den bitter nötigen Schatten spendeten, sondern auch mit ihren ausladenden Kronen die historischen Stätten unter ihnen zu beschützen schienen.

Wie nahe Antike und Moderne beieinander sein konnten! In Rom schienen sie gar zu koexistieren. Außerhalb dieser historischen Enklave brummte der dichte Stadtverkehr, und es roch nach Abgasen, vollen Mülleimern und der Kanalisation. Was Alberto amüsierte, war, dass offenbar niemand an dem Kolosseum vorbeigehen konnte, ohne zumindest für einen Moment staunend innezuhalten. Nicht einmal die Römer selbst schienen gegen diesen Drang gefeit zu sein.

»Was möchtest du tun?«, fragte Alberto seinen Sohn.

Gianni schoss Fotos ohne Ende und deutete auf das Kolosseum. »Können wir hineingehen?«

Alberto runzelte die Stirn. Er war jetzt schon platt, und die Warteschlange mitten in der prallen Sonne führte um das halbe Amphitheater. Doch wenn man schon mal in Rom war …

»Also gut, aber lass uns zuerst in eine Gelateria gehen, um uns kurz abzukühlen und hinzusetzen.«

»Das klingt gut. Und dann auf zu den Gladiatoren!«

• • •

Als Lucia nach einer sechsstündigen Führung durch den Vatikan, die Sixtinische Kapelle, die Gärten sowie den Petersdom endlich wieder auf dem brütend heißen Petersplatz stand, glaubte sie, dass sie jeden Moment vor Erschöpfung zusammensinken würde. Ihr Nacken schmerzte vom vielen Hochschauen. Selbst ihre jungen, sportlichen Töchter schlurften nur noch stöhnend hinter ihr her. Sie waren überwältigt von den vielen übermächtigen Eindrücken und Informationen. Dem

Petersplatz selbst vermochte Lucia keine Beachtung mehr zu schenken.

»Ich brauche dringend einen Kaffee.«

»Und ich eine Cola«, brachte Sandra keuchend hervor.

»Und ich jemand, der meine Bücher trägt.«

Sandra schenkte ihrer kleineren Schwester einen entgeisterten Blick. »Nee, lass gut sein.«

Lucia ließ ihren Blick zwischen ihren Töchtern schweifen. Deren roten Gesichter verrieten, wie dringend sie eine Pause benötigten. Hinzu kam, dass Sandra vom vorherigen Tag einen fürchterlichen Sonnenbrand erlitten hatte. Statt mit Sonnencreme hatte sie sich mit Öl eingeschmiert, um schneller braun zu werden. Zusammen mit Spaghettiträgern und vierzig Grad im Schatten keine gute Kombination. An ihren Schultern schälte sich bereits die Haut. Und der Überwurf, den man ihr im Vatikan hatte aufzwingen müssen, hatte gemäß ihren Klagen fürchterlich gekratzt.

»Machen wir, dass wir von hier fortkommen.«

Bis zum nächsten Café, das nicht völlig überfüllt und überteuert war, dauerte es ein Weilchen, denn sie befanden sich mitten im Tourismuszentrum, wo es von fliegenden Händlern und Hütchenspielern nur so wimmelte. Als sie ein klimatisiertes Lokal in der Nähe des Tibers fanden und sich hinsetzten, schwor Lucia sich, so bald nicht mehr aufzustehen.

»Unglaublich, was Michelangelo für ein krasser Typ war«, stellte Vanessa fest, während sie durch die Bücher blätterte, die sie im Museumsshop des Vatikans gekauft hatte. »Wie er sich durch nichts und niemanden belehren ließ, nicht einmal vom Papst.«

»Und seinen Kontrahenten verewigte, wie ihm eine Schlange in den Schniedel beißt!«

Die Mädchen kicherten.

Lucia verdrehte die Augen. »Ernsthaft, das ist euch von all den Kunstschätzen am meisten im Gedächtnis geblieben? Ich frage mich langsam, was Freud zu eurer Fixierung auf männliche Geschlechtsteile gesagt hätte.«

Sie bestellten Eiskaffee, Cola und, weil es von der Fritteuse aus der Küche so verführerisch roch, auch drei Portionen Pommes, um wieder zu Kräften zu kommen.

»Und, Mama? Ist Rom so, wie du es in Erinnerung hast?«, fragte Vanessa nach einer Weile. Damit spielte sie auf Lucias letzte Reise nach Rom an, die sie vor zwanzig Jahren zusammen mit Sabina angetreten hatte, als sie noch jung und kinderlos gewesen war. Sie konnte vor ihren Töchtern schlecht zugeben, dass sie und ihre beste Freundin damals ausschließlich gefeiert und die Nächte durchgetanzt hatten.

»Irgendwie ist alles noch größer und prachtvoller, wenn man wieder davorsteht. Die Details mögen verschwommen sein, aber das Gefühl der Überwältigung ist geblieben. Und ich habe die Distanzen unterschätzt. Man steigt nie in den Bus oder die *metropolitana*, weil man denkt, es lohnt sich nicht. Und zack, bist du an einem Tag zwanzig Kilometer gelaufen, hast Sonnenbrand, Wadenkrämpfe und Blasen an den Füßen. Dafür kannst du täglich Pizza essen, ohne zuzunehmen.«

Nachdenklich leerte Vanessa ihre Cola. »Da frage ich mich, wie es wohl Nonno ergeht. Bei ihm ist es ja noch länger her.«

Dies war das Stichwort, das Lucia wieder ins Grübeln brachte. »Ja, falls er und Gianni denn überhaupt in Rom sind.«

Als hätte Sandra ihre Gedanken gehört, tätschelte sie Lucias Arm. »Ich bin mir sicher, es ist nur noch eine Frage der Zeit, bis wir sie finden.«

Lucia seufzte. »Ich hoffe es. *Scusi, il conto per favore.*« Der Kellner versprach, gleich mit der Rechnung zu kommen. Während sie warteten, blätterte Lucia durch die Fächer ihrer Brieftasche. »O je, wir müssen nachher dringend Geld abheben. Ich bin so gut wie blank.«

Am Piazza Navona zeichnete ein Straßenkünstler Karikaturen von Touristen und warb mit seinem leicht übergriffigen Charme vor allem bei Frauen um Aufträge. Auf einer Leinwand neben ihm hingen Beispielbilder.

Sandras strahlende Augen ließen ihn eine Chance wittern. »Bitte, meine Grazien! Solche Schönheiten müssen verewigt werden«, sprach er sie direkt auf Deutsch an.

Lucia mochte solche Begegnungen nicht. Ihr waren diese Typen zu aufdringlich. »Dafür haben wir weder Zeit noch Geld«, erwiderte sie konsequent auf Italienisch. Es war ihr egal, ob der Kerl ihr glaubte oder nicht. Doch dieser Straßenkünstler ließ sich nicht abwimmeln. Beschwichtigend hob er die Hände. »Kein Kaufzwang! Wenn es Ihnen nicht gefällt, dann stelle ich es zu den anderen für den Verkauf. Ich bin mir sicher, dieses Motiv wird viele Käufer anlocken.«

Eigentlich hätte Lucia sich lieber in Ruhe den Platz angesehen und sich an den Rand eines Brunnens hingesetzt und mit ihren Kindern *gelati* gegessen. Aber weil jetzt auch Vanessa sie flehend ansah, lenkte sie ein. »Na gut, von mir aus.«

Triumphierend deutete der Künstler ihnen, wie sie sich vor dem Vierströmebrunnen positionieren sollten. Prompt folgten erste Passanten dem Herdentrieb und versammelten sich um sie. Fröhlich plapperte der Künstler drauflos.

»Und was treibt drei Schwestern in die schönste Stadt Italiens? Was, ihr seid gar keine Schwestern? Jetzt müsste ich aber raten, wer von euch *la bella Mamma* ist.«

Lucia verdrehte die Augen.

»Seltsam, der Geldautomat scheint nicht zu funktionieren.« Irritiert steckte Lucia die Bankkarte wieder ein, die das Gerät unverrichteter Dinge ausgespuckt hatte.

Auf der Suche nach einem weiteren Automaten überquerten sie erneut die Piazza Navona. Der Straßenkünstler, der sie vorhin gezeichnet hatte, war bereits mit einer neuen Gruppe beschäftigt und wiederholte eins zu eins seine Fragen und Sprüche. Lucia und ihre Töchter würdigte er keines Blickes. Ihr konnte das nur recht sein. Der Kerl war ihr gehörig auf den Wecker gegangen. Selbst Vanessa hatte irgendwann die Nase von seinem Gerede voll gehabt, doch Sandra war total auf ihn abgefahren und auf jeden Flirt eingegangen. Als sie den Künstler jedoch gefragt hatte, ob er denn einen Sohn in ihrem Alter habe, war das Gespräch ziemlich rasch verebbt.

»Das gibt es ja nicht, unsere Zeichnung ist tatsächlich weg!«, stellte Vanessa fest.

Sandra seufzte und blickte wehmütig zum Stand. »Seltsam. Jetzt, da es jemand anderes hat, hätte ich es doch lieber gekauft.«

Lucia versuchte, sie zu trösten. »Immerhin scheint der Gute nicht gelogen zu haben. Wir sind offensichtlich wirklich drei schöne Grazien.«

»Und drei arme Grazien«, erinnerte Vanessa sie an ihr Problem mit der Bankkarte.

• • •

»Da werden Lulu, Vanessa und Sandra Augen machen!«, meinte Gianni vergnügt.

Alberto stimmte seinem Sohn zu. »Ja, die Ähnlichkeit ist verblüffend! Sie werden sich bestimmt über dein Souvenir freuen.«

Vorsichtig rollte Gianni die Karikatur ein, die er soeben von einem Künstler gekauft hatte, und steckte sie in seinen Rucksack.

»Und wohin gehen wir als Nächstes?«

Eigentlich hatte Alberto gehofft, dass Gianni langsam müde wurde. Er selbst war im Bus, der sie zur Piazza Navona gefahren hatte, beinahe eingeschlafen. Sein Sohn allerdings erinnerte ihn an die Tage, als die Kinder klein und voller Energie gewesen waren und die erschöpften Eltern sich den Abend herbeisehnten.

Alberto faltete die Stadtkarte auseinander. »Das Pantheon liegt in der Nähe.«

Seinem Blick auf die Karte folgend, nickte Gianni. »Dann will ich das sehen. Und was ist das?« Er deutete auf eine blaue Fläche.

»Das ist der Trevibrunnen.«

»Gut, dann gehen wir dort auch noch hin.«

Alberto atmete einmal tief durch. »Na schön, meinetwegen.«

23. Kapitel

Rom, 1999

Ein Tourist drängte Lucia so grob zur Seite, dass sie ihm schnaubend mit dem Ellenbogen Paroli bot. Jemand anderes trampelte ihr auf die Füße, eine weitere Person blendete sie mit dem Blitz einer Fotokamera. Eine Frau rief nach ihrem Ehemann und spie Lucia dabei halb ins Ohr. Angewidert schlängelte sich Lucia weiter durch die Menge. Dabei drehte sie sich immer wieder um und kontrollierte, ob die Töchter ihr noch folgten. Gleichzeitig hielt sie Ausschau nach einem geeigneten Treffpunkt.

»Bleibt dicht bei mir, Kinder. Wenn wir uns verlieren, treffen wir uns unter dem Leuchtkreuz der *farmacia* dort drüben. Und dreht eure Handtaschen nach vorn, mit dem Reißverschluss zum Bauch.«

Schritt für Schritt kämpften sie sich vorwärts. Bei diesen Massen verging Lucia die Lust auf ihre Tour. Sie wollte die Sehenswürdigkeiten genießen und nicht erst zwischen der Menschenmenge suchen müssen. So überschwemmt von der Masse verloren sie ihren Zauber. Aber sie wollte sich auch nicht im Nachhinein darüber ärgern, nicht alles gesehen zu haben. Wenn sie schon mal hier war, wollte sie aus dem Vollen schöpfen – so wie alle. Also wurde sie Teil des Problems und kämpfte sich weiter durch. Immerhin mussten die Erinnerungen für ein paar Jahre reichen.

Das Rauschen des Wassers kam näher, bald hatten sie es geschafft. »Könnt ihr überhaupt etwas vom Trevibrunnen erkennen?«

Sandra stand hinter ihr und verrenkte den Hals. »Ich glaube, ich sehe ein bisschen vom Wasser.«

»Und ich sehe den Ellenbogen einer Statue.«

Endlich hatten sie die vorderste Reihe erreicht. Breitbeinig stellte Lucia sich hin und zog die Mädchen hinter sich nach. Nachdem sie durchgeatmet hatte, blendete sie ihre Umgebung völlig aus, um sich ganz auf das Monument im Stile des Spätbarocks einzulassen. Das klare Wasser hatte etwas Hypnotisches und ließ Lucia für einen Moment den ganzen Ärger mit den anderen Touristen vergessen.

Ein Glück, dass Vanessa die Fotokamera an sich genommen hatte und daran dachte, ein paar Bilder zu schießen, denn Lucia war zu hingerissen, um daran zu denken. Unter den strengen Blicken der Statuen fühlte sie die Wucht der Geschichte auf sich einprasseln. All die Künstler, Architekten und Bildhauer, die in Rom wirkten, hatten wahrlich etwas für die Nachwelt hinterlassen. Es gab so viele Details zu entdecken. Die Ausrichtung der Figuren, wie das Wasser in kleinen Wasserfällen in das Becken strömte, die Inschriften, die gesamte Fassade des Palazzo Poli …

»Los, Mama! Lass uns ein paar Münzen in den Brunnen werfen«, forderte Sandra sie auf. »Wie viele müssen es laut Legende sein?«

»Das kommt darauf an, was du dir wünschst«, antwortete Lucia. »Wirft man eine in den Brunnen, so kehrt man eines Tages wieder nach Rom zurück. Bei zwei Münzen verliebt man sich in einen Italiener. Und wirft man drei Münzen in den Trevibrunnen, wird man diesen Italiener innerhalb eines Jahres heiraten.«

Sandra nickte. »Na gut, dann werfen wir je eine Münze, und du musst drei einwerfen.«

»Auf keinen Fall werfe ich drei Münzen rein!«, wehrte sich Lucia. »Ich bin ja noch nicht einmal von eurem Vater geschieden, und eine weitere Ehe tue ich mir bestimmt nicht an. Schon gar nicht so bald.«

Ihre Töchter lachten. »Musst nicht gleich so heftig reagieren, das war doch bloß ein Scherz. Wie war das noch mal mit Freud? Dann wirft eben jede von uns nur eine Münze in den Brunnen«, schlug Vanessa vor.

Doch die Mädchen hatten sie getäuscht. Denn als Lucia mit dem Rücken zum Brunnen gerichtet die Münze über ihre Schulter werfen wollte, drückten die Töchter ihr blitzschnell eine zweite und eine dritte in die Hand, hielten sie fest und führten den Wurf für sie aus.

»Hey, das war hinterhältig!«

»Stimmt.« Sandra schmunzelte. »Aber auch ganz schön witzig.«

»Da kann doch was nicht stimmen!« Lucia nahm die Bankkarte aus dem Automaten und rieb den Magnetstreifen. Aber auch beim nächsten Versuch spuckte der Geldautomat die Karte wieder aus.

»Das reicht, jetzt rufe ich bei der Bank an.« Schweißgebadet wühlte Lucia in ihrer Handtasche und kramte das Nokia aus. Als sie auf das Display blickte, machte sie ein ratloses Gesicht. »Und wie bediene ich das jetzt?«

Den ganzen Urlaub über hatte sie es nicht gebraucht. Einmal, als sie in Mailand gewesen waren, wollte sie Sabina eine Textnachricht schreiben. Aber sie war mit den Tasten und der T9-Funktion nicht zurechtgekommen und hatte den Versuch frustriert abgebrochen.

»Es geht gar nicht an«, stellte sie jetzt fest.

Schon hatte Sandra das Handy in den Fingern. »Na, Kunststück, der Akku ist leer. Wann hast du es zuletzt aufgeladen?«

Lucia sah ihre älteste Tochter unverwandt an. »Gar nicht. Es war ja geladen, als Sabina es mir mitgegeben hat.«

»Und ausgeschaltet hast du es nie?«

»Man kann ein Handy ausschalten?«

Statt etwas zu sagen, schlug sich Sandra eine Hand gegen die Stirn. »Ach, Mama …«

Vanessa bemühte sich um eine Erklärung. »Das Handy braucht natürlich die ganze Zeit Strom, wenn es angeschaltet ist.«

Das leuchtete Lucia nicht ein und brachte sogleich ihre temperamentvolle Seite zum Vorschein. »Woher hätte ich das denn wissen sollen?«, blaffte sie ihre Töchter an. »Wenn ich ein Gerät nicht benötige, dann hat es gefälligst keinen Strom zu verbrauchen.«

»Aber du hast es ja gebraucht, indem du es anhattest. Das nennt sich Stand-by.«

»Das ist doch beides dasselbe!«

Das verhaltene Schweigen ihrer Kinder verriet Lucia, dass sie ihre Ansicht nicht mit ihr teilten. Immerhin hatten sie mehr Ahnung davon, also musste sie sich wohl oder übel eingestehen, dass sie einen Fehler begangen hatte.

»Und natürlich haben wir vorhin fast alle unsere Münzen in den Brunnen geworfen.«

Genervt klaubte Lucia in ihrer Brieftasche die letzten Lire zusammen. »Na schön, für einen Anruf wird es gerade noch reichen. Dann auf zur nächsten Telefonzelle. Auf das gute alte Münztelefon ist wenigstens Verlass.«

In der guten alten Telefonzelle stank es nach Schweiß, Zigarettenrauch und Urin. Die Tasten waren abgegriffen und klebrig. Doch das alles kümmerte Lucia nicht. Fassungslos lauschte sie den Ausführungen der Dame vom Kundendienst ihrer Bank. »Wie, Sie haben meine Karte gesperrt?«

Die ruhige Stimme, mit der die Dame sprach, brachte Lucia erst recht in Rage. »Es gab ein paar Transaktionen, die wir als verdächtig einstuften, da sie nicht Ihrem gewöhnlichen Verhalten entsprachen. Natürlich haben wir versucht, Sie telefonisch zu erreichen, doch weil uns das nicht gelang, haben wir die Karte sicherheitshalber gesperrt.«

Lucia rieb sich die Stirn. Sie hatte die Karte ihren ganzen Urlaub über nicht gebraucht, sondern vor Abfahrt das Geld abgehoben, bei einer Wechselstube eingetauscht und immer bar gezahlt. So, wie man es eben machte. Ihre Ausgaben konnten es also nicht gewesen sein. Dann musste jemand tatsächlich ihre Ersatzkarte benutzt haben. Eine Racheaktion von Till? Das konnte und wollte sie ihm nicht zutrauen. Außerdem war sie sich sicher, dass er ihr die Karte mit all den Dokumenten für die Zugänge zurückgegeben hatte. Und die befanden sich zu Hause in ihrem Schreibtisch in Freiburg.

»Was waren das für Transaktionen?«

»Moment, ich schaue kurz nach. Das kann etwas dauern, unser Programm ist nicht das schnellste.«

Während Lucia wartete, meldete die Computerstimme des Telefons, dass ihr das Guthaben bald ausginge. Rasch warf Lucia ein paar Lire in den gefräßigen Automaten.

»So, da haben wir's. Das war eine Buchung vor ungefähr zwei Wochen für zwei Flugtickets nach Palermo. Dann am selben Abend ein höherer Bargeldbezug in Palermo selbst und zuletzt am Folgetag, da wurde bei einem Motorrad-Center mit Karte bezahlt. Danach haben wir das Konto gesperrt. Waren das demnach Sie?«

Lucia traf der Schlag. Sie japste nach Luft und fühlte einfach nur Wut, gefolgt von herber Enttäuschung. Nicht genug damit, dass ihr Vater sie bestohlen hatte, nein, sie musste auf diese Weise auch noch erfahren, dass er sie die ganze Zeit über an der Nase herumgeführt hatte. Zu Hause kam er kaum zurecht und ließ sich von ihr bewirten und bedienen. Nun aber flog er nach Sizilien und machte einen auf Draufgänger. Und was Zia Emilia betraf – die konnte was erleben!

»Sind Sie noch dran? Hallo?«

»Ja, ja. Das hat alles seine Richtigkeit«, knurrte sie. »Und jetzt bitte ich Sie, die Karte umgehend wieder freizuschalten. Ich bin im Urlaub angewiesen auf mein Geld!«

»Selbstverständlich und entschuldigen Sie bitte die Unannehmlichkeiten. Wissen Sie, unser Sicherheitskonzept …«

»Schon gut«, beeilte sich Lucia zu sagen, denn erneut beschwerte sich der Automat. »Wie lange wird das dauern?«

»Ein paar Stunden, höchstens einen Werktag.«

Na toll, dachte Lucia. Wenigstens war das Hotel für die kommende Nacht schon bezahlt. Und die Speisen im Restaurant wurden erst beim Check-out abgerechnet, so kämen sie wenigstens bis morgen zurecht.

Plötzlich hatte sie einen Geistesblitz. Sollte ihr Vater die Karte noch einmal benutzt haben, könnte ihr dies weitere Hinweise über seinen Aufenthalt preisgeben. »Gab es denn seit der Sperrung einen erneuten Versuch, die Karte zu benutzen?«

Kurz schwieg die Dame. »Das wissen Sie nicht?«, fragte sie irritiert.

»Na ja, mein Vater hat eine Zweitkarte«, gab Lucia zu. »Aber das tut jetzt nichts zur Sache.«

»Ich fürchte, das tut es sehr wohl, Frau Gruber. Die Karte ist nur auf Ihren Namen registriert, und es ist untersagt, diese an Dritte auszuhändigen. Wissen Sie, unser Sicherheitskonzept …«

Da unterbrach die Verbindung, das Guthaben war aufgebraucht. Wutentbrannt knallte Lucia den Hörer auf. »*Merda!* Was für eine Scheiße!«

»Was ist denn los, Mama?«, fragte Vanessa besorgt, als Lucia aus der Zelle trat.

Während Sandra ihr ein Desinfektionstuch reichte, atmete Lucia tief durch. »Die Karte wurde gesperrt, weil die Bank einen Betrugsfall befürchtete. In Wahrheit hat euer Nonno sie benutzt. Und zwar vor zwei Wochen in Palermo. Sie haben die Italienreise von Süden nach Norden angetreten, nicht umgekehrt. Wir haben die ganze Zeit am falschen Ort gesucht.«

Sandra stand komplett auf dem Schlauch. »Palermo? Was machen die beiden denn auf Mallorca?«

»Kind, ich schwöre dir: Sobald ich wieder Zugriff auf mein Konto habe, kaufe ich dir einen Atlas!«

• • •

Beim Anblick der Menschenmassen schluckte Gianni. »Ich weiß nicht, ob ich da hinwill.« Er deutete zum vollen Trevibrunnen. »Da sind so viele Menschen.«

Alberto musste ihm recht geben. Ihn reizte es ebenfalls nicht, sich durch den vollgestopften Platz durchzukämpfen. Damals, vor über vierzig Jahren hatte sich kaum ein Mensch für den Brunnen interessiert. Alberto hatte mit Christina in aller Seelenruhe auf einer Bank direkt davor gesessen, den Anblick und den kühlen Luftzug genossen und belegte *panini* gegessen. Aber jetzt, angesichts dieser

Menschenmenge graute ihm. Manchmal war es besser, die Dinge in guter Erinnerung zu behalten, statt sich ihrer Illusion berauben zu lassen.

In der Nähe von ihnen standen drei Polizisten. Einer erhielt Meldung auf seinem Walkie-Talkie.

»Hab hier einen kleinen Vorfall direkt am Brunnen. Brauche möglicherweise Verstärkung.«

»Verstanden. Worum geht es?«

»So eine verrückte Touristin, die ihre Münzen zurückhaben will, die sie vorhin in den Brunnen geworfen hat. Sie sagt, sie brauche Geld zum Telefonieren.«

»Ich bin keine Verrückte! Und wehe, Sie fassen mich an!«, keifte die Frau im Hintergrund, ehe die Verbindung unterbrach.

Alberto stand wie vom Blitz getroffen da. Trotz der schlechten Übertragung hätte er diese Stimme unter Tausenden erkannt.

Diese Verrückte war seine Tochter.

»Lucia!«, schrie er und rannte in Richtung Trevibrunnen.

Gianni zögerte. »Aber die Menschen ...«

»Da müssen wir uns jetzt überwinden. Lucia ist hier. Und sie braucht uns!«

• • •

Es war ein Schock. Anders konnte Lucia die Situation nicht beschreiben, als ihr Vater plötzlich vor ihr stand. Ihr Hirn setzte aus. Der Polizist, der sie festgehalten hatte, sprach noch immer auf sie ein. »Signora, beruhigen Sie sich!«

Doch sie hörte ihn nicht und rauschte auf Alberto zu. »Ist das dein verdammter Ernst? Hast du den Verstand verloren?« Die ganze Reise über hatte Lucia sich gefragt, wie ihre Wiederbegegnung verlaufen würde. Wäre sie tränenreich oder voller Freude? Würden sie lachen und sich umarmen? Würde sie ihren Vater und ihren Bruder überhaupt jemals wieder finden? Oder gar alles in einer Tragödie enden? Doch nie hatte sie daran gedacht, was sie jetzt tat.

Sie verpasste ihrem Vater eine schallende Ohrfeige. Dann eine zweite und schließlich eine dritte. Der Polizist hinter ihr wollte bereits wieder eingreifen, doch Alberto gab ihm mit ruhiger Stimme und einem deutlichen Handzeichen zu verstehen, dass alles in Ordnung sei und er die Lage im Griff habe.

Und irgendwas in dieser beruhigenden, verständnisvollen Geste ließ Lucia in Tränen ausbrechen. Alberto, der Vater, der ihr nie die Nähe geben konnte, die sie so sehr gebraucht hätte, schloss sie wortlos in die Arme. Er umarmte sie und wartete mit aller Geduld ihren Gefühlsausbruch ab. Mit Wärme und Liebe, die er die ganze Zeit in sich getragen und so selten gezeigt hatte.

»Beruhige dich, *carissima*. Es ist in Ordnung«, sagte er sanft. Lucia versank völlig in seinen Armen, die bei Weitem nicht mehr so kräftig waren wie früher, sie aber noch immer festhielten. Sie fühlte sich an die Tage zurückversetzt, als sie ein kleines Kind gewesen war, etwa, wenn sie sich die Knie aufgeschlagen hatte und Alberto sie trösten musste. Sein Rasierwasser, sein sanftes Wippen und Summen – all das hüllte sie in einen Kokon der Sicherheit, wo sie ihren Gefühlen freien Lauf lassen durfte.

Und als dieser Damm erst gebrochen war, gab es kein Halten mehr. Lucia weinte Sturzbäche und tränkte Albertos Hemd in ihren Tränen.

Sie trauerte um den Verlust ihrer Mutter, über die Ungerechtigkeit, dass sie zu früh und zu grausam hatte gehen müssen. Darüber, dass sie Christina nie wieder lachen oder von ihr einen Ratschlag hören würde.

Um ihren Vater, der von der Liebe seines Lebens verlassen worden war und der deswegen solche Qualen erlitt. Um seine Kindheit, die ein einziges Trauerspiel gewesen war. Um das schwierige Verhältnis zu ihm und all die verschwendete Zeit, bis sie sich gegenseitig als vollwertigen Menschen anerkennen konnten.

Um Gianni, der so oft im Leben auf Widerstand stieß und es besser verdient hätte. Um ihren Ex und die zwanzig gemeinsamen Jahre, die auf solch armselige Weise in die Brüche gegangen waren, dass sie die Achtung voreinander verloren hatten.

Um ihre Töchter, die bald Scheidungskinder waren und denen sie viel zu oft die kalte Schulter gezeigt hatte und deren Bedürfnisse Lucia in ihrer emotionalen Abwesenheit nicht gerecht geworden war.

Und sie weinte um sich selbst, weil sie die ganze Last, die sie auf ihren Schultern gespürt hatte, nicht länger allein tragen konnte.

Und als sie merkte, dass Alberto sie noch immer hielt, begriff sie, dass sie das auch gar nicht länger tun musste, denn ihr Vater war jetzt da. Und wie ein See, der nach einem Sturm wieder eine spiegelglatte Oberfläche annahm, verebbte der Gefühlsausbruch so plötzlich, wie er gekommen war.

24. Kapitel

Rom, 1999

»Ich kann noch immer nicht glauben, dass ihr einfach allein nach Palermo geflogen und mit einer Vespa bis hierhergefahren seid«, sagte Lucia später an diesem Tag. Es war inzwischen Abend, und sie hatten es sich im ruhigen, begrünten Innenhof einer Pizzeria gemütlich gemacht, die zu Albertos und Giannis Hotel gehörte. Ein angenehmes Lüftchen sowie die Kühle der eben frisch bewässerten Blumenrabatten vertrieben die Gluthitze aus der Stadt.

Ihr Vater zwinkerte ihr zu. »Und wir nicht, dass ihr uns tatsächlich hinterhergefahren seid. Wir wollten es Zia Emilia erst gar nicht glauben. Nicht wahr, Gianni?«

»Wirklich nicht. Wir haben euch doch einen Zettel geschrieben. *Papà* und ich, wir hatten aaalles im Griff«, versicherte ihr Bruder mit solcher Selbstverständlichkeit, dass Lucia ihm schon fast glaubte.

Sandra schlürfte ihre Cola light und lehnte sich in ihrem Stuhl zurück. »Also dieser Urlaub ist so verrückt, dass man darüber ein Buch schreiben könnte.«

So saßen sie da. Die ganze Familie wieder vereint, als wäre es nie anders gewesen. Was für ein ereignisreicher Tag! Die Sehenswürdigkeiten, das Wiedersehen, das Gefühlschaos … Nun war Lucia einfach nur froh, alle beisammenzuhaben. Doch es war mehr als das. Sie alle hatten wieder näher zueinander und somit zu sich selbst gefunden.

»Das hätte Nonna gefallen, uns so zu sehen.« Vanessa lachte.

Auch Lucia schmunzelte. »Wer weiß, vielleicht sieht sie uns ja tatsächlich von irgendwo aus.« Sie hielt inne. »Wo habt ihr ihre Asche eigentlich verstreut? In Palermo?«

»Das haben wir uns überlegt und uns aber dagegen entschieden«, antwortete Alberto. »Es hat irgendwie nicht gepasst.«

»Und auch nicht in Tropea oder in Sorrento oder den Abruzzen«, pflichtete Gianni seinem Vater bei.

Fragend sah Vanessa zu ihrem Großvater. »Also habt ihr Nonna immer noch bei euch?«

Gianni nickte. »Ja, sie liegt im Zimmer oben im Kleiderschrank.«

Vielleicht lag es an Lucias Übermüdung, aber sie musste bei dieser Vorstellung plötzlich schallend lachen und schüttelte den Kopf. »Wie habt ihr *Mamma*s Asche am Flughafen eigentlich durch die Gepäckkontrolle bekommen?«

Auch Gianni lachte. »Das verraten wir doch nicht!«

Es wurde spät, bis Lucia und ihre Töchter in ihr eigenes Hotel zurückkehrten. Sie würden nur noch diese Nacht dort bleiben und dann ein Zimmer in derselben Pension wie Alberto und Gianni beziehen, weil es ihnen dort besser gefiel und sie näher zusammen sein wollten.

Als sie ankamen, steckte Lucia sofort ihr Handy ans Ladegerät und überließ ihren Töchtern den Vortritt ins Bad. Gleich morgen würde sie ihre Tante anrufen und von der geglückten Wendung erzählen – und sie auch ein wenig für ihre List tadeln. Bei Sabina konnte sie hingegen auch um Mitternacht einen Anruf wagen. Wahrscheinlich war sie erst jetzt von ihrem Discoschläfchen aufgewacht und bereitete sich auf eine Party vor.

Frisch geduscht und das Handtuch mit den nassen Haaren zu einem Turban geknotet, schnappte Lucia ihr Handy und zog sich auf den Balkon zurück. Die beiden Töchter hatten es sich auf dem ausziehbaren Sofa gemütlich gemacht und sahen sich irgendeine Spätsendung an. Als sich die ersten halb nackten Damen vor dem Bildschirm räkelten, schalteten sie den Fernseher aus und gingen zu Bett.

Während Lucia im Begriff war, Sabinas Nummer einzutippen, erschrak sie fürchterlich, als das Nokia plötzlich klingelte und das Display ihr eine unbekannte italienische Nummer anzeigte.

»*Pronto!*«, rief sie.

»Lulu, hier ist Gianni!« Ihr Bruder klang aufgebracht.

Sofort verflog der Ärger und wich in Sorge. »Brüderchen, geht es dir nicht gut?«

»Doch, mir schon, aber *Papà* nicht. Das Hotel hat einen Krankenwagen gerufen. Bitte komm schnell zurück, ich hab solche Angst!«

25. Kapitel

Rom, 1999

Im Wartebereich der Poliklinik Gemelli leuchteten die Deckenlampen in einem viel zu grellen Licht, und es roch nach Desinfektionsmittel und Putzmittel. Direkt neben ihnen surrte ein Snackautomat. Ab und an, wenn sich die Tür zu einem Patientenzimmer öffnete, drangen Gesprächsfetzen oder das Piepsen einer Infusionspumpe zu ihnen.

Immer wieder huschte jemand vom Krankenhaus durch die langen Gänge. Mal ignorierten sie Lucia und ihre Familie geflissentlich, mal schenkten sie ihnen immerhin ein mitfühlendes Nicken.

Erst als das Personal sich zum Schichtwechsel bereitmachte, realisierte Lucia, dass ein neuer Tag begonnen hatte. Seit Stunden saß sie zwischen ihren Töchtern. Vanessa hatte den Kopf auf ihre Schulter gelegt und döste, Sandra saß mit verschränkten Armen neben ihr. Sie hatte die Beine überschlagen und wippte mit dem Fuß so sehr, dass ihr die Flip-Flops regelmäßig davonflogen. Als Sandras Wippen unerträglich wurde, strich Lucia ihr über die Schulter.

»Ich finde es schön, dass ihr bei mir seid, aber es wäre wirklich okay gewesen, wenn ihr lieber im Hotel geblieben wärt und euch ausgeruht hättet.«

»Das kommt nicht infrage«, entgegnete Vanessa, und ausnahmsweise stimmte ihre Schwester ihr sogar zu. »Eine Familie hält zusammen.«

In dieser Hinsicht schlugen sie sich ausgezeichnet und bewiesen Lucia einmal mehr, dass sie viel reifer sein konnten, als sie manchmal den Anschein erweckten. Wer ihr aber Sorgen bereitete, war Gianni. Verloren saß er da und hielt wie ein eingeschüchterter Junge den Kopf gesenkt.

Vanessa streichelte ihm über den Rücken. »Kopf hoch, Gianni. Alles wird gut.«

»Ist das die Wahrheit? Wird *Papà* wieder gesund?« Sein fragender Blick fiel auf Lucia.

So sehr sie das Bedürfnis hegte, ihn mit ein paar Floskeln zu trösten, konnte sie sich nicht zu einer Lüge überwinden. Gianni hatte die Wahrheit verdient, und sollte das Schlimmste eintreffen, wollte sie nicht, dass es ihn völlig unerwartet traf. »Das kann man leider nie mit absoluter Gewissheit sagen«, gab Lucia ehrlich zu. »Aber die meisten Menschen kommen in ein Krankenhaus, um wieder gesund zu werden. *Papà* wird bestens versorgt, und die Leute, die in einer Klinik arbeiten, haben viel Erfahrung und eine gute Ausbildung.«

»Aber *Mamma* war auch in einem Krankenhaus. Und sie ist gestorben.«

Da war sie, die Realität, die Lucia wie eine Abrissbirne traf. »Das stimmt, doch das war eine andere Situation. *Mamma* war sehr krank.«

Ihre Brust brannte plötzlich. Furcht wanderte ihren Hals hoch und packte sie an der Kehle. Lucia war nicht dazu bereit, so kurz nach dem Tod ihrer Mutter auch ihren Vater gehen zu lassen. All die Erinnerungen kehrten zurück. Die endlosen Besuche, an denen sie meist nur nutzlos herumgesessen hatte und die trotzdem so sehr an ihren Kräften gezehrt hatten.

Die Unsicherheit ihrer Eltern, die den ganzen medizinischen Begriffen nicht folgen konnten und sich in ihrer Ehrfurcht vor den Ärzten nicht trauten, kritische Fragen zu stellen oder gar zu widersprechen.

Das Unaussprechliche, das in der Luft gelegen hatte. Der Tod, der sie wie ein Schatten begleitete. Nicht zu wissen, welche ihrer Begegnungen die letzte sein würde, welcher Abschied nicht nur für den Rest des Tages, sondern für immer galt.

Und schließlich die Trauer, die ein Stück weit schon seit Krankheitsbeginn dagewesen war, weil sie den Beginn eines unumkehrbaren Prozesses eingeläutet hatte. Eine Trauer, die nicht gelebt werden durfte, weil man an die Todkranke glauben und zuversichtlich sein musste. Es war eine Zeit gewesen, die Lucia nie mehr erleben wollte und in der sie sich trotzdem schon wieder befand.

Endlich eilte eine Krankenschwester zu ihnen.

»Sie dürfen nun zum Patienten. Er ist wach und ansprechbar. Der Doktor wird jeden Moment dazukommen.«

Alle vier sprangen sofort auf und liefen los. Lucia, die voranging, hielt kurz inne, als sie die Klinke der Zimmertür in der Hand hielt. Dann gab sie sich einen Ruck und trat ein. Noch bevor sie ihren Vater sah, bemerkte sie, dass das andere Patientenbett frei war. Erneut kamen die Erinnerungen an ihre Mutter hoch, und wie diese in ein Einzelzimmer verlegt worden war, als sie im Sterben lag. Eine lähmende Angst erfasste Lucia; ihr wurde schwindelig. Himmel, welche Hiobsbotschaft stand ihrem Vater bevor?

Alberto lag im hinteren Bett, nahe dem Fenster. Es war hochgestellt, damit er aufrecht liegen und besser atmen konnte. Sein Gesicht wirkte eingefallen und blass, fast so grau wie die Bettwäsche. Doch als er seine Familie erblickte, lächelte er. Und dieses Lächeln gab Lucia genügend Kraft, um sich wieder zusammenzureißen.

»*Papà*! Da hast du uns aber einen gehörigen Schreck eingejagt.«

Natürlich spielte er alles herunter. »Ihr wieder mit euren Übertreibungen. Das wäre doch nicht nötig gewesen, dass ihr alle hierherkommt und die Nacht durchmacht. So viel Aufhebens um einen alten Mann.«

Er gab sich gelassen, doch wer genau hinsah, konnte in seinen Augen erkennen, wie tief gerührt er war. Als Gianni sich sofort zu ihm an den Bettrand setzte und leise schluchzte, musste selbst ihr Vater verdächtig oft blinzeln.

Wenig später öffnete sich die Tür, und in zielstrebigen Schritten trat ein blonder Arzt in einem weißen Kittel und mit einem Klemmbrett in der Hand ein. Er war etwa im selben Alter wie Lucia. Das Haar war an den Schläfen leicht ergraut und ging in einen kurzen, aber gepflegten Bart über, doch die Augen waren die eines Zwanzigjährigen, mit einem unverbrauchten Leuchten und Lebenshunger.

»*Buongiorno*, Signor Carole, ich bin Dr. Flavio Venturo, ihr behandelnder Arzt. Meine Kollegen vom Notfall haben mir soeben alles rapportiert. Sie wurden heute Nacht eingeliefert, weil Sie über starke Kreislauf- und Atembeschwerden klagten. Ist das korrekt?« Wie nahezu alle Italiener sprach er unfassbar schnell, wobei er einen Akzent hatte, den Lucia nicht zuordnen konnte. Als Dr. Venturo in Sandras und Vanessas ratlose Gesichter blickte, hielt er inne.

»*Scusi, parla tedesco o italiano?*«

»Wenn es für Sie keine Umstände macht, dann lieber deutsch, damit auch meine beiden Enkeltöchter alles verstehen.«

»Selbstverständlich.« Im fließenden Übergang wiederholte Dr. Venturo seine letzten Worte. Jetzt ergab für Lucia auch sein Akzent einen Sinn. Der Arzt war Schweizer!

Währenddessen erzählte Alberto ihm, was in der Nacht passiert war. »*Allora*, ich lag bereits im Bett, als ich ein Stechen in der Brust spürte und kaum noch Luft bekam. Mein Herz raste, und ich bemerkte einen starken Druck.«

»Hatten Sie das schon einmal?«

»Nein, das heißt doch … Diesen Urlaub hatte ich es ein paar Mal.«

Der Doktor sah sich Alberto gründlich an und hörte ihm aufmerksam zu. Er nickte ernst, als dieser von seinen Beschwerden berichtete, dennoch strahlte er dabei eine Gelassenheit aus, die Lucia Hoffnung schenkte.

Erst nachdem Alberto geendet und Dr. Venturo das

Herz und die Atemwege mit dem Stethoskop abgehört hatte, blätterte er in seinen Unterlagen.

»Also, was ich Ihnen schon mal versichern kann und was Sie sicherlich alle beruhigen wird, ist, dass das EKG völlig unauffällig ist. Es war somit kein Herzinfarkt, und auch sonst liegt mir kein auffälliger Befund vor. Vermutlich haben Sie sich in letzter Zeit zu stark übernommen, und Ihr Körper zwingt Sie nun, es ruhiger angehen zu lassen.«

Vor Erleichterung schossen Lucia Tränen aus den Augen. »Dann ist das zweite Bett nur leer, weil es gerade nicht gebraucht wird?«

Dr. Venturo sah sie verwirrt an, doch als er ihren Gedankengang folgen konnte, schüttelte er lächelnd den Kopf. »Nein, das muss Sie nicht beunruhigen. Mit Ihrem Vater ist alles gut. Jedenfalls im Großen und Ganzen.« Dann drehte er sich wieder zu Alberto.

»Allerdings sind Ihre Blutwerte angeschlagen, weswegen ich Ihnen zu einer Eiseninfusion rate. Und gegen die Atemlosigkeit würde ich Ihnen einen Inhalator verschreiben. Was meinen Sie, Signor Carole? Sind Sie damit einverstanden?«

Alberto blickte fragend zu Lucia, und als diese nickte, stimmte er der Behandlung zu.

»Gut, dann werde ich gleich die Infusion vorbereiten lassen und Sie über die Risiken und Nebenwirkungen aufklären. Die Infusion dauert nicht lange, doch danach müssten Sie noch ein paar Stunden zur Beobachtung bleiben, in denen ich Sie gern noch einmal zur Sicherheit ans

EKG anschließen möchte. Wenn es Ihnen aber besser geht, spricht nichts gegen eine Entlassung, und Sie können Ihren Familienurlaub in aller Gemütlichkeit fortsetzen. Und das meine ich wortwörtlich. Keine Pilgerreisen durch Rom bei vierzig Grad im Schatten. Ruhen Sie sich aus und geben Sie auf sich acht. Denn wie Sie sehen …« Er schwenkte mit dem Arm durch die Runde, wobei sein Blick länger auf Lucia haften blieb. »… gibt es eine Menge Menschen, denen Sie am Herzen liegen.«

26. Kapitel

Rom, 1999

Sie war ohne Ankündigung gekommen. Wie ein Schatten hatte sie sich zu ihm geschlichen. Obwohl Alberto die Augen geschlossen hielt, wusste er, dass sie da war. Ihre Präsenz war so greifbar, dass Alberto sogar die Tagescreme riechen konnte, die sie immer benutzt hatte.

»Na, *amore*, erholst du dich gut?« Christina stand vor ihm, als wäre sie nie fortgewesen.

Alberto zögerte keine Sekunde, hinterfragte nichts, sondern streckte die Arme nach ihr aus. »Meine Liebste, du bist es wirklich«, flüsterte er.

Sie ging so leichtfüßig um das Bett, als würde sie schweben, und setzte sich zu ihm an den Bettrand. Zärtlich legte sie die Hand auf seine Brust. Bei der Berührung seufzte Alberto vor Glück. Es war alles wieder da. So vertraut, dass ihm das letzte dreiviertel Jahr ohne sie nicht mehr real vorkam. Dieser liebevolle Blick, das Leuchten in ihren Augen, die filigranen Hände, die seine Brust hochwanderten und über sein Gesicht strichen – nichts davon war anders als früher.

Und schön sah sie aus. So wunderschön, strahlend und losgelöst von all den Schmerzen und Sorgen, die sie vor ihrem Tod hatte durchleiden müssen.

Vor ihrem Tod. Etwas in Albertos Gehirn wehrte sich gegen den Gedanken. »Bin ich tot?«, fragte er sie.

Sie schüttelte den Kopf. »Nicht doch, aber du könntest, wenn du möchtest. Die Entscheidung liegt bei dir.«

Alberto war verwirrt. »Dann ist es nur ein Traum?«

Seine Frau lächelte ihn an. »Dafür ein sehr schöner.«

Alberto konnte seine Augen nicht von Christina lassen. »Du weißt gar nicht, wie gut es tut, dich so zufrieden zu sehen. Geht es dir gut, da, wo du bist?«

Sie antwortete nicht, sondern hatte ihren Blick zum Fenster gerichtet. »Du hast mich nach Hause gebracht. Mir nochmals all die Orte gezeigt, an denen wir waren. Das war unglaublich hingebungsvoll von dir.« Wieder drehte sie sich zu ihm und flüsterte aufrichtig: »*Grazie.*« Und nach einer Weile: »Darf ich mich zu dir legen?«

»Was für eine Frage!« Er klopfte auf seine Matratze. Alberto spürte, wie sich das Bett leicht bewegte, und versuchte, an den Rand zu rutschen, um Christina Platz zu machen.

»Lass nur, ich brauche nicht viel«, entgegnete sie. Stirn an Stirn lagen sie da. Eine heilende Wärme ging durch Albertos ganzen Körper. Ihr Haar und ihr Atem kitzelten sein Gesicht auf solch schöne Weise, als würde die Sonne auf ihn scheinen.

»Können wir einfach nur so daliegen und uns halten?«, fragte er.

»Solange du willst, *tesoro.*«

»Dann hoffe ich, dass ich dabei nicht einschlafe. Denn wenn ich wieder aufwache …«

»Schh.« Sanft legte sie den Zeigefinger auf seinen Mund. »Darüber mach dir keine Gedanken.«

Ein leises Schnarchen ließ sie beide aufhorchen. Sie drehten ihre Köpfe und schmunzelten, als sie Lucia bemerkten, die sich wie eine Katze auf dem Sessel gegenüber von ihnen eingerollt hatte und eingenickt war.

»Ach, unsere *principessa.*« Christina seufzte. »Es ist wieder wie früher, als wir vor ihrem Bettchen standen und sie bewunderten. Du musst nachsichtiger mit ihr sein.«

»Das habe ich vor.« Alberto spürte, wie sich seine Brust weitete. »Da haben wir eine tolle Familie hervorgebracht. Lucia, Gianni, die Mädchen … Wir können stolz auf sie sein. Und auf uns.«

Seine Frau nickte. »Das bin ich jeden Tag auf euch. Am meisten aber auf dich, mein Liebster.« Ihr Blick tauchte in seinen und suchte nach einer Antwort auf ihre unausgesprochene Frage. Dabei schimmerten ihre Augen, als ahnte sie bereits, was Alberto gleich sagen würde.

»Ich kann noch nicht mit zu dir, *cara*. So sehr ich es mir wünsche und dich vermisse. Aber unsere Familie …«

Sie lächelte. »Ich weiß. Du musst es mir nicht erklären.«

Tränen rannen seine Wangen hinab. »Es tut mir leid.«

»*Tesoro*, unsere Liebe ist so gewaltig, dass der Tod kein Hindernis darstellt. Ich werde immer bei dir sein.« Mit ihren Daumen wischte sie Albertos Tränen aus dem Gesicht und massierte mit den restlichen Fingern Albertos Schläfen. »Aber jetzt solltest du schlafen und dich erholen. Du musst hier schließlich noch ein paar Jahre weitermachen.« Sie küsste seine Stirn und flüstere: »*A più tardi.* Bis später, *amore.*«

Alberto wollte ihr noch so viel mehr sagen, doch da waren seine Augen schon zugefallen. Christina hatte ihn in einen gnädigen Schlummer versetzt.

Irgendwann spürte er, wie er das Bewusstsein wieder erlangte. Trotzdem hielt er die Augen geschlossen und genoss diese Schleuse zwischen Schlaf- und Wachzustand. Er wollte noch ein wenig in seinen Träumen schwelgen, die Tatsache ausblenden, dass er wieder allein im Bett lag. Doch zum ersten Mal fühlte er sich nicht länger einsam.

• • •

»Wir sind zurück, Mama.«

Lucia schreckte von ihrem Sessel hoch und rieb sich den Nacken. Sie musste eingenickt sein, während sie bei ihrem Vater Wache gehalten hatte. Gianni und die Mädchen hatten sich vor etwas mehr als einer Stunde zum Mittagessen verabschiedet und waren eben zurückgekehrt.

Rasch legte Lucia den Zeigefinger auf den Mund. »Seid bitte leise. Nonno schläft.«

»Hast du auch geschlafen, Lulu?«, fragte Gianni.

»Ein bisschen.«

»Am besten machst du jetzt auch eine kleine Pause, Mama«, flüsterte Sandra. »Krankenhäuser sind anstrengend. Und draußen scheint richtig schön die Sonne.«

Lucia nickte. »Einverstanden. Aber bitte ruft mich sofort auf dem Handy an, sollte der Arzt noch einmal vorbeikommen, damit ich beim Gespräch dabei bin.«

Auf der Suche nach einem Kaffee huschte Lucia durch die Krankenhausgänge und fand schließlich einen Automaten, der ihr eine undefinierbare Flüssigkeit in einen Pappbecher ausspuckte. Das war das Sonderbare an diesem Land, dachte Lucia nach einem enttäuschenden Schluck. Sowohl ihren besten als auch ihren schlechtesten Espresso hatte sie in Italien getrunken.

Mit der Brühe in der Hand zog sie sich in den Park zurück. Die Sonne und die frische Luft taten ihr gut. Das Zirpen der Zikaden und die trockene Hitze brachten trotz der beängstigenden Lage den Sommer wieder in die Gegenwart.

Erst jetzt wurde ihr bewusst, wie viele Stunden sie nahezu regungslos bei ihrem Vater verbracht hatte und dass sich ein Nebel um ihren Geist gelegt hatte. Ein kleiner Spaziergang unter schattenspendenden Kiefern und Pinien war da genau das Richtige.

Mit jedem Atemzug fand sie wieder mehr zu sich. Irgendwo sang eine Türkentaube. Danach setzte sich Lucia auf eine Bank und schaltete ihr Handy ein, um Sabina und ihre Tante auf den neusten Stand zu bringen. Als sie nach den Telefongesprächen dem Kaffee eine neue Chance geben wollte, hörte sie plötzlich eine Stimme.

»Trinken Sie den bloß nicht. Der ist ungenießbar.«

Überrascht blickte sie auf und erkannte Dr. Venturo, der offenbar seine Mittagspause im Park verbracht hatte.

Er stand vor ihr und lächelte. Oder kniff er bloß die Augen zusammen, weil die Sonne blendete?

»Danke für die Warnung, aber nach einer solchen Nacht geht Koffein über Geschmack.«

»Das kann ich nicht tolerieren. Warten Sie, ich bringe Ihnen einen Kaffee aus unserem Pausenzimmer, dort haben wir eine vernünftige Maschine.«

Und weg war er.

Verlegen wartete Lucia auf der Bank und zählte die Ziegelsteine der Parkmauer. »Das wäre doch nicht nötig gewesen«, erwiderte sie, als der Arzt mit einem aromatischen Kaffee in einer richtigen Espressotasse zurückkehrte. Sie nahm einen Schluck, und beim herrlichen Aroma fühlte sie sich gleich besser. Dr. Venturo hatte nicht zu viel versprochen.

»Höre ich eigentlich richtig aus Ihrem Akzent heraus, dass Sie aus der Schweiz sind?«

»O je, das hört man immer noch?« Er winkte ab. »Meine Mutter ist Schweizerin und stammt aus Basel. Sie kam trotz aller Warnungen und Bedenken für die Liebe zu einem Italiener nach Rom – und hat es nie bereut. Nächstes Jahr feiern meine Eltern goldene Hochzeit.«

»Das hört sich schön an.« Inzwischen hatte Lucia den Espresso getrunken. »Danke für den Kaffee. Es kommt selten vor, dass Angehörige eines Patienten so fürsorglich behandelt werden.«

»Das klingt, als hätten Sie schon schlechte Erfahrungen gemacht.«

Sie nickte. »Man fühlt sich so ohnmächtig, wenn man mit der Angst alleingelassen wird. Letztes Jahr bei meiner Mutter waren wir völlig auf uns allein gestellt.«

Dr. Venturo setzte sich neben sie. »Das tut mir leid zu hören. Ich habe mir schon etwas in diese Richtung gedacht, als Sie so heftig auf das leere Bett im Zimmer Ihres Vaters reagiert haben. Ich hoffe, Ihrer Mutter geht es inzwischen besser.«

»Leider nicht. Sie ist gestorben.«

Er nickte betroffen, aber wenig überrascht. »Wie furchtbar! Da muss der Schreck für Sie heute umso größer gewesen sein, als man Ihren Vater hierherbrachte.«

Irgendetwas an der Ausstrahlung des Arztes sorgte dafür, dass Lucia ihm vertraute und sich ihm öffnete. »Ja, wir sind uns eben erst wieder nähergekommen. Allein die Vorstellung, meinen Vater jetzt zu verlieren ...« Sie konnte nicht weitersprechen.

Es kam für sie unerwartet, als Dr. Venturo ihre Hand berührte, doch es war keineswegs unangenehm. Im Gegenteil, sie wünschte sich, er würde ihre Hand nie mehr loslassen. Die vertraute Art, wie er mit dem Daumen über ihren Handrücken strich, wirkte belanglos, und doch schwang so viel mehr in dieser Berührung mit, als sie auszusprechen vermochte. Und einfach so erwiderte sie die Berührung, so dass sich ihre Finger verschränkten.

»Sie waren vorhin sehr tapfer, Signora ...«

»Ich heiße Gruber. Aber nennen Sie mich Lucia.«

»Nur, wenn Sie mich Flavio nennen.« Dann stutzte er. »Gruber ... dann sind Sie mit einem Deutschen verheiratet?« Rasch zog er seine Hand zurück, als habe sie ihn bei etwas Verbotenem erwischt.

»Das bin ich. Meine Kinder sind nicht von alleine entstanden.« Sie zwinkerte ihm zu. »Aber wir leben getrennt und sind bald geschieden.«

Sie erschrak über ihre eigene Direktheit und mit welcher Genugtuung sie über die Trennung gesprochen hatte. Als würde sie dieser endlich etwas Positives abgewinnen und es nicht als ein Scheitern sehen. Ihr wurde auf einmal heiß. Was machte sie hier auch? Im Park mit einem Fremden flirten, was ohnehin zu nichts führen würde, während ihr Vater im Krankenhaus lag? So kannte sie sich gar nicht.

Rasch drückte sie dem Arzt die leere Tasse in die Hand und stand auf. »Sie haben recht, der Kaffee war wirklich gut«, sagte sie knapp. »Aber jetzt sollte ich dringend zu meinem Vater zurück.«

27. Kapitel

Rom, 1999

Als Alberto wieder aufwachte, war er von seiner Familie umgeben. »Seid ihr etwa die ganze Zeit über bei mir gewesen?«

»Wir haben uns abgewechselt. Aber ja, es war immer jemand da«, antwortete Vanessa.

»Wie fühlst du dich, *Papà*?«, wollte Gianni wissen. In seiner Stimme lag Besorgnis. Lucia war froh, dass ihre Töchter sich so gut um ihn gekümmert und ihn mit seinen Ängsten aufgefangen hatten.

»Ich glaube, ganz gut.«

Lucia schaute ihren Vater forschend an. »Und das sagst du nicht, weil du den starken Mann spielen willst?«

Er schloss die Augen und lächelte. »Ganz bestimmt nicht.« Als er sie wieder öffnete, bedachte er seine Tochter mit einem langen Blick. »Lucia, ich … ich schulde dir eine Entschuldigung. Ich war dir gegenüber undankbar und habe deine Unterstützung für selbstverständlich gesehen. Gleichzeitig wollte ich nicht einsehen, wie sehr ich dich brauche, und habe dich unnötig schikaniert. Dabei hast du so viel für Gianni und mich getan. Auch schon früher, als *Mamma* noch da war.«

»All das habe ich sehr gern gemacht, *Papà*. Doch es tut

gut, es auch einmal zu hören. Weißt du, ich habe auf dieser Reise auch vieles über dich erfahren und verstehe dich nun besser. Ich war auf dem Gutshof, *Papà*. Ich hatte ja keine Ahnung, was du alles durchleben musstest. Und nie hätte ich mich getraut zu fragen.«

»Es sind nun zum Glück andere Zeiten«, meinte Alberto versöhnlich. »Darüber verschwende ich keine Gedanken mehr. Lassen wir die Vergangenheit ruhen.«

Lucia lächelte. »So etwas Ähnliches hat auch deine Halbschwester gesagt. Ich habe sie kennengelernt.«

»Antonietta? Wie ist sie so?«

Lucia wollte ihm nicht zu viel verraten. »Das fragst du sie am besten Mal selbst. Sie meinte, dass du bei ihr immer willkommen seist. Wir sind ja eine Familie.« Sie drehte sich zu ihren Töchtern und Gianni um. »Und das sollten wir uns alle hinter die Ohren schreiben. Wir müssen mehr aufeinander achtgeben und die Wertschätzung, die wir füreinander empfinden, auch aussprechen. Wir alle haben es verdient, nett behandelt zu werden.«

Die anderen nickten nachdenklich.

»Das reicht aber nicht«, fuhr Alberto fort. »Wir müssen für unser Zusammenleben eine bessere Lösung finden. Eine, die für alle stimmt, besonders für dich, Lucia. Vielleicht ist es doch an der Zeit, in ein Seniorenheim oder betreutes Wohnheim zu ziehen.«

Lucia lachte auf. »Soll das ein Scherz sein? Ich habe durch diese Reise gemerkt, dass in dir noch so viel mehr steckt, als ich bisher angenommen habe. Und Gianni – du steckst voller Überraschungen. Ich kam aus dem Staunen nicht mehr heraus, als ich gesehen habe, wie du dich allein in diesen zwei Wochen gemacht hast.«

»Ja, ich habe sogar schwimmen gelernt!«, bekräftigte Gianni.

»Ich bin stolz auf euch beide und hätte ich euch, vor allem dein Bedürfnis, *Mamma* nach Hause zu bringen, ernster genommen, wären wir gar nicht in diese Situation geraten.« Fragend sah Alberto sie an. »Und was bedeutet das nun für uns als Familie?«

»Dass ihr, du und Gianni, weiterhin bei uns bleibt. Aber wir müssen einige Dinge optimieren, da stimme ich dir zu. Das Zusammenleben muss so angenehm wie möglich sein, auch für die Mädchen, die ihren Raum brauchen. Vielleicht sollten wir eine größere Wohnung in Betracht ziehen. Nach meiner Trennung könnte ich ohnehin einen Tapetenwechsel gebrauchen. Aber lasst uns darüber zu einem späteren Zeitpunkt reden.«

»Eine Sache bleibt dennoch zu klären.« Vanessa blickte fragend zu ihrer Schwester, als wollte sie sich ihrer Rückendeckung vergewissern. »Was machen wir mit Nonna?«

»Dazu habe ich eine Idee.«

Alberto erzählte seiner Familie von seinem Vorhaben und Lucias Augen begannen zu leuchten. »Das klingt ja wundervoll.«

Kurz darauf trat Dr. Venturo so schwungvoll ins Zimmer, dass hinter ihm ein kleiner Luftzug entstand. Dabei rieb er sich die Hände, um das eben erst aufgetragene Desinfektionsmittel zu verteilen. »*Allora*, Signor Carole. Wie fühlen Sie sich?« Alberto entging nicht, wie sein Blick zu Lucia wanderte, ehe er seine Aufmerksamkeit wieder dem Patienten widmete.

»Wunderbar, es geht mir prächtig«, erwiderte Alberto.

»Na, das höre ich gern! Dann befreie ich Sie gleich mal von diesen Kabeln hier.« Dr. Venturo nahm ihm das EKG ab. Alberto hatte mit solcher Überzeugung gesprochen, dass der Arzt zuerst nur beiläufig auf die Auswertung des Messgerätes blickte. Doch dann stutzte er.

»Sind Sie sicher, dass es Ihnen gut geht?« Der Arzt runzelte die Stirn und wechselte erneut einen Blick mit Lucia. Auch sie horchte auf. »Es könnte natürlich ein Messfehler sein, aber der Schreiber gibt an, dass Sie etwa eine Minute lang …«

Kaum merkbar schüttelte Alberto den Kopf. »Ich hatte einen wunderschönen Traum.« Er sah dem Arzt seine Verwunderung an, doch Dr. Venturo sagte nichts mehr. Und das rechnete Alberto ihm hoch an.

»Nun gut, ich denke, es spricht nichts gegen eine Entlassung. Sollte ihr Gesundheitszustand sich aber verschlechtern, zögern Sie nicht, wieder vorbeizukommen. Und die Eisenwerte lassen Sie bitte in etwa vier Wochen bei ihrem Hausarzt checken. Einverstanden? Wie ist denn Ihre Lebenssituation in Deutschland?«

»Ich bin bei meiner Tochter in guten Händen«, versicherte Alberto, und zum ersten Mal glaubte er es wirklich.

»Da haben Sie Glück. Sie scheint mir etwas ganz Besonderes zu sein.«

Alberto entging nicht, wie Lucia und Dr. Venturo sich ansahen. Mit hochgezogener Augenbraue ließ er seinen Blick zwischen den beiden schweifen.

»Ja, das ist sie in der Tat.«

»Wie geht es denn mit Ihrer Reise weiter?«, fragte Dr. Venturo. »Ich hoffe, Sie haben nicht noch mehr Sehenswürdigkeiten auf dem Programm.«

»Nur noch die schönste Sehenswürdigkeit von allen«, schaltete sich Lucia ein. »Das Meer. Wir wissen nur noch nicht genau, wohin wir fahren.«

Dr. Venturo überlegte. »Wie wäre es mit Ostia? Das ist nicht allzu weit von hier und der Strand dort ist bezaubernd. Meine Geschwister und ich haben dort eine Ferienwohnung, die wir uns an den Wochenenden teilen.«

Alberto nickte anerkennend. »Hast du gehört, Lucia? Eine Ferienwohnung in Ostia. Tja, vielleicht trifft man sich ja einmal.«

Während Lucia errötete und ein strenges »*Papà*!« murmelte, sprang Sandra auf. »Das klingt gut. Ein paar Strandtage kann ich wirklich gebrauchen. Sonst wäre es auch gar kein richtiger Italienurlaub.«

Als am späten Nachmittag Alberto aus dem Krankenhaus entlassen wurde, quetschten sich alle fünf Familienmitglieder in Lucias Opel. Eine unsägliche Hitze schlug ihnen entgegen, weil das Auto in der Sonne gestanden hatte.

»Ui, das wird aber eine kuschelige Angelegenheit, wenn wir zurück nach Freiburg fahren«, bemerkte Vanessa.

»Wie viele Stunden sind das? Zwölf? Ist das mit oder ohne Pause eingerechnet? Mit oder ohne Stau?«

»Also ich sitze dann ganz sicher nicht in der Mitte! Ich schwitze ja jetzt schon wie irre«, beklagte sich Sandra.

»Das können wir zu einem späteren Zeitpunkt besprechen.« Lucia schaltete den Motor an. Sofort stellte sie die Lüftung aufs Maximum, so dass man kaum noch sein eigenes Wort verstehen konnte.

»Dann fahren wir nun ans Meer?«, fragte Gianni.

»Was?«

Schreiend wiederholte Gianni die Frage.

»Ja, ja«, bestätigte Lucia, ohne ihn verstanden zu haben, während sie den Rückwärtsgang einlegte.

Obwohl sie sich auf die Strandtage freute, musste sie sich mit aller Kraft zusammenreißen. Die durchgewachte Nacht in Kombination mit der Hitze forderten ihren Tribut.

»Wie lange bleiben wir dort?«, wollte Sandra wissen.

»Keine Ahnung, ich muss zuerst bei der Arbeit anrufen und abklären, ob ich den Urlaub verlängern kann.«

»Und wenn sie dir das nicht erlauben?«

Lucia ließ den Wagen noch immer langsam vom Parkplatz rollen und erinnerte sich an Sabinas Jobangebot im Verlag. Seit Wochen grübelte sie immer wieder, ob sie es annehmen sollte oder nicht. Die Bedingungen waren deutlich besser, aber ihr Vater, Gianni und ihre Kinder brauchten sie doch …

»Mama! Stopp!«, kreischte Sandra, doch es war zu spät.

Lucia hatte vor lauter Nachdenken nicht in den Rückspiegel geschaut und war prompt in das geparkte Auto hinter ihr aufgefahren. Erschrocken brachte sie das Auto zum Stehen und stieg aus, um den Schaden zu begutachten.

Ihrem alten Opel tat die kleine Delle nicht weh, doch der rote Fiat war ein neueres Modell, und die Stoßstange schien komplett im Eimer zu sein. Nicht auszudenken, was hätte passieren können! Schon hörte sie, wie die Kinder die Fenster herunterkurbelten und vorwurfsvolle Fragen stellten.

»Hast du nicht zurückgeschaut?«

»Wenn da ein Kind gestanden hätte …«

Lucia versuchte Ruhe zu bewahren, aber der Schreck saß tief und sie hatte heftiges Herzklopfen. Zudem verspürte sie eine immense Wut auf sich selbst wegen ihrer Unachtsamkeit. Sie schloss die Augen, atmete tief durch und sammelte sich. »Ich parke das Auto jetzt erst mal in den Schatten um, dann muss ich den Besitzer ausfindig machen.« Sie tippte in ihrem Handy das Nummernschild und die Parkplatznummer als Textnachricht ein und speicherte sie unter den Entwürfen ab.

Zurück in der Klinik gestand sie am Empfang ihr Malheur. Die verwirrt dreinblickende Dame versprach, sich nach dem Besitzer zu erkundigen.

Ausgerüstet mit Stift und Unfallprotokoll kehrte Lucia zum Fiat zurück und ging wie ein Tiger im Käfig auf und ab. Als sie wenig später einen blonden Mann im Kittel näher kommen sah, bekam sie ein mulmiges Gefühl. Als sie dann erkannte, dass es sich um Flavio handelte, wollte sie im Erdboden versinken.

Er hingegen lachte. »Und wegen dieser kleinen Delle machen Sie ein solches Tamtam? Ich hatte einen Totalschaden erwartet. Dafür ist die Stoßstange doch da. Um etwas angestoßen zu werden.«

Verlegen fasste sich Lucia in den Nacken. »Es wäre nicht richtig gewesen, einfach weiterzufahren, als ob nichts passiert wäre.«

Flavio breitete die Arme aus und ließ sie geräuschvoll auf seine Oberschenkel fallen. »Und was machen wir jetzt? Meinetwegen muss der Schaden nicht gemeldet werden.«

Lucia drückte ihm dennoch das Unfallprotokoll in die Hand. »Mir wäre es lieber, wenn wir den Unfall aufnehmen, falls Folgeschäden auftreten und die Versicherung informiert werden muss.«

Er lachte schon wieder, und Lucia merkte, wie sehr ihr dieses Lachen gefiel. »Du bist ja noch deutscher, als es den Anschein erweckt.«

»Und du definitiv viel italienischer.«

Ganz beiläufig fielen sie in einen vertrauteren Ton.

»Na gut, ich gebe mich geschlagen.« Artig füllte Flavio das Formular aus und gab es ihr zurück. Lucias Blick fiel auf seine Telefonnummer, die er doppelt umkreist hatte.

Er zwinkerte ihr zu. »Übrigens, wenn es deine Absicht war, mal mit mir einen Kaffee trinken zu gehen, hättest du auch einfach so nach meiner Nummer fragen können. Es wäre nicht nötig gewesen, in mein Auto zu fahren.«

Als Lucia Minuten später mit hochrotem Kopf davonfuhr und Flavio ihr winkte, fühlte sie sich von der ganzen Familie beobachtet.

Sandra war die Erste, die das Schweigen brach. »Also, Mama, der ist ja schon ganz schön schnuckelig.«

»O ja«, stimmte Vanessa ein. »Und gebildet ist er auch, hat eine Ferienwohnung am Strand, spricht zwei Sprachen fließend …«

»Und ist sehr, sehr nett, obwohl du sein Auto kaputt gemacht hast«, rief Gianni dazwischen.

Zuletzt sah Alberto sie über den Rückspiegel vielsagend an. »Und er trägt keinen Ehering.«

28. Kapitel

Ostia, 1999

Es war die Art von Urlaub, die sie alle gebraucht hatten. Nachdem Lucia bei ihrer Arbeit hatte klären können, dass sie den Urlaub um ein paar Tage verlängern durfte, buchten sie noch am selben Tag über eine Touristenagentur in Ostia eine Ferienwohnung. Tags darauf checkten sie ein.

Die kleine Wohnung lag im Erdgeschoss hinter einem Supermarkt, hatte einen eigenen Gartensitzplatz und war umgeben von hohen Pinien. Sie hatte drei Zimmer: zwei Schlafzimmer – jeweils eines für die Töchter und eines für Gianni und Alberto sowie ein Wohnzimmer mit ausziehbarem Sofa, auf welchem Lucia sich ausbreitete.

Der Strand war rund fünf Minuten zu Fuß entfernt, und Alberto spendierte der Familie am Bagno zwei feste Plätze mit Sonnenschirmen und Liegestühlen.

Obwohl der Raum eng war, klappte das Zusammenleben wunderbar. Die Mädels schliefen am liebsten aus und gingen erst gegen Mittag an den Strand, dann, wenn Alberto und Gianni bereits zurückkehrten und in der Wohnung eine Siesta hielten.

Lucia wiederum genoss es, schon frühmorgens am Strand zu spazieren oder mit dem Mietfahrrad der Küste entlangzufahren. Sie liebte die Meeresbrise, die ihre Locken noch wilder werden ließ, und schmeckte das Salz auf der Zunge, während am Himmel die Möwen kreischten.

Meist fuhr sie eine Stunde pro Weg bis zu einem Naturschutzgebiet, wo ein Bauernhof einen kleinen Hofladen führte und Lucia sich täglich mit Tomaten, Zucchini, Auberginen, Zwiebeln, Melonen, frischem Salat und Wein eindeckte.

Nachmittags entfloh sie der Hitze und blieb zu Hause, wo sie mit ihrem Vater und Gianni Scopa oder Canasta spielte, ehe alle noch mal bis abends zum Strand pilgerten. Dann badeten sie oder dösten auf ihren Liegen. Kinderlachen drang aus allen Richtungen, Jugendliche spielten Beachvolleyball, und aus dem Häuschen des Strandwärters erklang das Brummen der Kühltruhen und dezente Popmusik.

Das Abendessen kochten sie meist gemeinsam, während gleichzeitig ein regelrechter Staffellauf um das einzige Badezimmer stattfand. Gegen neun Uhr putzten sich alle noch einmal heraus. Lucia liebte, wie ihre Haut dann duftete. Nach einer Mischung aus Aprikosenshampoo, After Sun und Anti-Brumm.

Dann begaben sie sich wie so viele andere Familien auf die abendliche *passeggiata*, dem Bummel durch die Fußgängerzone im Zentrum, wo die Geschäfte bis zur späten Stunde geöffnet hatten, kauften Souvenirs und gönnten sich ein *gelato*. Mehr hatten sie in diesen Tagen nicht vor und das war auch gut so.

La dolce vita hatte sie endlich erreicht.

Wie Alberto es hinbekommen hatte, würde Lucia immer ein Rätsel bleiben. Und so genau wollte sie es auch gar nicht wissen, denn legal war es auf keinen Fall. Aber gegen Ende des Urlaubs fuhr die gesamte Familie an einem frühen Morgen mit einem Motorboot aufs Meer hinaus. Neben dem Kapitän war ein Priester anwesend – und die Kaffeedose.

Nach einer Weile stellte der Kapitän den Motor ab und warf den Anker aus. Sanft schaukelte das Boot im Wellengang, während hinter ihnen die Meeresbucht im Morgenschein glänzte. Schließlich stand der Priester auf und begann seine Rede: »Wir versammeln uns heute hier, um die sterblichen Überreste von Christina Carole dem Meer zu übergeben …«

Wie bei jedem Vortrag oder längeren Monolog driftete Lucia mit ihren Gedanken ab. Die Worte eines Fremden, der ihre Mutter nie gekannt hatte, blieben ihr weder im Gedächtnis, noch maß sie ihnen eine sonderliche Bedeutung bei. Anders erging es ihrem Vater, der immer wieder ergriffen nickte. Im Grunde tat sie das für ihn, doch seine stummen Tränen ließen auch ihre Augen feucht werden.

Lucia nahm nichts mehr von ihrer Umgebung wahr. In Gedanken war sie jetzt ganz nah bei ihrer Mutter, als wäre es erst gestern gewesen, dass sie miteinander gesprochen hatten. Unzählige schöne Erinnerungen gingen ihr durch den Kopf. Meilensteine, Wendepunkte und scheinbar auch völlig belanglose Augenblicke. Doch manchmal gehörten gerade diese zu den prägendsten Momenten …

Freiburg im Breisgau, 1983

Es war das sechste Mal, dass Lucia in dieser Nacht an Sandras Gitterbett stand und die Kleine anflehte, sich endlich zu beruhigen. Aber die Kleine schrie sich die Seele aus dem Leib, zog sich abermals am Gitter hoch und streckte die Arme nach ihrer Mutter aus.

»Bitte, mein Schatz, es ist alles gut, ich bin ja bei dir.« Lucia nahm Sandra hoch, sang, wippte, summte, ging auf und ab, doch nichts half. Bis vor einem Monat hätte sie ihr Wundermittel einsetzen können und Sandra gestillt, doch seit sie wieder schwanger war, verweigerte ihre Tochter die Brust, ganz zu schweigen vom Fläschchen.

Wie gern hätte sie ihr Kind zu sich ins Ehebett genommen, doch Till wollte nichts davon wissen und beharrte auf ein kinderfreies Elternschlafzimmer.

Die Hilflosigkeit brachte Lucia um den Verstand. Sie war so müde, dass ihr der Kopf dröhnte und die Augen brannten, und so erschöpft, dass sie nicht wusste, mit welcher Kraft sie überhaupt noch zu stehen vermochte. Ihr Kreuz schmerzte vom schweren Bauch so sehr, als hätte ihr jemand die Wirbelsäule aus dem Körper gerissen. Diese Hilflosigkeit jagte ihr eine Heidenangst ein. Wie sollte sie den Alltag mit zwei Kindern überstehen, wenn sie schon mit einem nicht zurechtkam? Seit über einem Jahr schlief sie keine Nacht länger als zwei Stunden durch. Und wenn sie sich doch mal ausruhen könnte, weil Till mit der Kleinen zu den Schwiegereltern fuhr, kreisten die Gedanken um den Familienalltag, den Job, wichtige Besorgungen, oder sie verausgabte sich beim Haushalt, dem sie kaum hinterherkam.

In solchen Situationen wünschte sie sich, sie könne sich einfach in Luft auflösen. Nichts mehr fühlen, nichts mehr fürchten, kein Grübeln, kein gar nichts, nur ein wenig ihre Ruhe haben.

Plötzlich ging das Licht im Zimmer an, und Till stand im Morgenmantel am Türrahmen und sah sie vorwurfsvoll an. »Verdammt, ich muss in drei Stunden zur Arbeit und bin den ganzen Tag in Meetings! So geht das nicht!«

»Ich versuche es ja!« In ihrer Verzweiflung hatte Lucia ihren Mann aus voller Kehle angeschrien, so dass sogar Sandra zusammenzuckte und nach einem Schreckmoment noch lauter brüllte.

»Nun gib schon her, ich kümmere mich darum.« Till riss ihr das Kind aus den Armen, und – der Klassiker – Sandra beruhigte sich sofort. »Nicht einmal das kriegst du auf die Reihe«, maulte er, während er mit Sandra das Kinderzimmer verließ.

Zurück blieb Lucia. Tränenüberströmt ließ sie sich auf den Fußboden sinken und fühlte sich verlorener denn je.

Am nächsten Morgen, als Till zur Arbeit gefahren war und Lucia Frühstück zubereitete, klingelte es plötzlich, und ihre Mutter stand vor der Tür.

»Till hatte mich vorhin vom Büro aus angerufen. Er sagte, du könntest Hilfe gebrauchen.«

Gerührt sah Lucia ihre Mutter an. Christina, aus deren Augen bedingungslose Liebe sprach und die aus ihrer neuen Rolle als Nonna so viel neue Lebenskraft gewann, war ihr dadurch vielleicht näher als je zuvor. In ihrem Ausdruck war keine Verwunderung oder Unmut zu erkennen. Keine Verurteilung darüber, was Lucia in ihren Augen alles falsch gemacht haben könnte.

»Und da bist du einfach auf direktem Weg hergekommen?«

»Natürlich«, antwortete Christina. »Ich bin deine Mutter. Du brauchst mich, also bin ich für dich da.«

Schluchzend fiel Lucia ihr in die Arme. Es bedurfte keiner weiteren Worte. In dieser Berührung lag alles, was sie ihrer Mutter sagen wollte. Sie spürte ihre Wärme und fühlte sich augenblicklich sicher und geborgen. Dann löste Christina die Umarmung sanft und strich ihrer Tochter die Tränen aus dem Gesicht.

»Und wen haben wir denn da?«, fragte sie freudestrahlend, als Sandra angekrabbelt kam. Mit eleganter Leichtigkeit hob sie das Kind auf. »*Bellezza!* Hast du schon gefrühstückt? Komm, wir schauen in der Küche nach, was es da so gibt. Und danach gehen wir in den Park, was meinst du? Und die *Mamma* schicken wir ins Bett, damit sie sich mal ausruhen kann.«

Während Lucia im Bett lag, bekam sie am Rande ihrer Wahrnehmung mit, dass ihre Mutter und Sandra die Wohnung verließen und später wieder heimkehrten und dass sie gemeinsam lachten oder sangen. Sie hörte die italienischen Lieder ihrer Kindheit, den Dampfabzug, als sie Mittagessen kochten, das Klirren von Geschirr, das Umwerfen von Bauklötzen und dazwischen immer wieder Sandras freudiges Gebrabbel.

Eingekuschelt in ihr Kissen und in einem gnädigen Dämmer aus absoluter Zufriedenheit und der Gewissheit, dass ihr Kind bestens versorgt war, schlief Lucia bis in den frühen Nachmittag.

Als sie erholt das Wohnzimmer betrat, faltete Christina Wäsche, während im Fernseher leise »Unsere kleine Farm« lief. Auf dem runden Esstisch stand eine Vase mit frischen Blumen vom Markt. Ihre Mutter musste sie mitgebracht haben. Blumen, das war etwas, das Lucia nie für sich kaufte, dabei brachten sie gleich so viel mehr Farbe ins Leben.

»Die Kleine hält seit zwanzig Minuten ihr Mittagsschläfchen. Ich bin noch sicherlich eine Stunde da, dann muss ich ebenfalls daheim sein, weil Gianni von der Therapie kommt. Aber das gibt dir genügend Zeit, um zu duschen und was zu essen. Bestimmt kommst du um vor Hunger. Es hat noch Minestrone vom Mittag übrig. Was macht dein Baby?«

»Ist kräftig am Turnen«, antwortete Lucia, während sie den Bauch abtastete. Sie setzte sich hin und blickte ihre Mutter bewundernd an. »Unglaublich, wie du das alles hinbekommst. Gianni, dein Enkelkind, den Haushalt …«

»Ach, das ist jahrelange Übung. Und außerdem bin ich nicht so übernächtigt wie du, das macht einen enormen Unterschied.«

Trotzdem plagten Lucia Schuldgefühle. »Willst du mich gar nicht darüber maßregeln, was ich alles falsch mache?«

»Wann habe ich das jemals getan? Wir Mütter müssen aufhören, uns gegenseitig schlechtzumachen, und uns mehr unterstützen. Als ihr klein wart, war ich auch oft überfordert, das kannst du mir glauben. Dein *Papà* hat dich nächtelang im Wohnzimmer um den Esstisch getragen, wenn du wieder einmal gezahnt hast, ehe er am frühen Morgen in die Fabrik ging. Wir mussten zusammenhalten, sonst hätten wir das nicht überstanden.«

»Dennoch sieht bei dir alles so einfach aus.«

Christina legte die Wäsche ab. »Jedes Kind ist anders, jeder Mensch ist anders. Man darf sich nicht zu sehr vergleichen. Ja, vielleicht fällt mir das Hausfrauendasein leichter als dir, dafür hätte ich niemals ein so komplexes Studium wie du geschafft. Und genau für diese Möglichkeiten haben wir doch die ganze Mühe auf uns genommen und sind nach Deutschland gezogen. Egal, wie sehr wir unser Zuhause vermissen, sind wir dankbar, hier zu sein. Damit ihr eine Wahl habt und etwas Anständiges lernen könnt. Wir wollten euch nicht in dieselben Strukturen reinzwängen, aus denen wir zu entfliehen versuchten. Unsere Kämpfe sollten nicht die euren werden.«

Nachdenklich sah Lucia ihre Mutter an. In diesem Moment empfand sie für sie nichts als Bewunderung. Diese Frau, die Krieg, Entbehrungen und Entwurzelung erlebt, die selbst in ihrer Kindheit wenig Liebe erfahren hatte und trotzdem vom ersten Tag an für das Wohlergehen ihrer Kinder sorgte – diese Frau, die nie auch nur mit einem Hauch von Verbitterung durchs Leben zog, war für sie da. Selbst jetzt. Bedingungslos. »Und dafür habt ihr ein großes Opfer auf euch genommen.«

»Oh, das hast du auch«, erwiderte Christina unbeeindruckt. »Ich sehe doch, auf was du alles verzichten musst, wie allein du auf dich gestellt bist. In Sizilien haben alle aufeinander geachtet. Die Mütter waren nie ganz allein mit ihren Kindern. Da waren Verwandte, Nachbarn und Freunde – jemand hatte immer ein Kind im Arm. Aber hier schlagen alle ihre Schlachten für sich allein, und gerade die Anfangsjahre als junge Familie sind hart.«

Lucia fühlte sich verstanden. »Manchmal habe ich das Gefühl, mich aufzulösen. Natürlich liebe ich meine Tochter und das kleine Würmchen im Bauch, aber seit ich sie habe, erkenne ich mich kaum wieder. Mein altes Leben ist komplett verschwunden. Damit meine ich nicht einmal, dass ich die Freiheiten von früher vermisse, sondern, wie ich früher war. Belesen, interessiert, kreativ … Ich weiß nicht, wann ich zuletzt ein Buch gelesen oder ein interessantes Projekt begonnen habe, aber im Moment fehlt mir einfach die Kraft dazu.«

Während Lucia sprach, schlurfte sie in die Küche und setzte sich ermattet auf ihren Platz. Christina begleitete sie und richtete ihr Mittagessen an. »Ich verspreche dir jetzt etwas, auch wenn es dir schwerfällt, das zu glauben«, sagte sie, während sie ihr den Teller reichte. »So anstrengend wie jetzt wird es nachher nie wieder. Es kann ganz schön beängstigend sein, für einen kleinen Menschen Verantwortung zu übernehmen und für ihn die ganze

Welt zu bedeuten, aber es wird einfacher. Natürlich ändern sich die Herausforderungen, und ganz die Füße hochlegen wirst du bestimmt nie, aber du wirst wieder zu diesem Menschen zurückfinden, der du einmal warst. Er ist nie ganz verschwunden, sondern schlummert nur ein bisschen, bis du ihn wieder in dein Leben lässt.«

Christina hielt inne und blickte aus dem Fenster. »Das, was dich jetzt beschäftigt, wird wieder verschwinden. Weißt du noch, wie traurig du warst, als Sandra irgendwann nicht mehr auf deiner Brust schlafen wollte? Bald wird sie auch deine Hand nicht mehr brauchen, die Welt alleine entdecken. Das ganze Leben ist ein Loslassen. Ein Abschied von banalen Dingen. Und manchmal merkst du ihr Verschwinden erst gar nicht. Dann sitzt du da und fragst dich plötzlich, wo die Zeit geblieben ist. Dann wirst du zurückdenken, und es wird dir wie ein anderes Leben vorkommen. An die schlaflosen Nächte, die Ängste und Unsicherheiten denkst du nicht mehr. Es sind die kleinen Momente, die du in dir trägst – und die für immer bleiben.«

Ostia, 1999

Lucia tauchte aus ihren Erinnerungen auf und fühlte sich ihrer Mutter so nahe, dass sie keine Trauer mehr verspürte, denn Christina war bei ihr. Immer. Ein Mantel der Liebe hatte sich über Lucias Herz gelegt. Als Kind hatte sie sich von ihrer Mutter oft zurückgewiesen und nicht verstanden gefühlt, weil Gianni viel Aufmerksamkeit brauchte, aber trotzdem hatte Christina immer hinter ihr gestanden und sie so angenommen, wie sie war.

Egal, welche Steine das Leben in Lucias Wege legte, ob sie wieder Streit mit Till hatte oder von anderen Unsicherheiten geplagt war – nach einem Gespräch mit ihrer Mutter hatte sie die Welt jedes Mal ein Stück klarer gesehen. Und diese Gewissheit bewahrte sie wie ein wohlgehüteter Schatz in ihren Erinnerungen auf.

Der Priester hatte seine Rede beendet und bat Alberto, ihm die Kaffeedose zu überreichen.

»Einen Augenblick!«, rief Gianni dazwischen. Noch einmal drückte er die Büchse fest an sich und strich sanft mit der Hand über das Blech, ehe er sie weitergab.

Der Geistliche sprach ein letztes Gebet aus, dann öffnete er die Dose. Jeder in der Familie war einmal an der Reihe und schüttelte ein Häufchen ins Meer, bis nichts mehr von Christina übrig war.

Und als ihre Mutter endlich frei war, fühlte Lucia sich eins mit sich selbst und ihrer Familie, und sie spürte diesen kindlichen Frieden, als die Welt noch in Ordnung war, nicht weil sie das tatsächlich war, sondern weil Lucia die Komplexität des Lebens noch nicht verstanden hatte und von einem Wall der kindlichen Unschuld beschützt wurde. Nur, dass sie nun reifer war und die Dinge mit anderen Augen sah.

Gianni klopfte sich mit der Faust aufs Herz. »*Mamma* wird immer ein Teil von uns sein.«

Sandra und Vanessa, die die ganze Zeit über tapfer gewesen waren, umarmten beide ihren Onkel. »Das ist wahr, das hast du sehr schön ausgedrückt«, sagte Vanessa.

Sandra stimmte ihr zu. »Sie hält uns zusammen, selbst über ihren Tod hinaus.«

Alberto wischte sich eine Träne aus den Augen und blickte auf das Meer. »Was für ein wunderschöner Tag«, sagte er plötzlich.

Und da begriff Lucia eines: Die Beisetzung in ihrer Heimat hatte sich Christina nicht ihretwillen gewünscht, sondern Alberto zuliebe. Durch sein Versprechen musste er über seinen Schatten springen und ein Abenteuer wagen. Nur dadurch war er wieder in der Lage, ein eigenständiges Leben zu führen und Freude zu empfinden. Wo die Beisetzung letztendlich stattfand, spielte nicht die geringste Rolle.

Mamma hatte selbst über ihren Tod hinaus an sie alle gedacht. Und zum ersten Mal fühlte sich keiner mit seinem Schmerz alleingelassen. Sie ertrugen ihn gemeinsam, und das machte ihn auf sonderbare Weise zu etwas unbegreiflich Schönem.

29. KAPITEL

Rom-Fiumicino, 1999

»Habt ihr auch alles? Bordkarte? Reisepässe? Hausschlüssel?« Lucia hatte ihre Familie bis zum Gate des Flughafens Rom-Fiumicino begleitet und war deutlich nervöser als der Rest.

Weil die Heimfahrt für Alberto eine zu große Zumutung gewesen wäre und es im Auto ohnehin eng war, würden er und Gianni zurückfliegen. Die Mädchen hatten von sich aus angeboten, die beiden zu begleiten und sich um sie zu kümmern, falls dies nötig wäre.

Lucia würde noch eine Nacht hierbleiben, in aller Ruhe die Endreinigung und Abnahme der Ferienwohnung vornehmen und am Folgetag allein mit dem Auto zurückfahren. Die Töchter hatten deswegen Mitleid mit ihr, aber irgendwie freute sich Lucia auf dieses Soloabenteuer.

»Wir haben alles, Mama«, versicherte Sandra.

»Und ruft an, sobald ihr gelandet seid, und erneut, wenn ihr zu Hause angekommen seid. Und denkt daran, dass ihr dann sofort einkaufen müsst. Der Kühlschrank ist leer.«

»Aber sicher, Mama.«

»Und du hältst dich auch an den Plan, den wir ausgemacht haben«, erinnerte Vanessa sie mit einem vielsagenden Blick.

»Mal sehen«, wich Lucia aus.

»Keine Widerrede! Hörst du, Mama? Wir haben darüber gesprochen und wir finden, dass du das durchziehen sollst.«

»Na schön.« Lucia drückte ihre Mädchen an sich, küsste sie und hätte sie am liebsten nicht mehr losgelassen. Auch Gianni umarmte sie kräftig.

Zuletzt kam Alberto auf sie zu. »Fahr vorsichtig, *carissima*. Die Straßen hier sind unmöglich. Und leg genügend Pausen ein. Du musst kein Rennen gewinnen, nur heil zurückkommen.«

»Keine Angst, so eilig habe ich es nicht«, scherzte Lucia, doch insgeheim rührten sie die Worte ihres Vaters. Auch wenn Lucia nun eigentlich Urlaub von diesem Urlaub gebrauchen konnte, empfand sie tiefe Dankbarkeit für ihre gemeinsame Zeit in Italien. Für die neue Familiendynamik war es die Mühe wert gewesen.

»*Ti voglio bene, Papà*«, sagte sie liebevoll. Da war noch eine Frage, die ihr auf dem Herzen lag. »*Papà*?«

»Ja?«

»Findest du, dass du und *Mamma* ein gutes Leben hattet?«

Alberto sah sie lange an, horchte tief in sich hinein und spürte die Sonne auf seinem Gesicht. Spürte Christina.

»O ja. Ein verdammt gutes!«

Der Flug wurde aufgerufen, und Lucia verabschiedete sich von ihren Liebsten. Durch die Fenster beobachtete sie, wie die vier in das Flugzeug stiegen, und obwohl Lucia nicht religiös war, schickte sie ein Stoßgebet zum Himmel.

Danach wischte sie sich ein paar Tränchen aus den Augen und kehrte zurück zu ihrem Auto. Sie stieg aber nicht sofort ein, sondern lehnte sich mit überschlagenen Beinen gegen den Kofferraum. Dann packte sie ihr Handy aus und rief Sabina an.

»Na, leben meine Pflanzen noch?«, begrüßte sie ihre beste Freundin.

»Welche Pflanzen? O shit!«, zog Sabina sie auf. »Dann ist die Katze aus dem Haus?«

»Das kann man so sagen. Der Flieger ist schon weg, und ich mache mich auch bald auf den Weg. Deswegen rufe ich aber nicht an, sondern weil ich mir dir noch einmal über das Jobangebot sprechen wollte.«

»Ja?«

»Ist die Stelle im Lektorat noch frei?«

»Schon möglich.«

Lucia atmete tief durch. »Also gut, ich mach's. Ich komme zu euch zurück.«

Sabina stieß einen Jubelschrei aus. »Ich wusste es! Ich wusste es die ganze Zeit! Dann beweg mal deinen hübschen Hintern nach Freiburg, damit wir die Details bei ein paar Cocktails besprechen können.«

»Das werde ich. Sobald ich hier noch eine Sache erledigt habe.«

»Der heiße Arzt?«

Lucia errötete. »Mal sehen. Details folgen in Kürze.«

Nachdem Lucia das Gespräch beendet hatte, betrachtete sie die kleine Delle an ihrem Wagen, die sie vor ein paar Tagen verursacht hatte. Sie spürte, wie ihr Herz schneller schlug. Ehe sie einen Rückzieher machen konnte, zog sie das zusammengefaltete Unfallprotokoll aus der Hosentasche und tippte die Nummer ein.

»*Pronto?*«

»Ja, Lucia hier. Die vom Auto. Also nein, die vom Krankenhaus.« Sie presste ihre Augen zusammen und hämmerte sich mit der flachen Hand gegen die Stirn. Himmel, wie blöd wollte sie sich eigentlich anstellen?

»Ich hatte gehofft, dass du anrufst«, erwiderte Flavio mit seinem ansteckenden Lachen. »Und was verschafft mir die Ehre?«

»Nun ja, du hast gesagt, ich soll mich bei dir melden, wenn ich mit dir einen Kaffee trinken möchte. Hast du Zeit?«

Am anderen Ende der Leitung wurde es kurz still. »Da hast du aber Glück, dass heute mein freier Tag ist. Ich kann in einer Stunde in Ostia sein.«

Lachend legte Lucia den Kopf in den Nacken. »Wunderbar. Ich freue mich!«

Epilog

Freiburg im Breisgau, 2000

Es war ihr letzter Abend in Deutschland. Die Koffer waren gepackt, die Zugfahrscheine griffbereit in einem Umschlag. Morgen früh würden sie mit dem ersten Zug in den wohlverdienten Urlaub nach Italien fahren.

Alberto saß im angenehm schattigen Gartensitzplatz der neuen Fünfeinhalbzimmerwohnung seiner Tochter und hörte Radiomusik. Während Rea Garvey darüber sang, dass Supergirls nicht weinten, erklang plötzlich das tiefe und kräftige Brummen eines schweren Motorrads. Es kam näher und hielt direkt unten auf der Straße an.

»Alberto, bist du da?«, fragte eine Frauenstimme auf Italienisch.

Verwundert stand Alberto auf und überquerte den Garten. Die Frau zog den Helm aus und schüttelte ihr Haar.

»Giulia?«

»Da staunst du, was?«, rief sie zurück.

»Das kannst du laut sagen. Was für eine Maschine! Da kann die Vespa vom letzten Jahr aber einpacken. Was machst du hier?«

»Ich hab's getan, ich hab's endlich getan, die Pension verkauft und die Abruzzen hinter mir gelassen! Bin schon einen ganzen Monat unterwegs und auf Durchreise.«

»Wohin soll's gehen?«

»Bis nach Norwegen!«

»*Dio mio*!«

Giulia grinste ihn abenteuerlustig an. »Tja, ich soll doch mein eigener Kerl sein und mein Ding einfach durchziehen. Dazu hat mir mal ein guter Freund geraten.«

Alberto lachte ebenfalls. »Das muss ein kluger Mann gewesen sein.«

»Klug ja, aber ist er auch mutig?« Sie klopfte mit der Hand auf den hinteren Sitz. »Na, wie wär's mit einer kleinen Spritztour?«

Alberto strahlte. »Warte! Ich komme gleich mit!«

Danksagung

Meinen größten Dank schulde ich all denjenigen, denen ich dieses Buch gewidmet habe; meiner Familie. Ihr unterstützt mich nicht nur seit meinen ersten Schreibversuchen, sondern schenkt mir auch andauernd Kraft und Motivation, vor allem aber auch immer mal wieder ein freies Zeitfenster, damit ich zum Schreiben komme. Denn in diesen drei Jahren, in denen dieser Roman entstanden ist, haben mein Mann und ich selbst eine Familie gegründet und unsere Kinder unsere kleine Welt liebevoll auf den Kopf gestellt. An Schreiben war die erste Zeit nicht zu denken. Das Hirn war komplett in Watte gepackt, die Kreativität steckte im tiefen Märchenschlaf. Aber anders als Lucia habe ich mit meinem Mann einen Menschen an meiner Seite, der hinter mir steht und dafür sorgt, dass ich mich nicht vollkommen aufgebe. Wie alle meine Bücher hat Leo »Amore in italiano« von der ersten Zeile an unterstützt, mich angespornt und oft genug auch mit mir geschimpft, etwa wenn die Geschichte mal wieder beinahe im Papierkorb gelandet wäre.

Dass meine lieben Leserinnen und Leser also endlich wieder Nachschub erhalten, ist ihm zu verdanken. Selbst jetzt schaukelt er gerade unsere kleine Tochter in den Schlaf, damit ich dieses Nachwort verfassen kann.

Ferner gilt mein Dank auch meiner restlichen Familie und meinen engen Freunden wie etwa Lia Hertig, Aline Koenig, Maja Knapp und Tabea Obrist, die mir immer wieder mutmachende Worte gespendet, das Manuskript gegengelesen, die Kinder beschäftigt und die italienischen Begriffe überprüft haben.

Damit aus dem Manuskript aber auch ein richtiges Buch wird, braucht es noch ganz viele andere liebe Menschen, die ihren wertvollen Teil dazu beitragen. Da wäre zunächst Dirk Meynecke, der mich in die begabten Hände von Nina Wegscheider (Literaturagentur Buchplanung Berlin) legte. Sie hat für dieses Buch nicht nur ein wunderbares Plätzchen gefunden, sondern mich mit bemerkenswertem Engagement von der ersten vagen Romanidee an eng begleitet. Weiter danke ich Anne Scholz für die Betreuung bei Aufbau Taschenbuch, Patrizia Di Stefano für das wunderschöne Cover sowie Reinhard Rohn für das sorgfältige Lektorat.